KB115673

동트는 소리
움트는 소리

1

동트는 소리 움트는 소리 ❶

발행일 2023년 6월 15일

지은이 이대진
펴낸이 손형국
펴낸곳 (주)북랩
편집인 선일영 편집 정두철, 배진용, 윤용민, 김가람, 김부경
디자인 이현수, 김민하, 김영주, 안유경, 신혜림 제작 박기성, 황동현, 구성우, 배상진
마케팅 김회란, 박진관
출판등록 2004. 12. 1(제2012-000051호)
주소 서울특별시 금천구 가산디지털 1로 168, 우림라이온스밸리 B동 B113~114호, C동 B101호
홈페이지 www.book.co.kr
전화번호 (02)2026-5777 팩스 (02)3159-9637

ISBN 979-11-6836-906-1 04810 (종이책) 979-11-6836-908-5 04810 (세트)
ISBN 979-11-6836-907-8 05810 (전자책)

어린 자녀와 함께하는 추억과 성장의 여정

동트는 소리 움트는 소리 1

이대진 지음

한 번뿐인 인생을 후회 없이 살고 싶다면,
가족을 소중히 여기고
역경 속에서 성장하는 법을 배워야 한다.

작가가 어린 자녀에게 들려 주는
이야기 형식으로 쓰여진 인생의 지혜와 교훈.

북랩

머리말

이 글을 써놓은 지가 많게는 20여 년 가까이 되어 갑니다. '10년이면 강산도 변한다'는데 강산이 두 번이나 바뀐 시간이 지났습니다. 이 때문에 최첨단 인공지능 시대에 부적합하고 누구나 웃을 만큼 얼토당토않은 말들이 많습니다. 너절한 골동품도 아닌 겨우 고물상에 켜켜이 수집된 먼지 쌓인 고철이나 폐지 등과 같다는 생각이 듭니다. 그러나 괴발개발 갈겨쓴 알량한 글이지만 한편으로 내버려 두기에는 너무나 아깝다는 생각이 들어 용기를 내 출판하게 됐습니다. 한없이 부끄러운 생각이 앞설 뿐입니다.

'동트는 소리 움트는 소리'를 출판하는 데 많은 도움을 주신 분들이 있습니다. 먼저 출판사 임직원분들에게 감사를 드리지만, 편집자님께 특히 감사를 드립니다. 출판을 도운 막내 여동생에게도 편집자님 못지않은 감사를 전합니다. 이 책이 태어나게 하는 데 누구보다도 적극적이었기 때문입니다. 여동생이 아니었다면 이 책이 세상에 태어났을까 하는 생각이 앞섭니다. 바쁜 와중에도 힘을 아끼지 않고 도와준 생질녀에게도 한없이 감사를 전합니다. 이 책이 태어나게 넌지시 도와준 저의 늦둥이에게도 고맙다는 말을 전합니다. 일찍이 제가 글을 쓴다고 소문내고 묵묵히 지켜봐 준 아내에게도 감사를 전합니다.

'동트는 소리 움트는 소리'는 제가 자녀들과 대화한 내용들을 테마로 삼았습니다. 하지만 저의 일방적인 말이고 거듭거듭 늘어놓은 잔소리라고 분명히 해야 옳을 것 같습니다. 이 책은 너주레한 말들로 저의 추억이나 제가 경험했던 풍습 등이 담겨 있기도 합니다. 이 글들은 저의 아이들의 미래에 대한 한 가닥의 보탬이 됐으면 하여 써 내려갔던 것들로 참말로 시시콜콜하고 잡다한 신변잡기입니다.

어두운 게 미래입니다! 그야말로 미래는 암흑세계입니다! 이 책이 조금이라도 미래의 서광이 비치게 한 톨의 밀알이 되고 징검다리가 됐으면 참 좋겠습니다. 간절한 소망입니다.

출판사 임직원분들에게 다시 한 번 진심으로 감사를 드립니다. 각종 활자매체에게도 감사를 전합니다. 인터넷 매체에게도 감사를 전합니다. 이러한 매체들은 제가 글을 쓰는 데 많은 도움이 됐습니다. 누구 할 것 없이 모두에게 감사를 드리는 게 옳을 듯합니다.

백송 이대진 올림

목차

신변

잡기

협력하여
조각보 완성하기

요즘은 박물관에 가야 볼 수 있을 정도의 귀한 물건이 됐는데, 조각보라는 게 있다. 하기야 어쩌다가 작가가 완성한 조각보는 전시회를 통해 선뵐 때가 있다. 조각보는 자투리 천을 활용해 만든 것인데, 냉장고가 일반화되기 이전에 밥상을 덮어 놓는 밥상보로 사용한 예가 많다. 그러했던 조각보에는 노랑, 빨강, 파랑 등 갖은 색의 자투리 천이 사용되었다. 색깔도 그렇지만 모양도 세모, 네모, 마름모꼴 등이고, 크기도 제각각인 자투리 천을 요리조리 맞대어 이은 것이 조각보였다. 생각건대 어찌 보면 조각보는 형편으로 쌓은 탑이라고 해도 될 법하고, 쌓은 탑을 평면으로 펼쳐 놓은 거라고 해도 될 법하다.

조각보를 접하면서 자란 나는 어렸을 때 생각하기를 자석하고 비유하곤 했었다. 이를테면 자석이 온갖 철을 끌어당겨 한데 모이게 하는 것과 너절한 자투리 천이 한데 모여 하나의 조각보가 되는 것은 별반 차이가 없다고 생각했기 때문이었다. 그래서 나는 서로에게 도움을 주고 협력하면 어떤 일이고 이룰 수 있다고 생각했었고, 자석처럼 내 또래를 내게로 모여들게 했으면 좋겠다고 생각한 적이 있다.

생각건대 비익조라는 전설 속의 새가 떠오른다. 비익조는 암컷

수컷이 각각 서로의 반대쪽에 눈과 날개가 하나씩 있다고 한다. 때문에 함께 날지 않으면 날지 못한다고 한다. 비익조가 그러듯이 사람도 마찬가지라고 생각한다. 예를 들면 독일의 앙겔라 메르켈 총리가 "물리학도로서 나는 날개가 있으면 날 수 있다고 말한다. 정치가로서 나는 각각의 날개가 협력해야만 날 수 있다고 덧붙이고 싶다."라고 기민당 당수를 선출하는 선거를 앞두고 한 말은 자석이 철을 끌어모으듯 또는 자투리 천이 한데 모여 하나의 조각보가 되듯 대의원들을 협력하게 하여 압도적인 91% 이상의 지지를 얻어 재선되었다.

주위에서 보면 어떤 사람은 남을 디디고 자기의 출세나 영리 목적을 위해 안주하려는 사람을 본 적이 있다. 하지만 그런 사람은 '독불장군'이 되어 주위의 평판도 안 좋을뿐더러 덕망, 인품은 보잘 것없는 사람이다. 속담에 '되로 주고 말로 받는다'라는 말이 있다. 남을 돕고 협조하여 협력했을 때 되로 주고 언젠가 되받는 양이 한 말일 테니 저금리 시대인 요즘 남는 장사치고는 부자가 되는 기막힌 장사인 듯하다.

오래전에 어떤 사람이 지옥과 천국을 차례로 여행했었다고 한다. 마침 그가 지옥에 들렀을 때는 식사 시간이었기 때문에 우연치 않게 그 모습을 봤다고 한다. 그때 지옥에 있던 사람들은 테이블 위에 진수성찬이 가득히 놓여있었으나 먹지도 못하고 힐끔힐끔 대며 서로의 눈치나 살피고 웃음도 잃고 근심, 걱정이 서린 채로 뼈만 앙상한 모습으로 앉아있었다고 한다. 그럴 것이 그들은 왼손에는 족히 수십 킬로그램이 되어 보이는 포크가 쥐어져 있었고, 오른손에 쥐고 있는 나이프 역시 그 정도 무게에 어림잡아 길이가 1미터가 넘는 것이었기 때문에 포크나 나이프를 사용할 수가 없어 진수성찬으로 차려진 음식을 앞에 두고 침만 꼴깍꼴깍대며 앉아 있었다고 한다. 또한 절망적으로 맥을 잃고 있는 그들에게서는 아무런 희망조차도 발견할 수가 없었다고 한다. 그렇게 지옥에서 식사 시간의 장면들을 목격한 여행자는 내심 천국에서는 어떻게 식사를 할까 하는 궁금증이 생겼다고 한다. 궁금증이 발동한 여행자는 천국에서 식사 시간을 목격했는데 그곳에도 지옥과 마찬가지로 테이블 위에는 진수성찬이 차려져 있었고, 포크와 나이프 역시 지옥에서 봤던 것과 같아 보였지만 그들은 나이프 아니면 포크를 두 손으로 움켜쥐고 서로에게 음식을 먹여주고 있었다고 한다. 때문에 도우면서 협력한 그들은 화기애애했고, 서로를 위해 건설적인 행동을 한 그들에게서는 꿈과 희망이 가득해 보였다고 한다. 학교에서건 학원에서건 어디가 됐든 간에 또래와 호의적인 관계가 지속적으로 유지되도록 노력해야 할 필요가 있다. 그렇게 하기 위해서는 먼저 솔선해 도움을 주고 협조하여 상대가 호감을 갖도록 해야 한다. 그런다면 지금 현재도 이롭지만 10년 20년 30년 후에는 네가 일시 자석이 아니라, 영구자석이 된 양 언제든지 많은 것들을 끌어모으게 할 수 있다. 비로소 협력하여 조각보를 완성시키는 것과 같다.

볼록렌즈 초점과 성취감 활용법

고개를 들고 위를 쳐다보면 활활 타고 있는 태양이 있다, 그 태양은 엄청난 에너지를 분출하여 우주를 지배하고 만물을 생동하게 만든다. 그렇듯 네게도 태양 못지않은 힘이 내재되어 있다. 하지만 너는 잠정적으로 숨어있는 듯한 그 힘을 제대로 활용을 못 하는 것 같아 볼록렌즈를 말해본다.

1210년대에 태어난 영국의 철학자 로저 베어컨이 볼록렌즈를 발명했다고 한다. 볼록렌즈는 카메라, 현미경, 안경 등을 만드는 데 필요하다. 그런 볼록렌즈는 얼핏 보기에 가운데가 볼록 튀어나온, 단순하게 생긴 하나의 물체에 불과하다. 하지만 태양과 같은 에너지를 만들어내는 능력이 있다.

볼록렌즈를 태양 빛에 대고 정확히 초점을 맞춰 한동안 집중하면 종이나 골판지 같은 것은 여과 없이 뚫을 수도 있고 불이 나게 할 수도 있다. 볼록렌즈를 가지고 불이 나게 하는 것은 태양을 만들어 놓은 것과 같다고 말하고 싶다. 하지만 요컨대 아무리 좋은 크리스탈이나 다이아몬드로, 아니 그보다 더 좋은 물질로 만든 볼록렌즈들의 초점을 무시하고 필요한 시간을 집중하지 않는다면 흐트러진 초점 때문에 종이나 골판지 등을 뚫지 못하고 미지근하고 만다. 때문에 본래의 목적은 달성하지 못하고 만다. 천금 같은 시간만 허비한 꼴이다. 이랬을 때 "시간을 가장 잘못 사용하는 행위는 할 필요가 없는 일을 하는 것이다."라고 말한 경영 컨설턴트 벤저민 트레고를 안 떠올릴 수 없다.

필요한 시간을 집중하지 않는다면 아무 소용 없는 일로 볼록렌즈가 가지고 있는 무한한 힘을 발견 못 하게 된다. 사람도 마찬가지라고 생각한다. 예를 들어 너를 말하자면 학교에서건 학원에서건 렌즈를 가지고 정확한 초점을 맞추듯 주목하여 집중하는 것은 학생인 너로서는 아주 중요하다. 그래야만 볼록렌즈가 종이를 뚫듯 시공을 초월해 너의 목표를 뚫을 수가 있다. 초점을 맞추듯 정신을 집중하는 것은 정상을 향해 나아가는, 도약하여 비약할 수 있는 첫 번째 요소이다. "성공을 위한 필수 조건은 당신의 육체와 정신의 열정을 끊임없이 한 문제에 쏟아붓는 것이다."라고 토머스 에디슨이 말했다고 한다.

조물주가 창조한 사람을 보면 한 번에 여러 가지 생각을 차례로 할 수는 있지만 동시에는 단 한 가지 생각만 할 수 있다고 한다. 생각이 그렇지만 행동도 마찬가지라고 하면 어떨지 모르겠다. 그럴 것이 세운 목표에 도킹하기 위해서는 정신을 집중하여 매진하지 않고서는 불가능하다고 생각하므로 무슨 일을 할 때 한 가지 일만 할 수가 있다고 말해야 할 것 같다고 나는 말한다. 이를테면 볼록렌즈를 가지고 초점을 이루게 하는 데는 시선집중, 정신집중, 행동도 그렇게 하듯이 여타 일도 마찬가지라고 생각하기 때문이다. 때문에 한 번에 한 가지 이상의 일에 집중할 수 없다고 옹생하게 정의해본다.

중복성 의미가 농후한데 하여튼 경각심에 도움이 될까 싶어 더 말해본다. 내가 어쩌다가 네게 했던 말과 연결 지으면 "학교에서건 학원에서건 선생님의 말을 놓치지 말고 제대로 경청하는 자세를 가져야 한다."라고 말한 적이 있는데 한층 더 그렇게 노력했으면 한다.

볼록렌즈가 초점을 형성할 때 무한한 에너지를 만든다. 그 랬을 때 볼록렌즈는 목표로 한 목표, 목적 달성에 소기의 성과를 거두는 것이다. 그렇듯 너도 학습에 집중하여 학습을 하는 것과 그렇지 않은 차이는 볼록렌즈가 초점을 이루었을 때 거기서 파생되는 파급력을 가늠했으면 한다. 속담에 "제때에 한 바늘을 꿰매면 나중에 아홉 바늘은 번다."라고 했다. 제때에 재대로 집중하면 아홉 바늘이 아니라 구십 바늘 구백 바늘은 버는 것이다. 해도 너무 인색하다는 생각이 든다. 한곳에 정신력을 집중하다 보면 너도 모르는 사이 학습효과는 고양되어 너의 성적은 쭉쭉 오를 것이다. 때문에 그 효과는 배가 되고, 그것은 곧 네게 용기를 부여해 학구열을 고취시킬 뿐더러 사기 진작에 도움이 되는 계기가 될 것이다. 그러다 보면 너는 성취감에 도취하게 될 것이다. 전문가에 따르면 성취감을 느꼈을 때 체내에서 엔돌핀이 생성된다고 하니, 성적이 향상된 너의 체내에서는 엔돌핀이 생성되어 생체 리듬이 활성화할 것이다. 진취적인 사고력을 가지게 될 수도 있고, 혜안을 발견할 수도 있다. 그랬을 때 자신감이 충만해 도전하는 의욕도 되살아날 것이다. 귀가 어두운 자신의 아내를 위해 보청기를 만들려다 실패하고 대신 그것이 동기가 되어 전화를 발명한 알렉산더 그레이엄 벨은 "당장 당신의 눈앞에 놓여있는 임무에 대해 모든 생각을 집중하라. 햇빛은 초점을 맞출 때까지 불꽃을 일으키지 못한다."라고 말했다고 한다.

TV 화면에서 동력 행글라이더를 뒤따라 줄지어 나는 기러기들을 봤는지 모르겠다. 그 기러기들은 알에서 막 깨어날 때 동력 행글라이더를 운전하는 조종사를 첫 번째로 보았기 때문에 조종사를 어미인 줄 알고 그렇게 행동한다는 것이다.

조류가 알에서 깨어날 때 첫 번째 본 대상을 어미로 기억한다는 사실을 발견한 사람은 동물학자인 오스트리아의 로렌츠였다고 한다. 로렌츠는 어미 오리 대신 인공으로 부화시킨 새끼 오리가 첫 번째 본 대상을 로렌츠가 되게 했다고 한다. 때문에 새끼 오리는 로렌츠를 뒤따라 다녔고, 다급한 상황이 발생해도 어미 오리에게 가지 않고 로렌츠에게로 다가갔다고 한다. 로렌츠는 이런 각인의 대한 연구를 다른 조류도 실시해 노벨상을 받았다고 한다.

내가 어렸을 때 일이다. 집에는 몸집이 20kg 정도의 개가 있었고, 몸집이 아주 작아 무게가 1kg가 될까 말까 하는 고양이가 있었다. 그런데 가끔 개는 먹이를 먹고 있는 고양이에게 다가가 그 먹이를 엿봤다. 그것이 거슬렸던 고양이가 어느 순간 눈 깜짝할 사이에 개 콧등 언저리를 할퀴었다. 그 일 이후 개는 먹이를 먹고 있는 고양이 근처에 얼씬거리지도 않고 고양이의 눈치나 살피는 듯했고, 슬슬 피해 다니기도 하며 집으로 들어가 버리고는 했다. 로렌츠가 발견한 각인과는 뉘앙스 차이가 있다고는 보나, 불에 데인 사람은 불을 무서워한다는 식의 각인 효과로 보면 될 것 같다. 이건 트라우마적이지만 말이다.

순간의 각인이 영원히 지워지지 않을 수도 있지만 주변에서 자주 접하는 것들이 반복되다 보면 그것들이 쌓이고 쌓여 각인이 되면 그것들은 다시 행동으로 발전하여 많은 영향을 미칠 수가 있다. 예를 들자면 맹모삼천지교를 말해보자. 맹모삼천지교라는 이 말은 중국 한나라 말의 학자 유향이라는 사람이 쓴 열녀전에서 유래됐다는 말로 맹자의 어머니가 아들 맹자를 가르치기 위해 집을 세 번 이사했다는 뜻이다.

맹자가 어머니와 함께 살았던 집은 공동묘지 근처에 있었다고 한다. 그렇다 보니 딱히 놀만한 놀이가 마땅찮은 맹자는 평소에 늘 봐왔던 상여놀이나 장사 지내는 것을 놀이 삼아 흉내 냈다고 한다. 그것을 본 맹자 어머니는 아들의 장래가 염려되어 다른 곳으로 이사를 했는데 그곳은 시장 근처였다고 한다. 맹자는 이곳에 와서는 시장을 들락거리며 물건을 흥정하는 장사꾼의 행동을 따라 했다고 한다. 맹자의 어머니는 이때 이곳에서도 문제가 많다는 것을 파악하고 서당이 있는 곳으로 이사를 했다고 한다. 그랬더니 맹자는 서당을 들락거리며 학습을 받는 아이들의 행동을 따라 하는가 하면 틈만 나면 책을 읽는 아이로 바뀌었다고 한다. 맹자가 그랬듯이 어떤 것에 자주 접했을 때 각인이 되어 행동으로 옮기는 것을 각인 효과로 보면 될 것 같다.

수백 년 수천 년 전부터 내려오는 태교를 하는 것도 각인 효과를 노리는 것이라고 생각한다. 임신부가 좋은 음악을 듣고, 모난 곳에 앉지 않고, 아무 음식이나 먹지 않고 좋은 것만 보는 것들은 정말이지 시공을 초월한 3차원적 각인 효과라고 하면 어떨는지 모르겠다. 전문가가 설파하기를 태교의 중요성을 말한다. 임신부를 대상으로 태교에 관한 실험에서 태교에 대해 중요성을 증명할 만한 것을 방송한 적도 있다. 이를테면 태교음악을 듣고 있을 때와 그렇지 않을 때, 꽃을 본다든가 편안한 마음을 가질 때와 그렇지 않을 때 등의 차이를 촬영한 것을 보여줬다. 내용을 보면 임신부가 편안한 상태였을 때는 태아도 따라서 편안해했지만 임신부가 불안하고, 화내고, 안절부절못했을 때는 태아도 불안한 기색이 역력했었다.

임신부의 뱃속에 있는 태아도 각인 효과에 따른 반응을 보여 행동했다. 그것은 앞서 말했지만 3차원적 각인 효과라고 해야 할지 놀랍다. 태아가 각인 효과를 보이는 것은 사람이 살아가면서 시각적 각인 효과로 미루어 짐작할 수가 있다. 요컨대 어떤 사람과의 관계를 유지하느냐가 장래 성공은 물론이며 인격 형성에 많은 영향을 미친다고 생각한다. 유유상종이라는 말이 있다. 끼리끼리 모인다는 뜻으로 그 무리에 있다 보면 그곳에서 행동들이 각인이 되어 같은 행동을 따라 하게 된다.

사람만 각인이 되어 그렇게 따라 행동하는 것이 아니라, 다른 동물도 필요에 따라서는 선택적으로 따라하는 습성이 있나 보다. 언론을 보면 오스트리아의 빈대학 프리데리케 링게 교수팀에 의하면 상자 속에 들어있는 먹이를 먹기 위해 주둥이로 문을 여는 보통의 개들에게 실험 개가 발로 편하게 문을 여는 장면을 목격하게 했다고 한다. 그랬더니 놀랍게도 그것을 본 보통의 개들도 똑같이 따라 했다고 한다.

계획과
실천의 간극

사람들은 불편한 것보다는 편안한 것을, 소형차보다는 대형차를, 작은 집보다는 큰 집을, 건강하지 못한 것보다는 건강한 것을, 불행한 것보다는 행복한 것을 원한다. 때문에 그렇게 되기 위해서 많은 사람들이 계획을 세우고 목표를 정한다. 하지만 목표한 것을 실천으로 옮기는 행동은 적극적이지 못해 흐지부지되는 경우가 비일비재다. 그러다 보니 목표 달성에 어려움이 따를 수밖에 없다.

마치 이솝 우화에 나오는 '개미와 베짱이'라는 이야기와 엇비슷한 이런 이야기가 있다. 세계에서 가장 높다는 히말라야 산속에는 야맹조라는 새가 살고 있다고 한다. 야맹조는 날이 새면 소리 내어 노래하면서 신바람나게 놀다가 밤이 되면 잠잘 곳이 없어 남의 둥지를 찾아간다고 한다. 이때 야맹조는 다른 새들이 여지없이 쪼아대고 구박지르면 서럽다 못해 구슬같은 눈물을 뚝뚝 흘리면서 '내일이면 기필코 집을 짓고 말 거야. 날만 새면 집을 짓기 시작할 거야.'라고 맹세코 다짐하면서 구슬프게 운다고 한다. 그러다가 날이 새면 야맹조는 지난 밤에 구박 받으면서 서러웠던 일들을 뒷전으로 하고 또다시 전날처럼 노래하고 놀기만 하는 것을 어김없이 반복한다고 한다. 야맹조는 매일매일을 그렇게 살다 보니 평생 집을 짓지 못한다고 한다.

요컨대 야맹조가 '내일이면 기필코 집을 짓고 말 거야. 날만 새면 집을 짓기 시작할 거야.'라고 계획을 세우고 실천하겠다고 했지만 우선 먹기는 곶감이 달다는 식으로 단맛에 빠져 노래나 하고 즐겁게 노는 것에 도취하다 보니 아무런 비전을 발견할 수가 없었다고 봐야 할 것 같다.

요 며칠 전 너는 서점에 들려 『마시멜로 이야기』라는 책을 사왔다. 그 책을 봤더니 마시멜로를 먹고 싶어도 참고 오늘 먹지 않는다면 내일은 그 두 배로 먹을 수 있다고 했는데 야맹조는 마시멜로를 보는 대로 먹어치우는 식이었다. 어떻게 보면 야맹조가 노래하고 즐겁게 노는 것이 네가 정신없이 매달리는 인터넷 게임과 너무도 흡사하다는 생각을 해봤다. 네가 그 책을 읽고 네 행동과 비교했는지 모르겠다. 고쳐야 할 점이 있다면 고쳐야 되고, 배울 점이 있다면 배우도록 노력했을 때 비로소 책을 읽은 보람이 되고, 그 가치를 습득하는 것이다. 또한 그래야만 발전적일 수 있다. 뚜렷한 목표를 확실하게 정하고 노력해야 한다. 그렇게 실천하면 그대로 이루어진다고 『마시멜로 이야기』에서도 안내하고 있다. 나는 오늘도 너에게 '마시멜로를 먹었느냐? 안 먹었느냐?'고 물어볼 것이다.

1749년 독일 프랑크푸르트에서 태어나 국정에도 참여해 재상까지 오른 괴테는 극작가, 소설가, 시인이었다. 그런 그는 독일에서 손꼽히는 문인이다. 괴테는 "하찮은 일 때문에 중요한 일을 놓쳐서는 안 된다."라는 말을 했다고 한다. 네가 하는 인터넷 게임이야말로 유용성이 없는 일로 하찮은 일에 끼지도 못한다는 생각이 든다.

네가 『마시멜로 이야기』를 읽고 나서 121쪽을 펴들고 내게 말했다. 언젠가 내가 『세계는 평평하다』라는 책에서 정글의 사자와 가젤 이야기를 말했었는데 정글의 사자와 가젤의 이야기가 여기도 있다면서 나에게 보도록 했다. 네가 보여준 그 이야기를 적으면 '아프리카에는 매일 아침 가젤이 잠에서 깬다. 가젤은 가장 빠른 사자보다 더 빨리 달리지 않으면 죽는다는 사실을 알고 있다. 그래서 그는 자신의 온 힘을 다해 달린다. 아프리카에서는 매일 아침 사자가 잠에서 깬다. 사자는 가젤을 앞지르지 못하면 굶어 죽는다는 사실을 알고 있다. 그래서 그는 자신의 온 힘을 다해 달린다. 네가 사자이든 가젤이든 마찬가지다. 해가 떠오르면 달려야 한다.'(『마시멜로 이야기』, 저자 호아킴 데 포사다 · 엘런 싱어, 옮김 김경환 · 정지영, 한국경제신문) 네가 보여준 정글 속에 사자와 가젤의 이야기를 또다시 읽은 나는 어떻든 내가 했던 말이 헛되지 않았다고 자부심을 가졌다. 또한 네가 읽은 책의 효험이 표출되는 좋은 징조 같아 보였다. 정글의 사자와 가젤 이야기를 가훈이나 신조어로 삼아도 전혀 손색이 없을 것 같다. 니도 쿠베인이라는 사람은 이런 말을 했다고 한다.

"미리 결정해 놓은 목표에 모든 열정을 집중하는 것보다 당신의 인생에 더욱 큰 힘을 줄 수 있는 것은 아무것도 없다."

학습된 무기력

며칠 전 나와 너, 네 어머니와 셋이서 네 할아버지 할머니 댁에 가는 길이었다. 차로 세 시간 정도를 달려야 당도할 수가 있는데, 네 어머니는 피곤했던지 30분도 채 안 됐을 즈음 잠이 든 것 같았다.

차만 타면 쉬자는 너였지만 그때 너는 예전과 달리 두어 시간 동안 이런저런 말을 내게 했다. 그때 네가 나의 어렸을 적 꿈이 무엇이었는지를 물었다. 나는 어렸을 때부터 자라는 동안 꿈이 없었다고 대답했다. 또한 덧붙이기를 한마디로 말해서 유소년기를 거치는 동안 주눅이 들어있었다고 말했다.

그러면서 내가 말을 이어가기를 예를 들어 네 할아버지가 외출을 하고 집에 오셨을 때 "아버지 다녀오셨어요." 또는 식사 시간이 되었을 때는 "진지 잡수세요."라고 하는 식이었고 그것도 마지못해 어쩔 수 없이 하는 말이었다고 말했었다. 물론 묻는 말에 대답은 했지만 대답이라야 명쾌하지 못해 혼나기 일쑤였다고 말하고 질문 같은 것을 하고도 싶었지만 그렇게 하지 못했다고 말했었다. 예컨대 뭘 하고 싶다, 뭘 갖고 싶다, 진학을 하고 싶다고 마음 속 깊이 생각은 있었지만 무얼하고 싶으니 어떻게 도와달라, 학교에 보내달라고 말을 못 하는 식이었다고 말했었다.

생각건대 지금도 소심하기는 그때나 별반 차이가 없지만 특히 어릴 적 소심하기 짝이 없었다. 내가 예닐곱 살, 여남 살, 열댓 살, 열칠팔 살 그런 나이를 지나면서 가장 심했던 것 같은데 모든 것이 두려웠다. 더욱이 내가 진학을 못 하게 되면서 함께 어울렸던 또래를 기피하게 되었고 불안 심리의 정도는 가중된 것 같다.

예를 들면 잠을 잘 때 천정이 무너져내리면, 하늘이 무너져 내리면, 별이 떨어지면 어떻게 될까 하고 불안감에 휩싸였고, 나는 인공위성, 비행기가 지나다 떨어지면 어떻게 될까 하고 불안해했고 전쟁이 나면, 지구가 멸망하면 어떻게 될까 하는 공상에 빠졌었고 땅이 꺼지면 어떻게 되냐는 식으로 극도로 불안정한 심리적 상태였었다. 그 무렵 공황에 빠진 실상이 무기력하게 만들어 용기와 도전의식을 무디게 했던 요인 같다.

아무튼 나는 자라면서 내성적인 성격에다 환경적인 요인까지 겹쳐 무기력하게 된 것 같다. 그러다보니 소심한 나는 인생에서 어느 방향으로 갈 것인가의 향방을 가늠해야 하는 소년기 때 희망과 꿈을 가질 수가 없다 보니 비전을 발견 못 한 게 문제였다. 때문에 유소년기를 지나면서 아무 생각 없이 맹목적으로 하루하루를 보냈다고 말하면 될 것 같다. 나의 유소년기를 생각건대 법정스님의 명상집에 실려있다는 '생각한 대로 살지 않으면 사는 대로 생각한다'는 법정스님의 말이 가슴속 깊게 와닿는다.

너는 그때 내게 꿈이 무엇이었는지를 물은 뒤 만약 지금 할 수 있다면 하고 싶은 게 무엇인지를 물었다. 네 말을 들은 나는 주저없이 말하기를 검·판사나 정치인을 하고 싶다고 말했다. 이렇게 말한 것을 생각해보면 가족이나 외적인 주변 환경에서 기인한다는 '학습된 무기력'(펜실베니아 대학의 마르틴 셀리그먼 박사가 학습된 무기력이라는 말을 했다고 한다.)에 의한 보상심리에서 툭 튀어나온 말 같기도 하다. 이를테면 성장하면서 목수의 집이 궁결하지 못하다든가 진학을 못한 것을 포함하여 여타 외적인 환경에다 내성적 성격 등의 요소들이 학습된 무기력에 빠지게 한 요인 같다. 학습된 무기력은 무기력한 말과는 달리 영원히 지워지지 않는 짙은 콤플렉스를 드리우게 하여 붙어다니기 때문에 여간 불편한 게 아니다. 콤플렉스라는 말이 나왔으니 말이지, 내가 지금까지도 콤플렉스 때문에 옴짝달싹 못하고 있는 나의 콤플렉스에 대해 말해보자. 많은 사람들 앞에서 말 한마디 변변하게 못하는 나는 나서는 것조차도 두려워한다. 특히 관공서, 경찰서 같은 곳을 가는 걸 굉장히 싫어한다. 키보드만 두드리면 모든 것이 고스란히 까발려질 테니 나의 자괴심이 여과 없이 작동하는 결과로 본다.

단적인 예를 들어보면 몇 개월 전 네 할아버지가 교통사고로 병원에 입원하였을 때 사고처리 문제로 관할 경찰서에 간 적이 있다. 그때 경찰관 앞에 앉아있는 나는 내 앞에 놓여있는 컴퓨터 모니터 뒷면을 쳐다보고 있었다. 경찰관은 그 모니터를 보면서 키보드를 두드렸다. 그때 나는 어쩔 수 없이 그 자리에 앉아 있을 수밖에 다른 도리는 없었지만 학력 콤플렉스에 빠진 나는 자괴지심이 곤두세워졌고 안절부절못한 가시방석이었다.

다시 말을 돌려 차 안에서 했던 말을 이어본다. 그때 나는 네게 너는 꿈이 뭐며 무엇이 되고 싶냐고 되물었더니 네 학교에서 적성검사를 받은 것을 말한 다음 적성에 맞지 않으면 문제가 따르지 않겠냐고 말했다. 그러면서 공대를 지망하고 과학자가 되겠다고 말했다.

너의 말을 들은 나는 "무릇 네 말이 맞다."라고 말했었다. 적성에 맞아야 즐거울 수 있고, 일의 효율성도 증가할 수 있을 테니 말이다. 『정상에서 만납시다』 저자 지그 지글라는 이런 말을 했다고 한다. "성공하려면 당신은 무슨 일을 하고 있는지 알아야 한다. 그리고 당신이 하는 일을 좋아해야 하고 당신이 하는 일을 믿어야 한다." 한편 제임스 M. 배리라는 사람이 말했다는 "당신이 좋아하는 일을 하는 것이 아니라 당신이 해야 할 일을 좋아하는 것이 성공의 비결이다."는 말도 생각해봤으면 한다.

2007년 4월 21일 동아일보에는 독일 월드컵이 한창이던 2006년 7월 KBS 이금희 아나운서가 유럽에서 활동하고 있는 이영표 선수를 인터뷰한 글이 실렸다. 이영표 선수의 말 중에 "나는 축구 자체가 즐겁다. 지금도 수준 높은 축구를 하기 위해 빅리그에서 뛰는 것이 즐거울 뿐이다. 천재는 노력하는 사람을 이길 수 없고, 노력하는 사람은 즐기는 사람을 이길 수 없다."라고 한 말이 적성에 맞아야 한다는 너의 말과 맥락을 같이 한다고 볼 수 있다.

'21세기는 재능이 지능이다'는 말도 있다. 적성에 맞는 재능을 키워 지능화시킬 필요성을 느끼고, 시대는 그런 걸 요구하는 것 같다. 적성에 맞아야 한다는 네 말에 동의하면서. 지금 너는 네 인생 향방을 가늠해야 하는 아주 중요한 시점이다. 꿈과 희망을 가지고 섬광처럼 반작이는 비전을 발견하도록 노력했으면 한다. 나의 유소년기 시절을 상기시킬 필요도 있다고 본다.

어느 날 너는 전문 연구기관 '한국 가이던스'가 실시한 적성검사 결과표를 가지고 왔다. 그 결과표를 봤더니, "진로에 대하여 어느 정도의 관심을 보이는가를 나타내는 진로성숙 수준을 의미합니다."

라며 “당신은 자신의 적성에 대하여 잘 알고 있어서 진로 방향이 분명하게 나타나는군요.”라는 글을 읽을 때는 네가 내게 한 말이 생각났다. 이어서 “적성에 맞는 직업은 하루 종일 일이 즐겁고 또 적성에 맞으니 일을 더 잘할 수 있게 되고 그래서 직업적으로 성공하게 될 것입니다.”며 “인생을 행복하게 산다는 것은 인기있는 대학이나 전공학과에 가는 것이 아니라 당신의 적성에 맞는 직업을 우선적으로 골라서 직업적으로 성공하는 것이 더 중요하다는 것을 명심하십시오. 조언했다. 또한 “다음과 같은 방향으로 자신의 장점을 살리도록 합시다.”라고 권유하면서 “우선 자신을 믿고 사랑하며 성숙한 성격이 되도록 노력합시다.”며 너의 장점 몇 가지를 지적하기도 했다.

이를테면 “여러 자료를 탐색해보고 합리적이고 신중하게 결정 내리기를 좋아합니다. 합리적이고 논리적입니다. 말이 적은 편이며 꾸밈이 없고 성실합니다. 손재주와 기계적 감각이 있어서 사물의 조작, 신체적 활동을 잘하는 편입니다. 공부하거나 좋아하는 일에 집중력이 강해서 공부를 잘합니다. 과학이나 어떤 한가지 주제를 깊이 관찰하며 연구하는 적성이 높습니다. 국, 영, 수 및 과학 등 주요과목의 성적 관리를 잘하도록 합니다. 책 읽기를 좋아하고 지적 호기심이 많습니다.”라고 칭찬을 하고 대학을 진학하는 데 주요한 요소가 될 만한 몇 가지를 신신당부했다. 예를 들면 “학업 외의 중요 하지 않는 활동에 시간을 빼앗기지 않도록 합니다. 공학자나 교수, 의사 등 전문적 직업인이 되는 방법에 관하여 알아봅시다. 이상의 활동을 하면서도 대학 진학을 위해 학업을 게을리하지 않도록 합니다.” 하고 말이다.

앞에서 "성숙한 성격이 되도록 노력합시다."라는 말이 있는데 네 성격은 비교적 논리적, 분석적, 합리적이며 지적 탐구심이 많으며 또한 성실하고 소박 솔직하다고 했듯이 네 성격은 내가 봐도 칭찬할만한 긍정적인 요소가 많다. 때문에 나는 너의 성격이 원만하게 좋다고 평소에 자랑삼는다. 하지만 이번 적성검사표에서 직선적이라는 말이 있는데, 언젠가 나는 직설적인 어법에 대해 말한 적이 있다. 같은 말을 하더라도 그렇게 말하면 상대방이 거부감을 느끼기 때문에 친화적일 수 없고, 사회라는 공동체에서 문제가 따른다고 말했었다. 때문에 반드시 노력하여 고쳐야 할 부분이라고 말한 적이 있다.

어쨌든 간에 너의 적성검사 결과표를 보니 무진장하게 긍정적이고 발전할 요소가 많다. 생각건대 참고로 삼는다면 네가 삶을 살아가는 데 많은 도움이 될 것 같다.

네가 초등학교 다닐 적에 적성검사를 받은 적이 있다. 그때는 네가 지금보다는 미성숙했기 때문인지, 당시 적성검사 결과표를 보고 나는 긴가민가했었다. 이를테면 네가 하는 행동이나 태도, 성격을 들여다봤을 때 자못 어떻게 이해하지 못했다는 것이다.

하지만 이번 적성검사는 네가 많이 성숙한 차이점 같은데, 마치 너에게 내포되어 있는 모두를 망라해 속내를 훤히 들여다본 것처럼, 놀랄 정도로 직관해 네가 어떤 방향으로 가야 할 것인가를 명료하게 제시했다고 본다.

말로부터 시작되는 신뢰와 신용

신뢰와 신용이라는 말은 사람이 살아가는 데 중추적 역할을 하는 말 같다. 그럴 것이 누구를 막론하고 신용을 잃어 신뢰할 수 없는 사람이었을 때 장애가 되어 그 사람은 사회에서 어려움이 따르기 때문이다. 신뢰와 신용 두 말에서 '신' 자를 보면 믿을 신(信)자다. 사람(人)에 있어서 말(言)이 근간이 되어 사람을 지탱하고 있는 듯하다.

사회는 '신용사회'라는 말이 있다. 이 사회는 신용에서 시작한다고 봐야한다. 이런 신용사회에서 신뢰를 받을 수 있는 사람이 되기 위해서는 뭐니 뭐니 해도 평소에 하는 말이 근본이 된다고 생각한다. 이런 신용은 필경 말로 시작하여 말로 귀결지어지는 것 같다.

너는 이제 중학교 3학년, 말을 훈련해야 할 필요성을 느낀다. 네 또래의 관계에서 신뢰, 신용할 수 있는 말을 하려고 노력한다면, 그렇게하여 어느 정도 시간이 지났을 때 그렇게하는 것이 버릇처럼 습관화된다고 생각한다. 만약 네가 얼떨결에 무심코 상처를 주는 말을 했을 때 얼버무리지 말고 즉시 분명하게 유감 표명을 하는 습관도 장차 사회생활을 하는 데 유익하다는 것을 알려주고 싶다. 네가 한 말에 대해 그것을 되씹어보고, 곰곰이 따져 실천이 되도록 노력했으면 한다. 그런다면 네 말 속에는 중량감이 있고 힘이 붙는다. 한편 말솜씨도 차츰 고양될 것이다.

말은 물과 같아서 한번 내뱉은 말은 주워 담을 수가 없다. 유대인 속담에 "말이 입안에 있으면 네가 말을 지배하지만 말이 입 밖에 나오면 말이 너를 지배한다."는 말이 있다. 유대인 속담과 비컨대 네가 가끔 들여다보는 이솝 우화가 떠오른다. 이솝 우화는 사람이 살아가는 데 있어서 많은 지혜를 안내하고 있다. 양치기 소년과 늑대 이야기를 보면 양치기 소년은 장난삼아 재미로 했던 말이 신뢰를 잃다 보니 필경 돌이킬 수 없는 상황을 맞고 말았다. 즉 양치기 소년은 처음에는 말을 가지고 지배했지만 나중에는 도리어 신뢰를 잃은 말 때문에 지배를 당하고 말았다. 양치기 소년처럼 사회에서 말 때문에 인격, 덕망이 무너져 명예를 회복하지 못하고 나락에 떨어진 채 영원히 구렁텅이에서 허우적대는 사람이 의외로 많다. 이를테면 그런 사람은 이미 신용과 신뢰를 잃은 터라 신용사회에서 발붙일 곳이 없다는 것이다.

우리는 아침에 눈 비비고 일어나 눈만 뜨면 말하기 시작하여 잠잘 때까지 말을 한다. 이렇게 하는 말 속에는 그 사람의 덕망과 품성, 품행 등 모든 것을 망라하여 모조리 담겨 있다고 해도 과언은 아니다.

나는 생각하기를 한 국가를 통치하는 대통령이 된 사람들은 신용이 있고 신뢰할 수 있는 말 때문에 대통령에 당선되었다고 생각한다. 대통령 선거를 앞두고는 대통령 후보로 나선 사람이 신용과 신뢰할 수 있는 사람인가를 따져 보기 위해 패널로 나선 사람이 날카롭게 질문하며 통찰력이 있고, 비전이 있고, 리더십이 있는가를 검증하기도 한다.

미국 대통령 케네디는 신용과 신뢰할 수 있는 말을 가지고 파워 넘치는 말을 한 대통령으로 유명하다. 그는 그렇게 하여 대통령이 되었고, 대통령이 된 뒤에도 신용과 신뢰할 수 있는 사람이었기 때문에 국민의 힘을 하나로 모을 수가 있었다. 그는 1960년대에 달을 정복하기 위한 미국과 소련의 경쟁이 치열하게 전개될 때 "우리는 1960년대가 저물기 전에 사람을 달에 착륙시키고 그를 안전하게 지구로 복귀시키는 목표를 달성하리라 믿어 의심치 않습니다."라고 비전을 제시한 말은 미국인에게 힘이 되었고, 그대로 실현되었다.

암스트롱이 달에 첫 발을 내딛은 것은 미국이 세계를 평정해 가는 원동력이 되었다.

미국 국무장관을 지낸 콜린 파월은 신용, 신뢰할 수 있는 말을 하기 위해서 일찍부터 무진장 애쓴 사람이었지 않나 생각게 한다. 예를 들면 그는 군대에서 장교로 있을 때 이미 성공으로 직행하는 길이 활짝 열린 모양이었나 보다. 콜린 파월이 월남전에 참전했을 당시 그는 상관에게 브리핑할 수 있는 기회가 되었다고 한다. 그때 그는 유창한 말솜씨로 거침없이 하는 말은 믿음직스럽고, 신뢰할 만하며, 철저히 준비된 듯한 인상을 주며 상관의 귀를 어리둥절케 할 정도로 사로잡았다고 한다. 때문에 그는 상관의 눈에 띄어 고속 승진을 할 수 있었고, 출세가도를 달릴 수 있는 계기가 되었다고 한다. 『얼굴의 심리학, 거짓말 까발리기』 저자이면서 거짓말을 족집게처럼 알아낸다는 미국의 워싱턴 출신 얼굴표정을 연구하는 심리학자 폴 에크만이 방한했었다. 2007년 4월 17일자 동아일보를 보면 이종석 기자와의 인터뷰에서 폴 에크만은 "이름만 대면 다 알 만한 미국의 유명 정치인 2명이 '어떻게 하면 내 말이 좀 더 진실하게 보일 수 있느냐'고 나에게 물은 적이 있는데 두 사람 모두에게 얘기해주지 않았다."라고 한 그의 말이 여운이 남고 매우 아리송하다. 짐작컨대 폴 에크만의 말에서 부정적 요소의 뉘앙스가 풍기지만 "어떻게 하면 내 말이 좀 더 진실하게 보일 수 있느냐"고 물어본 2명은 자신들의 허물을 감추려고 손바닥으로 얼굴을 가리듯 하려고 했던 것인지 아니면 야망을 품고 대통령이라도 되기 위해서 신용과 신뢰할 수 있는 말을 한 수 배우기 위해서였는지를 도무지 모르겠다. 『세계는 평평하다』 저자 토머스 프리드먼, 『백만불짜리 습관』 저자 브라이언 트레이시, 『정상에서 만납시다』 저자 지그 지글러 등은 말의 전도사다. 그들의 말에는 뭇사람들에게 희망과 꿈을 선사하고 비전을 안겨주고 있다. 그들의 말에는 힘이 있고 무게가 있다. 그들의 말에는 사람을 이끄는 능력과 행동을 바뀌게 하는 힘이 있다. 그들이 한 말들은 그들의 책 등을 통해 세계 도처로 날개 돋친 듯 번지고 있다. 생각해보자. 만약 그들이 일찍부터 신용과 신뢰할 수 없는 말을 했다면 그와 같은 명성과 명예, 부를 모조리 거머쥘 수 있었을까를 말이다.

열정과 노력,
세계적인 패스트푸드의 뒷이야기

'지성이면 감천'이라는 말이 있다. 이 말은 '정성을 다하면 하늘도 감동한다'는 뜻으로 '어떤 일이 됐건 정성을 다했을 때 좋은 결과를 얻는다'는 말이다. 네가 요 며칠 전, 모형 비행기 오래 날리기 대회에서 우승한 것과 비유할 수 있다. 그때 너는 열정적인 노력을 한치도 남김없이 발휘해 부산물로 우승을 하고 문화 상품과 상장을 받았다. 때문에 네 성취감, 성공감을 느낄 수 있었고, 엔돌핀도 생성했을 것이고, 동기를 부여해 도전 정신도 한껏 고조됐을 것이다. 네가 열정적으로 노력하여 많은 것을 얻어냈듯이 현재 대학교 4학년에 재학 중인 김시만 학생은 열정적으로 노력하는 생활 태도 때문에 세계적으로 유명한 모델이 됐다고 한다.

언론에 따르면 한국 맥도날드는 "한남대 정치언론국제학과 4학년 김시만(24) 씨가 일반인 모델을 뽑는 맥도날드 글로벌 캐스팅에서 선발돼 올해 3월부터 18개월 동안 전 세계 맥도날드 패키지의 모델로 활동한다."라고 밝혔다고 한다. 맥도날드는 그동안 세계적으로 유명한 스포츠 스타를 패키지 모델로 기용했다는데, 2006년 후반기에 처음으로 일반인을 상대로 하여 24명의 모델을 선발했다고 한다. 모델이 된 한국의 김시만 학생은 100개국에서 1만 3,000여 명이 응모한 가운데 540대 1이 넘는 경쟁을 뚫고 24명 안에 포함

됐다. 맥도날드가 일반인 모델을 캐스팅하는 데 제시한 기준은 삶에 대한 열정이었다고 한다. 이런 관문을 통과한 한국의 김시만 학생을 두고 맥도날드 측이 밝히기를 첼로에 대한 열정을 표현해 모델로 캐스팅됐다고 한다. 첼로에 대한 열정 때문에 맥도날드의 모델이 된 그는 "첼로 연습을 하려고 일주일 이상 합숙을 수시로 했다. 평범한 대학생이 꿈을 갖고 열정적으로 음악 생활을 하는 모습이 좋은 평가를 받은 것 같다."라고 말했다고 한다.

세계적으로 빼어나다는 한국의 전통식품인 발효된 청국장, 된장은 물론이며 세계보건기구가 건강식품으로 인정한 김치를 도외시하고 서양식인 햄버거를 포함한 패스트푸드를 즐기는 너에게 종종 경종을 울리는 나지만 뜨문뜨문하게 맥도날드 매장을 들렀으면 하고 권장하고 싶다. 너는 집에서 멀지 않은 곳에 맥도날드가 있다 보니 그곳에 가서 햄버거하고 음료수를 앞에 두고 폼을 잡고 앉아서 미각을 즐기는 때가 있었다. 그런데 그곳에 있는 컵에 다음 달부터 김시만 모델이 등장한다고 하기 때문이다. 미국, 캐나다 등에서는 이미 한 달 앞선 3월부터 컵과 포장백에 그의 모습이 등장했다고 한다.

네가 좋아하는 맥도날드 햄버거 말이 나왔으니 망정이지 맥도날드에 대해 말해보자. 맥도날드라는 이름은 딕 맥도날드와 맥 맥도날드라는 형제가 운영하던 레스토랑 '맥도날드'에서 유래됐다고 한다. '멀티믹서'라는 믹서를 판매하고 있던 레이 크록은 캘리포니아에 있는 맥도날드 햄버거 레스토랑에서 한번에 8개의 믹서를 사용하고 있다는 말을 듣고 곧바로 그곳에 달려가 딕 맥도날드, 맥 맥도날드 형제와 담판을 벌여 프랜차이즈 판매권을 인수해 그들과 공동으로 경영하게 됐다고 한다.

그렇게 하여 출발한 맥도날드는 지금 현재 세계적인 글로벌 기업이 되어 세계 어느 곳에 가도 맥도날드 간판이 눈에 띌 정도로 어마어마한 기업이라고 한다.

맥도날드를 창업한 레이 크록은 "쉴 시간이 있다면 바로 그 시간이 매장을 깨끗이 할 수 있는 시간이다."라고 습관처럼 말했다고 하고 그런 그는 솔선수범해 매장에 딸린 주차장 청소를 손수 직접 하기도 했다고 한다.

혹여 네가 맥도날드 매장에 들렀을 때, 종전과는 다른 각 도에서 생각한다면 분명 삶에 많은 영향을 미칠 것으로 가늠해본다. 네가 모형비행기 오래 날리기 대회에서 우승한 것 과도 스스로 비교해도 괜찮을 법하다. 이를테면 네가 우승한 것이든 김시만 대학생이 모델이 된 것이든 내면을 들여다보면 그 속내는 열정적 사고를 가졌다는 것이 일치하다. 글로벌 기업이 된 맥도날드는 한국에만 해도 매장이 무려 240개가 넘는다고 한다. 1986년 한국에 상륙하여 급성장한 한국 맥도날드는 네가 즐겨먹는 불고기버거와 특불버거가 각각 1997년 8월에, 1999년 1월에 판매하기 시작했는데 한국인의 입맛을 고려한 것이라고 한다.

말이 길어졌는데, 햄버거를 몹시 좋아하는 미국의 클링턴 대통령은 햄버거 때문에 건강이 문제가 생겨 심장수술을 받았다는 언론 보도가 있었다고 말한 나는 건강을 생각하여 햄버거를 자주 먹는 것은 안 된다고 말한 적이 있다. 그런데 말을 하다 보니 어찌 보면 꼭 뒤집은 동전을 되뒤집는 듯하다. 그나저나 네가 가까운 맥도날드 매장에 들러 '특불버거'를 앞에 놓고 첼로를 연주하는 한국인 모델이 있는 컵을 가지고 주스를 마시면서 모형 비행기 오래 날리기 대회에서 우승한 것을 상기해봤으면 한다. 정열적인 노력을 말이다.

노력과 자신감의 결합

네가 중학교 3학년이 된 지 얼마 지나지 않았을 때 모형 비행기 오래 날리기 경진대회가 있었다. 고무줄이 장착된 모형 비행기를 가지고 참가해 1분 동안 날아가게 해 1등을 차지했었다.

1등을 차지한 그날 학업을 마치고 집에 온 너는 내게 말했다. "모형 비행기를 날려 몇 등을 했겠느냐?"고. 그때 나는 짐짓 머뭇거리다 애매모호하게 "5등 안에 포함됐겠다."라고 말했었다. 그랬더니 너는 거푸 분명한 답을 원하길래 미덥기는 했지만, 솔직히 말하면 마지못해 "1등을 차지했겠다."라고 말했었다. 그렇게 한참을 뜸 들인 너는 그제야 "1등을 차지했다."라고 말하면서 네가 잘해서가 아니고 네 말이 "다른 참가자의 성적이 너무 형편없었기 때문에 우승할 수 있었다."라고 말했었다.

네 말대로 그다지 좋은 기록은 아닐지언정 네가 우승한 것을 놓고 말해보자. 네 어머니는 모형 비행기를 조립할 수 있는 것을 두 개를 준비했었다. 너는 그중에서 하나를 조립하여 나는 연습을 했었다. 거푸 여러 날을 연습하다가 경기 전날 늦은 시간에 모형 비행기가 파손되고 말았다. 때문에 너는 학원을 마치고 밤 10시가 됐을 무렵에 연구하여 조립하다가 반쯤 조립됐을 때는 새벽 2시였다. 그때 너는 취침에 들어갔고, 나머지는 학교에서 완성시켰었다. 네가 누구의 도움 없이 스스로 조립 완성한 모형 비행기를 가지고 당당히 우승했다.

네가 우승하게 된 주요한 요인을 말하자면 다른 참가자와 비교해 월등히 노력을 했다고 볼 수가 있다. 이를테면 네 말을 들어 볼진대 다른 참가자는 날게 하는 각도가 안 맞아 높이 솟구치다가 곧 곤두박질치는 경우도 있었고, 어떤 경우는 각도 때문에 비상을 못 하고 곧 내려앉는 경우도 있었다고 말했다. 또한 준우승 기록이 20초였다고 말했다. 하지만 너는 나는 연습을 많이 했기 때문에 그런 우는 범하지 않았다. 뿐만 아니라, 집념 어릴 정도로 열정적이었다. 생각해보자. 모르긴 하지만 여러 정황으로 따져봤을 때 너는 누구보다도 열정적인 노력을 했었다. 때문에 너는 공짜는 없다는 말이 있듯이 노력한 대가를 충분히 보상받아 성취욕, 성공감, 희열을 느끼는 정도가 충만해보였었다. 뿐더러 부상으로 문화상품권까지 거머쥐어 한 권의 책을 더 볼 수 있은 기회도 잡았다.

네 기분이 그럴 때 조종사였고 『어린 왕자』의 저자이기도 한 프랑스의 앙투안 드 생텍쥐페리가 말한 "황홀한 모험과 승리, 그리고 창조적인 행동의 강력한 열정 속에서 인간은 최고의 즐거움은 발견한다."는 말이 무릇 제격이다 싶었다.

미국 뉴욕의 번화가에서 있었다는 이런 이야기가 있다. 음악을 하는 어떤 사람이 걷고 있는 어느 유명한 음악가에게 다가가 어떻게 하면 카네기홀에 설 수 있느냐고 그 방법을 물었다고 한다. 그러나 그 유명한 음악가는 "연습하십시오. 오직 날마다 연습하십시오."라고 말했다. 그 말은 네가 모형 비행기를 가지고 거듭 연습한 것과 일맥상통한다.

네 말이 '1분'이라는 저조한 기록을 가지고 우승한 것은 "다른 참가자의 성적이 너무 형편없이 저조했기 때문에 우승할 수 있었다."는 겸허한 말을 높이 칭찬한다. 그런 자세는 품행을 갖추는 데 필요한 자양분이 되는 요소다.

빛이 밝으면 그림자도 짙다

네 어머니는 너희들 셋을 낳을 때 자연분만을 하다 보니 산고의 고통을 감내해야 했다. 그런 통각을 겪었기 때문인지 너희들을 애지중지하는 것이 아닌가를 생각할 때가 있었다. 은유하건대 '빛이 밝으면 그림자도 짙다.'는 듯하다.

너는 벌써 성인이 된 지 10여 년이 다됐고, 병역을 필하고, 대학을 졸업하고 서른 살이 다 되어간다. 그런 네가 아무런 생각을 하는 건지 마는 건지 네 어머니에게 무턱대고 해대는 미덥지 못한 언동은 네 어머니 마음에 실망스럽기가 이만저만이 아니다. 네 어머니뿐만이 아니라 편치 않기는 나 또한 마찬가지다.

며칠 전 언론에 따르면 미국의 패션 전문지 '배니티 페어'는 미국의 로널드 레이건 전 미국 대통령의 고뇌가 담긴 일기를 출간했다고 한다. 하루도 빠짐없이 매일매일 간결하게 일기를 썼다는 레이건 대통령은 아들 론이 그의 어머니에게 무례하게 굴자 "그가 사과할 때까지 말을 하지 않을 것"이라고 일기에서 드러나 있다고 한다. 세계를 움직였고, 미국을 움직였고. 그런 위대한 사람도 아들이 어머니에게 하는 무례함은 곧 쉽게 용서 안 하고 있다. 그런데 소심하고 식견 없고 녹록한 나인들 자못 오죽하겠다 싶다.

나는 네가 언젠가 말하기를 너는 대학을 졸업했고, 최고의 지성인으로 보면 된다. 무지한 잡배들이나 하는 언행은 삼가야 한다고 말하고, 정제된 말을 선별하여 내뱉도록 해 지성인의 품행과 품성을 유지토록 해야 한다고 말했었다. 또한 상탁하부정이라는 말이 있다. '윗물이 흐리면 아랫물도 흐리다'는 말인데, 윗물이 맑아야 아랫물도 맑듯이 윗사람이 하는 모습을 따라 하는 것이 아랫사람이라고 하며 네게는 열댓 살 차이가 나는 동생이 있다고 했었다.

네가 기억하는 건지 의심은 가나 나는 하루가 24시간이 아니라 25시간이었으면 한다고 말한 적이 있다. 하루를 꽉 틀에 맞게 사는 나는 시간을 쪼개어 일주일에 5일은 50여 분씩 운동을 한다. 지금은 집에서 러닝머신을 가지고 운동을 하고 있지만 얼마 전까지만 해도 한강으로 나가 걷기도 하고 달리기도 했었다. 그럴 때면 풍광을 만끽할 수도 있었고, 맑은 공기를 마실 수도 있었고, 쪽빛에 어울어진 물냄새도 맡을 수 있었고, 뭇사람들과 한데 어울려 호흡한다는 게 좋았다. 뿐만 아니라 운 좋은 때는 파닥이며 튀어 오르는 물고기를 낚아채는 갈매기를 보며 『갈매기의 꿈』이라는 책에 등장하는 '리빙스턴'이라는 꿈을 품은 갈매기를 생각할 때도 있었다. 따라서 꿈과 희망 비전을 생각할 수도 있었지만 반면 적자생존, 생존경쟁, 약육강식 등의 섭리를 느끼게 하는 진면목이었다. 이렇듯 극치를 이룸에도 불구하고 집에서 운동을 하는 것은 충족치 못한 시간 때문에 시간을 절약하기 위한 하나의 방면에 불과하다.

말을 하다 보니 어그러졌는데 다시 제자리를 찾아 말을 이어보자. 네 어머니도 그렇고 나 또한 마찬가지지만 정규 교육을 제대로 못 받다 보니 지적인 모델이 되어 주지는 못했다만 그러나 무지하면 무지한 대로 모범이 되도록 애를 썼으며 네가 그렇게 느낄 수 있도록 한사코 노력했다고 말하고 싶다.

이솝 우화에 '엄마 게와 아기 게'라는 이야기가 있다. 엄마 게가 아기 게에게 "너는 똑바로 걷지 못하고 구부린 채 어정하게 걷느냐?"고 말하자 아기 게는 "엄마가 똑바로 걸어 보세요. 엄마가 똑바로 걷는다면 나도 따라 배울 수가 있어요."라는 말에서 아기 게가 주는 교훈을 잊은 적이 없다. 그랬으나 네가 보기에는 이솝 우화에 엄마 게처럼 보였는지 모르겠지만 아기 게가 주는 교훈을 삼아 너희들을 양육했다고 거푸 말한다.

'욕심은 끝이 없다'는 말도 있듯 나의 지나친 과욕에서 벌어지는 기대 같은데 일은 한다고들 하지만 너나 네 바로 아래 동생의 행동거지를 통털어 보면 나의 기대치에 훨씬 미흡하다. 앞서 말했지만 엄마 게와 아기 게의 이야기를 교훈으로 삼았다고 했는데 네가 보기에 내가 걸어가는 궤적이 이탈한 궤도였는지 자괴할 뿐이다.

앞에서 통각이라는 말이 나왔으니 망정이지 통각이라는 말을 할까 한다. 제체기를 하고, 콧물이 나오고, 감기에 대한 이상 징후가 보이면 미리 손써 고생을 덜 수가 있다. 꼬르륵하고 시장기가 들면 간단한 요기라도 했을 때 시장기를 면할 수 있다.

이상 징후의 전조로 통증이 유발하는 것은 어떤 대비책을 강구하라는 신호의 통각이다. 만약 그런 신호를 알리는 촉각이 없다면 이건지 저건지 분별하기가 쉽지 않을 것이고 문제가 따를 것이다.

신체적으로 느끼는 촉각도 그렇지만 정신적인 사고력의 혜안의 촉각도 예외가 아니라고 본다. 이를테면 직장에 다니고 있는 너를 두고 말하면 회사에 기여하는 것에 비교에 급여가 반에도 못 미친다는 것을 느끼는 것은 이래서는 안 되겠다고 알리는 촉각인 셈이다. 다시 말해 늦기 전에 연구하여 대비책을 세우라고 알리는 경고성 신호라는 것이다.

그런 경고성 신호를 직각했을 때 곧 대응책을 마련하는 것은 사람이 살아가는 데 매우 중요성을 지니고 있다고 말하고 싶다. 비컨대 요 며칠 전 나는 독서 받침대가 부착된 러닝머신을 가지고 책을 읽으면서 운동을 하고 있을 때 일이다. 빨리 걷기 운동을 시작한 지 얼마 지나지 않았을 때 한쪽 발바닥에 느낄까 말까 할 정도의 미미하게 와닿는 촉각이 있었다. 그러나 신경은 곤두세워졌지만 개의치 않고 책을 읽어내려가면서 운동을 계속했다. 그런데 운동을 마치고 확인한 결과 가로 세로의 길이가 각 3cm 정도 되어보이는 신문 쪼가리가 신발 속에 반으로 접어져 있었다. 그것을 확인한 나는 하찮은 신문 쪼가리가 그 정도의 영향을 미치는 것에 어이가 없었고 놀랐다.

신문 쪼가리 때문에 미치는 영향은 운동을 마쳤을 때 끝나지 않았다. 그 뒤로도 여러 시간이 지났을 때까지도 통각이 있어 불편한 적이 있다.

잠깐 생각해보자. 내가 운동을 하면서 50여 분이라는 짧은 시간이었지만 통각을 느꼈을 때 지체 말고 즉시 대응했어야 했다. 하지만 대수롭지 않다고 생각했던 것이 문제였고, 운동화 끈을 풀고 다시 조여 매는 것이 귀찮다고 생각했기 때문에 그렇게 하지 않았다. 때문에 운동을 하는 동안 신경이 곤두세워졌고, 운동을 마친 뒤에도 후유증이 남았었다.

네가 하는 일을 두고 혜안의 통각을 느낀다면 여과하듯 지체할 이유가 없다. "진단을 제대로 하면 치료의 반은 끝난 것"이라는 의학계의 말도 있다고 한다. 네가 지금 하는 일에 통각을 느끼는 것은 그것은 곧 자양분이 되어 성공으로 가는 시작이며 부여한 원동력으로 치면 된다.

사람 몸에 이상이 있을 때는 의사가 진단을 내리고 처방을 한다. 하지만 혜안의 진단을 네가 내려야 되고 처방도 해야 된다. 진단을 내렸다면 제대로 된 처방을 강구해야 된다. 요컨대 내가 하찮은 종이 쪼가리에서 발생한 미미한 통각을 적시에 적절하게 대응하지 않아 그 여파가 상당했다는 것을 유념했으면 한다.

자존심과
자괴감의 상충

내가 스물아홉 살이 되었을 때 나보다 나이가 많은 친구가 나에게 “자네 벌써 내년이면 삼십 줄에 접어드네. 준비는 되었나?”라고 물었다. 나는 그때까지 한 번도 삼십 대에 대해서는 생각해본 적이 없었다. 하지만 생각을 하면 할수록 그 무게는 더욱 버겁네 느껴졌다. 나는 그때부터 사람들에게 내 나이가 서른이라고 말하기 시작했다. 스물아홉 살 때부터 1년간 연습을 해두면 점점 나이가 들어가는 것에 대한 충격과 비극에 잘 대비할 수 있을 것 같았다. 사람들이 서른 살이 된 느낌이 어떠냐고 물으면 나는 “스물아홉 살 때와 같다.”라고 대답하곤 했다. 그리고 드디어 서른 살이 되고야 말았을 때 그 느낌은 산들바람이 부는 것처럼 아무렇지도 않았다. 손바닥에 땀이 나지도 않았고 거울을 보며 나이가 들어가는 흔적을 찾아보지도 않았으며 성찰도 하지 않았다. 이 글은 내가 한 말이 아니고 『사막을 건너는 여섯 가지 방법』(저자 스티브 도나휴, 옮김 고상숙, 출판 김영사)이라는 책에 나오는 말이다.

내가 스물아홉 살 때는 네가 두 살이었다. 그런데 지금 네 나이가 스물아홉 살이 됐다. 금년만 지나면 ‘른’자가 붙는다. 지금도 왕왕 듣기도 하지만 내가 어렸을 적에 나이가 ‘른’ 자가 붙기 시작하면 나이 먹는 것이 왜 그렇게 빠른지를 모르겠다는 말을 왕왕 들었다. 나의 경험으로 짚어봐도 틀림없어 보인다. 네가 두어 살 적이 엊그제 같고 주마등처럼 훤하다. 청소년기를 어영부영 하릴없이 보낸 내가 30대에 경험한 것을 말해본다.

전문가가 말하기를 '어른들이 느끼는 일 년은 짧고 하루는 길게 느껴진다. 하지만 청소년들이 느끼는 일 년은 길고 하루는 짧게 느껴진다.'라는 말을 덧붙이고 말을 이어보자.

내가 서른 두엇 되었을 때 일이다. 그때 직원 몇 명을 두고 제품을 생산했었다. 30여 평 남짓 되는 자그마한 지하 공장을 차렸었는데, 불행하게 비가 조금만 내려도 스며들어 습기가 차곤했었다. 주로 도료와 안료, 아교를 취급하다 보니 습기 때문에 제대로 능률을 올릴 수가 없었다. 도료와 습기는 마치 기름과 물처럼 절대적으로 상극이다. 그러다 보니 어쩔 때는 능률은 고사하고 불량품만 부지기수로 양상하는 꼴이었다. 때문에 공장 이전을 고려도 해봤지만 시장 흐름의 전망도 점점 희미해지는 것 같고, 그래서 1년도 채 안 됐을 때 공장을 처분하고 말았다.

공장을 처분한 나는 백수가 되었다. 녹록하지 못한 나의 백수생활이 반년 남짓 됐을 때다. 우리가 살고 있던 집주인이 나의 전공을 물었었다. 어느 고등학교 교사였는데 백수인 내가 딱해 보였던지 일자리를 마련해주기 위해서였다. 그런데 호호막막하기가 짝이 없는 나는 이렇게 말했어야 옳았는데도 그러지를 않았다. 에컨데 "어떤 전공도 없고, 특기도 없고, 정규 교육을 제대로 받지도 못했다. 아무 일자리도 감지덕지하니 일할 곳을 부탁한다."라고 했어야 옳았다는 것이다. 하지만 알량한 자존심이 발동하여 그런 말을 하지 않았다. 아니 더 명확히 말하자면 자괴심 때문에 그랬었다.

말을 돌려서 너의 어릴 적 앨범을 보면 옷을 어깨에 걸치고 언덕

배기에 앉아서 찍은 사진이 있다. 그 사진의 내면을 들여다보면 가난이 쭉쭉 흐르고 처량하기가 한량없고 감회가 새롭다. 그 사진은 네가 댓살 됐을 무렵 흑석동 현충원을 경계로 하여 가파른 언덕에서 찍은 사진이다. 나는 그 사진을 볼 때마다 네게 미안한 생각이 들곤한다. 흔한 과자봉지 하나 제대로 사줄 형편이 아니었기 때문이다. 이럴 때마다 녹록한 나는 1,600여 평의 저택에 산다는 미국의 권투선수 에반더 홀리필드가 한 말이 생각이 난다. 그는 이런 말을 했다.

"학교에 열심히 다녀라. 그러면 너희들도 내가 지금 지니고 있는 이 모든 것을 다 살 수 있다. 저는 이것이 올바른 메 시지라고 생각하지 않습니다. 올바른 메시지는 학교에 열심히 다녀라. 그래야 너희들이 인생에서 하고픈 일을 할 수 있다.(『정상에서 만납시다』, 저자 지그 지글라, 임양원 옮김, 안암문화사 출판)"는 말이 뼈저리게 와 닿는다. 철학자 프랜시스 베이컨이 말했다는 '아는 것이 힘이다'는 말을 생각 않을 수가 없다.

공장을 처분하고 많지 않은 돈을 제대로 관리 못 해 알거지가 되다시피 했을 때 지인의 소개로 전기도, 수도도 끊기고 보일러도 사용할 수 없는 방 한 칸, 부엌 하나가 딸린 곳으로 이주했던 곳이 바로 흑석동이었다. 전세보증금도 걸지 않아도 됐고 월세도 내지 않아도 됐기 때문에 처지가 옹색하게 놓이다 보니 그곳으로 부득이 갈 수밖에 없었다.

어둠을 밝히는 데는 전기 대신 양초를 이용하기도 했고, 케케묵어 박물관에다 있음 직한 호롱에다 석유를 담아 불을 밝혔다. 그

호롱은 지금도 보관하고 있다. 물은 200여 미터 떨어진 샘에서 네 어머지가 길러다가 사용했다. 그때 나는 물 한 번 길러 온 적이 없으니 무릇 지나치기가 그지없다.

당시 물만 해도 네 어머니는 혹독한 고생을 했다. 네 어머니는 지금도 그때 일을 얘기할 적마다 눈시울을 붉히곤 한다. 보일러 대신 연탄난로를 방 안에 두고 사용했었다. 네 바로 아래 동생은 거기서 자연분만하여 태어났는데, 한 번은 기저귀를 건조시키기 위해 난로가에 메달아 놓았다가 기저귀에 불이 붙어서 위험한 상황에 놓인 적도 있다. 지금도 그때를 생각건대 정말이지 아찔하다.

"소도 언덕이 있어야 비빈다."는 말이 있다. 은유컨대 특기, 전공이나 뚜렷하게 아는 것이 없는 나는 비빌 곳이 없었다. 때문에 나는 하고 싶은 것을 할 수가 없었다. 갖고 싶은 것도 가질 수가 없었다.

옛말에 '른' 자가 붙기 시작하면 나이 먹는 줄 모른다듯 가장 왕성한 사회활동을 해야 하는 나의 30대는 하나 제대로 해놓은 것 없이 어느새 슬며시 지나가고 말았다. 스티브 도나휴가 말한 스물아홉, 네 스물아홉, 나의 스물아홉을 말하다 보니 네 어릴 적 한 장의 사진만이 나왔다.

내가 20, 30대에 걸쳐 몇 차례 들은 말인데 일생 동안에 두 번의 기회가 온다는 말이 있다. 지금 생각해보면 그런가 보다 하고 그렇게 생각한 적도 있었다.

단적인 예를 들면, 나는 스물댓 살 무렵 상경했다. 일찍이 흐지부지되어 공중분해가 되고 말았지만 나는 네 조부모님으로부터 1,500여 평의 전답을 물려받았다. 그런데 나는 전답을 그대로 놔두고 무일푼으로 상경했다. 당시는 맨손으로 올라가야 성공하지 전답을 전매하여 고향을 떠나는 사람은 망한다는 말이 통설처럼 굳어져 마다했다. 때문에 속된 말로 전답을 매각하여 떠나는 사람은 미친 사람 취급받기 일쑤였다.

그렇지만 그때 손가락질을 받든, 미친 사람 취급을 받든 전답을 정리해서 서울에 자그마한 판잣집이라도 마련했다면 그것이 옳은 판단이었다! 무릇 이런 선택의 갈림길을 두고 아마 인생에서 몇 번만 있는 기회라고 하는 말로 비유해도 되지 않나 싶다.

그로부터 30여 년이 지났다. “10년이면 강산도 변한다.”라고 하는 말이 있으니 강산이 변해도 세 번은 변했다. 농경사회에서 산업사회로 아나로그에서 디지털로 발전발전을 거듭하여 엄청나게 발전하면서 모든 것이 변화됐다고 해도 과언은 아니다. 그러는 동안 기회를 포착하는 데도 한가롭던 시대에서 적극적으로 나서야 하는 시대인 것 같다.

예로 야구를 들면, 타석에 든 타자가 날아오는 공을 치지 않고 기다리다 보면 아웃되기 일쑤다. 혹여 ‘가뭄에 콩 나듯 한다.’ 한다고나 할까. 포볼로 베이스를 밟을 수는 있다. 하지만 그것은 내 자력으로 베이스를 밟았다고 보는 것은 무리다. 이를테면 투수의 난조가 있었다든가 하여 십중팔구는 얻는 것이기 때문에 어부지리로 득을 본 것에 불과하다. 때문에 베이스를 밟기 위해서는 홈런이나 안타를 쳐야 한다. 그러므로 적극적으로 나서 야구 방망이를

휘둘러야 한다. 치지 않고서는 얻을 수가 없다. 홈런왕 이승엽도 적극적으로 휘둘렀기 때문에 홈런왕이 될 수 있었고, 아시아의 야구 역사도 새로 쓸 수 있었다.

때를 기다려 철저하게 준비를 남모르게 하는 사람들의 대명사격인 "강태공의 낚시질"이라는 속담이 있는데 주나라의 강태공은 강가로 나가 낚시질을 했다고 한다. 그는 다른 뭇사람들과 달리 곧은 낚시에 미끼도 꿰지 않고 그것을 물 위에 드리운 채 낚시질을 했다고 한다.

때문에 그는 남들로부터 '허무맹랑'하기가 한량없는 사람이라는 말을 들을 때면 "이제 보시오. 조만간 하늘의 뜻을 받은 사람이 와서 이 내시에 걸리지 않는가."라고 말하곤 했다고 한다.

그렇게 곧은 낚시를 가지고 낚시질을 했던, 강씨의 부족장이었다는 강태공의 원 이름은 강상이었다고 한다. 그런 그는 주나라 문왕의 부름으로 문왕의 스승이 되었다 하고, 병법가로서 탁월한 두뇌를 지녔다는 그는 무왕을 도와 은나라의 주왕을 멸망시키고 제나라를 세워 시조가 되었다고 한다.

때문에 뒷날 낚시질하는 사람을 가리켜 '강태공'이라는 말이 유래됐다고 한다. 뿐만 아니라 앞서 언급됐지만 전혀 속내를 드러내지 않고 남몰래 준비하는 사람을 "강태공의 낚시질"에 비유하는 말도 유래됐다고 한다.

"강태공의 낚시질"은 뭇사람들이 보기에 허무맹랑하게 보였고 때문에 눈치채지 못했지만 그는 일찍이 섬광처럼 반짝이는 비전을 발견했었고, 대망을 품고 있었다고 볼 수 있다. 때문에 그는 찬찬히 대비했을 것이다. 곧은 낚시에다 미끼도 없었지만 은유해보면 타자가 타석에 들어 방망이를 메고 공을 기다리는 것과 마찬가지라고 비유할 수 있다.

2007년 5월 7일자 동아일보에는 세계에서 두 번째로 부자라고 하는 버크셔 해서웨이의 워런 버핏 회장의 고향이기도 하고 본사가 소재한 미국 네브래스카 주 오마하에서 실시한 주주총회가 있을 때 워런 버핏 회장이 한 말이 실렸다. 그는 갑부가 되어 자선사업에 꿈을 가졌다는 한 대학생에게서 '부자 되기 노하우'에 대해 질문 받자 "젊었을 때부터 로드맵을 잘 세우는 것이 중요하다. 분명한 로드맵을 가지고 계속 시장의 변화를 주시해야 한다."라고 말하면서 "기회는 결코 부족하지 않다."는 것을 역설했다고 한다.

필경 따지고 보면 워런 버핏의 말대로 제나라의 시조가 된 강태공도 젊어서 로드맵을 구상했었던 것이다. 시대는 진화를 거듭해 달을 정복하고 화성, 목성 등 태양계의 행성들을 정복 중이고 디지털 첨단시대다. 따라서 기회도 시대에 발맞춰 한발 더 나아가 "강태공의 낚시질"을 업그레이드해야 할 필요가 있다.

나는 네게 카메라를 메고 다녀야, 그래야만 어미 오리가 갓 부화한 수십 마리의 새끼를 줄지어 이끌고 가는 장면이나, 어떤 한순간의 찰나를 찍을 수도 있다고 말한 적이 있다. 다시 말하자면 적극적으로 철저히 준비를 하라는 것이다. 그래야만 "기회는 결코 부족하지 않다."는 세계에서 두 번째 부자 워런 버핏의 말도 가능할 테니 말이다.

미국의 폭스 TV 방송에서 실시하고 있는 가수 선발 대회에서 2002년 제1회 우승자로 확정되자마자 무서울 듯이 폭발적인 인기를 끌고 있는 여가수 켈리 클락슨이 했다는 말이 생각난다. "꿈, 목표, 노력 모두 중요하지만 기회를 놓치지 않는 것이 가장 중요하다."

말은 곧 리더십이다

『아들아, 머뭇거리기에는 인생이 너무 짧다』(저자 이원설, 강헌구, 한언출판사)라는 책을 보면 "말은 곧 리더십이다." 주제 아래 『정상에서 만납시다』 저자 지그 지글러가 했다는 말이 있다. 그대로 옮겨 적으면 "우리는 아름다운 노래의 흐름과 같이 모든 것이 잘 진행될 때엔 쉽게 즐거움을 느낀다. 그러나 모든 것이 잘못되어가고 있는 그 순간에도 웃을 수 있는 사람만이 보람을 향유할 수 있다. 지우개는 잘못을 저지르는 사람에게 필요하다."는 격언이 있다. 이 말은 보다 좋게 표현하면 "지우개는 자기의 잘못을 바르게 교정하려는 사람을 위한 것이다."

지우개는 잘못된 글씨를 지우는 데 사용한다. 그렇듯 너희도 분명 그렇게 하고 있다. 만약 지우개가 등장하지 않았다면 결과는 판이하게 다를 것이다. 믿는(지우개) 구석이 있기 때문에 쉽게 쓰고 잘못된 글씨가 있으면 지우개로 지우고 그런 다음 다시 쓰는 것이 비일비재하다. 키보드를 두드려 오타를 쳐도 다시 정정하면 된다. 물론 그것도 지우개로 지우고 다시 쓰는 것과 별반 차이가 없다.

잘못된 글씨를 지우듯 우리 몸에 배어있는 잘못된 습관들을 지울 수가 있다면 무진장 좋겠고, 잘못된 습관을 없애는 데 손쉽게 처리할 수도 있을 것 같으므로 대수롭지 않게 여겨도 괜찮을 듯하다.

하지만 우리 몸에 한 번 배어있는 습관은 쉽게 지워지지 않는단다. 전문가에 의한 실험을 따르면 '중간 정도의 복잡성'을 지닌 습관을 형성하는 데는 약 3주 정도의 시간이 걸린다는 말이 있다. 다시 말하자면 중간 정도의 나쁜 습관 하나를 없애려고 할 경우 꾸준히 노력해 반복하여 훈련을 한다면 3주 정도가 돼서야 비로소 나쁜 습관 하나를 없앨 수가 있다는 말이다.

네가 중학교 2학년 때 어느 날이었다. 학교에서 돌아온 너는 러시아의 과학자 파블로프가 개를 대상으로 실험한 내용을 내게 말했다. 네가 말하기를 "러시아 과학자 파블로프가 종을 울리게 한 다음 동시 굶주린 개에게 고기를 주었다. 그렇게 똑같은 방법으로 며칠 동안 반복했더니 개는 종이 울리고 고기를 줄 때마다, 고기를 기대하여 침을 질질 흘렸다. 파블로프는 어느 날 갑자기 개에게 고기를 주지 않고 종만 울렸다. 그런데도 개는 고기를 줄 때와 마찬가지로 침을 질질 흘렸다.

네가 말한, 파블로프가 개를 상대로 실험한 내용을 가지고 생각해보자. 개가 애당초에 그런 습관을 가지진 않았었다고 하지만 여러 날 동안 반복된 훈련 때문에 종만 울려도 침을 질질 흘리는 습관이 몸에 밴 것이다.

사람도 마찬가지라고 한다. 사람이 태어날 때는 아무런 습관도 가지지 않고 태어나지만 자라면서 행동을 하게 되고 그것이 또다시 반복이 되고 그러는 사이에 습관으로 변하게 된단다. 다시 말하자면 평소에 하는 행동들이 반복됐을 때 그것이 습관으로 발전하게 되므로 무심코 하는 행동들을 돌이켜 봐야 할 필요가 있다고 본다. 요컨대 좋은 행동을 하고 그것이 습관으로 발전했을 때 거기서 그치지 않고 성공과도 밀접하게 연관된다는 것이다. 이를테면 성공한 사람은 좋은 습관이 몸에 배어있지만 실패한 사람은 나쁜 습관이 몸에 배어있다는 것이다. 우리 몸은 형평성에 맞지 않게 좋은 습관이 몸에 배는 데는 어렵게 형성되지만 반면 나쁜 습관은 쉽게 형성되는 괴리가 있다. 때문에 반대로 나쁜 습관은 어렵게 형성되고 좋은 습관은 쉽게 형성되도록 조물주가 인간을 창조하지 않았는가를 자문하게 된다.

너희의 잘못된 습관을 일일이 열거하자면 부지기수지만 우선 학생으로서 아침에 늦게 일어나기 때문에 따라서 학교에 늦게 가는 것이 문제다. 우리가 매일 맞이하는 아침은 하루를 알리는 시작이면서 한 달의 시작이고, 일 년의 시작이고, 평생의 시작이라고 봐야 한다. 그런데도 중요성을 지닌 아침을 그르쳐서야 갈수록 하루가 다르게 전개되는 경쟁 시대에 버거울 수밖에 없다. 헨리워드 비처는 “하루의 첫 시간은 하루를 알리는 방향타”라고 말했다는데 하지만 나는 “하루의 첫 시간은 일생을 가늠하는 방향타”라고 아침을 소홀히 하는 네게 말하고 싶다.

어느 조사에 의하면 CEO를 상대로 조사를 했더니 아침 일찍 일어나는 사람이 많았다는 발표도 있었다. CEO가 된 사람 대개가 성공하는 데 요체가 될 수 있는 좋은 습관을 지니는 있다고 볼 수가 있다. 대부분의 CEO들이 아침 일찍 일어나는 것만 해도 그렇다. "일찍 일어나는 새가 벌레를 잡는다."는 속담이 문뜩 떠오른다. 네 조부모님 댁에 갔을 적에 새벽에 동이 트자마자 뭇 새들이 지저귀는 각기 다른 소리를 들을 수가 있다. 경쟁하듯 앞다투어 일어나 벌레를 차지하려는 경쟁의 증표인 듯하다. 그럴 때면 나는 뭇 새들의 소리에 잠에서 깨어 기상하고 만다. 내 가까이 있는 사람 중에 한나절이 다되어 해가 중천에 있을 때 일어나는 사람이 있는데 옹색하다 못해 꼴이 볼썽사나운 사람도 있다.

드라이온 에드워드라는 사람은 "어떤 행동이든 자주 반복하면 습관이 된다. 습관이 되면 힘을 얻는다. 습관은 처음에는 약한 거미줄 같지만 그대로 두면 우리를 꼼짝 못 하게 묶는 쇠사슬이 된다."라고 말을 했다고 한다. 현대는 과학이 발달함에 따라 사람들의 수명도 연장되고 있다. 과학자들이 전망하기를 머잖아 인간의 수명이 150세는 될 것이라고 말하고 있다. 하지만 과학의 수혜를 입기 위해서는 뭐니 뭐니 해도 식습관이 중요하다. 이를테면 아무리 의학분야의 과학이 발달하여 인간의 수명이 150세가 가능하다고 해도 성인병에 위험요소가 있는 음식을 함부로 섭취한다든가 하면서 불로장생을 원하는 것은 하나의 기우에 불과하다. 말을 딴 데로 돌려 내가 어렸을 적 우매한 생각과 행동을 말해보면 나의 키가 지금이야 180cm에 근접하여 괜찮지만 10대 중반까지만 해도 체격이 왜소했다. 게다가 빼빼하기가 이를 데 없었다. 그러다 보니 우람한 체격이 한량하게 부러웠었다. 그런 나는 20~30대를 거쳐 40대가 되자 허리둘레가 37인치가 되었다. 건강은 생각하지 않고 무턱대고 먹어댄 결과였다. 그것이 성인병의 원인으로 발전할 수 있다는 개연성도 모른 채 든든한 체격이 달갑기가 그지없었다.

40대 때 어느날 병원에 갔었다. 정상이었던 혈압이 150에 근접했다. 비로소 경각심을 깨달은 나는 정신을 차리고 식습관을 개선했다. 되도록 육류는 피하고 저염식은 물론이었고 과일과 야채 위주로 섭취했다. 네가 이미 알다시피 지금의 나의 반찬은 채소이고 과일이 십중칠팔은 대신하고 있다. 그랬더니 37인치가 됐던 허리는 32인치이고 80kg가 넘었던 체중은 66kg으로 되돌려 놓았다. 약은 한 알씩 복용하고 있지만 혈압은 안정적이다. 며칠 전 나는 네게 "육류가 맛이 없어서 기피하는 것이 아니다. 어쩌다 먹을 때면 어찌나 맛이 좋은지 미뢰가 방정맞게 온갖 요동을 다 친다. 그렇지만 되도록 억제하는 것이다."라고 말했었다.

요컨대 내가 한때 우매한 생각으로 잘못된 식습관을 말함은 채소, 과일을 기피하고 육류 아니면 인스턴트 식품에 식습관이 길들여진 네게 기필코 식습관을 바꿨으면 하는 마음에서다. 연필로 잘못 쓴 글씨를 지웠다 해도 지우개로 지운 흔적은 남듯이 우리 몸에 밴 나쁜 습관도 완전히 근원적 뿌리까지 지울 수는 없어도 한동안 노력하면 잘못된 글씨를 지우개로 지우는 것과 다를 바 없다고 한다.

미국의 버지니아 주에서 가난한 농부의 아들로 태어나 대통령이 되어 '건국의 아버지'로 칭송받으며 '스스로 만든 사람'이라는 평도 듣는 조지 워싱턴이 있다. 집안이 가난하여 정규 교육을 제대로 받지 못한 그는 독학으로 공부하여 측량기사가 되었다. 그 뒤 지역 사령관이 되었다. 얼마 후 대륙 총사령관이 된 그는 한 전투에서 승리해 독립전쟁을 승리로 이끄는 데 기여해 13주가 연합하기 위한 헌법회의에서 의장으로 선출될 수가 있었다.

그는 의장이 된 지 2년째 되던 해인 1789년 새로운 헌법이 공표되면서 초대 대통령에 당선되었다. 그는 제2대 대통령에 당선되었고, 제3대 대통령에 추대되었으나 민주주의의 근간을 해친다하여 민주주의의 전통을 확립하기 위해 거절했다.

제3대 대통령으로 추대됐는데도 민주주의의 훼손을 염려해 그가 제3대 대통령이 되는 것을 거절한 것만 봐도 워싱턴의 인품을 가히 짐작할 수가 있다. 그가 '건국의 아버지'로 칭송받기까지는 한 권의 책을 읽고 영향을 받아 '정중함의 원칙'을 세워나갔기 때문에 가능했다고 한다. 『백만불짜리 습관』(저자 브라이언 트레이시, 옮김 서사봉, 출판 용오름)이라는 책에 의하면 조지 워싱턴은 10대 때 "사교와 대화를 할 때 예의 바르고 품위 있게 행동하는 법칙"이라는 책을 읽었다. 그는 책 속에 있는 110개 원칙을 일일이 종이에 적어 그 원칙들이 몸에 배도록 습관화했고 행동으로 발전하도록 평생을 노력한 사람이라고 한다. 그러한 노력과 행동으로 모범모델이 된 그는 "국민들이 가슴속 깊이 새기는 첫 번째 인물"이 될 수 있었고 '건국의 아버지'라고 칭송받을 수 있었다.

모형 비행기 대회 실패기

교내 모형 비행기 오래 날리기 대회에서 우승한 너는 학교 대표로 관할 교육청에서 실시한 모형 비행기 오래 날리기 대회에 출전했었다. 그때 너는 안타깝게도 우승 문턱에 근접도 못하고 힘겹게 주저앉고 말았다. 졸전을 치르고 오면서 승용차 안에서 나는 네게 "이번 일을 여러모로 생각하는지를 모르겠다."라고 하면서 "너처럼 하고서 우승한다면 우승 못 할 사람이 하나도 없을 거다."라고 강한 쓴소리로 문제점을 지적했다.

그러면서 네가 과학 선생님에게서 모형비행기를 제작할 수 있는 것을 두 개를 받아가지고 한 개는 출전용으로 남겨 두고 한 개는 설계도에 따라 제작한 너에게 "교내 대회 때는 설계도를 보고 제작할 수가 있었지만 관할 교육청에서 실시하는 대회는 설계도 없이 제작해야 되므로 한 개를 더 구입하여 설계도 없이 제작해봐야 한다. 그래야만 손에 익어 숙지할 수가 있다."라고 말씀하셨다고 말했다. 그러나 너는 "걱정 안 해도 된다."라고 하면서 "자신 있다."라고 떵떵거리듯 말했었다. 일언반구의 말도 붙이지 못하게 막았었다. 그때 그렇게 말하는 네 자만심에는 나로서는 어떻게 할 재간이 없었다. 대회 당일 대회장에 도착하여 불과 시작 30여 분을 앞두고서도 거푸 하품을 해대는 너에게 나는 "중간고사, 기말고사 등 어떤 시험이 있을 때는 일찍 잠을 자야 한다."는 말을 한 적이 있다고 말했다. “그래야만 눈은 멀뚱멀뚱하지 않고 정신은 몽롱하지 않아 좋은 성적을 기대할 수 있다.”라고도 말한 적이 있다고 했더니 너는 “어제는 저녁 10시에 잤기 때문에 충분히 잔 것이다.”라고 말했었다. 네 말을 들은 나는 “네 말마따나 충분히 잤다고 해도 어제 너는 감기 몸살에다 고열로 고생을 많이 했었다. 지금은 어제보다는 나았지만 정상 컨디션의 반의 반도 안 된다. 어찌 보면 하릴없이 꼼짝 못 하고 출전한 꼴인 셈인데 좋은 성적을 거둘지가 의심된다.”라고 말했다. 그러면서 나는 “네가 충분한 잠을 잤다고 하나 컨디션이 안 좋아 힘들어하는 것과 잠을 얼마 자지 않고 멀뚱멀뚱한 것과 오십소백이다.” 말했다. 영국 총리를 지낸 해럴드 윌슨은 “지도자의 가장 큰 재산은 밤에 잘 수 있는 능력”이라고 말했다고 한다. 국가를 경영하는 사람도 잠을 푹 자야만 제대로 된 국가를 경영할 수 있다는 말로 생각해본다.

대회 시작을 알린 뒤 두 시간하고 30여 분이 지났을 때 모형비행기를 만들어 내부 시험을 치른 네가 밖으로 나왔다.

기운이 없이 나와 마주친 너는 대뜸 외마디로 “망쳤다.”라고 하면서 모형 비행기 수평 꼬리날개를 만지면서 착각으로 인해 오류가 있었던 점을 말했다. 이를테면 “착각하여 수평 꼬리날개를 붙일 곳에 수직 꼬리날개를 붙혀버렸다. 뒤늦게 실수한 사실을 알아차리고 붙힌 수직 꼬리날개를 잽싸게 떼낸 다음 다시 시도했으나 그때는 이미 칠한 본드가 홈을 막아버려 문제가 발생했다고 하면서 흔들리는 수평 꼬리날개를 흔들어 보였다.

그 뒤 드넓은 운동장에서 날리기 대회에 들어갔다. 1차, 2차 걸쳐 두 번을 날렸으나 수평 꼬리날개가 이상이 있는 모형 비행기는 오래 날지 못했다. 요컨대 네가 아프지 않고 정상 컨디션이었다면 모르긴 하지만 그런 실수를 범했다고 볼 수가 없다. 또는 네 컨디션도 그렇다 쳐도 네 자만심이 문제였다. 세심한 준비가 부족했다. 모형 비행이 케이스를 봤더니 준비물에 실도 상당한 크기의 글씨로 적혀있었다. 그런데도 너는 실을 준비하지 않았다. 때문에 너는 문제가 발생했을 때 즉각 응급조치를 취할 수가 없었다. 실로 칭칭 동여만 맸어도 상황이 전혀 달랐을 것이다. 만약 그랬다면 모르긴 하지만 네가 만든 모형 비행기는 창공을 훨훨 높이 날아 우승했을지도 모른다. 우승했다면 전국대회 즉 결선에 참가해 한판 승부를 거는 기회가 주어졌을 것이다. 전국대회에 참가해 거기서도 우승한다면 비로소 최정상에 서는 것이다. 비컨대 단적인 예를 들어보자. 네가 며칠 전에 다녀온 수학여행이나 수련회에 갈 적에는 날씨가 맑고 따뜻한 날씨라고 해도 만약의 경우를 대비해 긴팔 옷이나 잠바를 준비하고 비옷도 준비했었다. 매번 그렇게 하는 것은 필수적이었다. 어쨌든 이번 대회 출전을 계기로 뭘 하찮게 경시하는 태도를 보이지 말고 보다 더 성숙했으면 한다.

정상에 오른 사람이 자만에 빠져 언론에 질타를 받아 도마 위에 오른 사람도 있다. 정상에 오르는 것도 중요하지만 자만에 빠지지 않고 그 자리를 지키려고 노력하는 자세가 중요하다. 너를 예로 삼아도, 교내 대회 때는 그렇게 열정적이었던 적극적인 자세는 온데간데없어 찾아볼래야 눈에 띄지 않았다. 겨우 정상으로 가는 길목으로 봐야 하는 데도 그랬었다. 이번 대회를 치르면서 네 행동들을 보건대 2007년 3월 세계 수영 선수권대회 자유형 400미터에서 우승한 박태환 선수가 한 말이 떠오른다. 언론에 따르면 그는 막 경기가 끝난 직후 언론의 공동 취재 구역에서 기자들의 질문에 "오늘 밤 12시까지만 최고의 기분을 만끽한 뒤 내일부터는 다음 경기를 준비하겠다." 그는 또 "저도 '할 수 있어. 해낼 수 있어.'라고 마음속으로 매일매일 다짐했지만 우승하고 나니까 멍하더라고요. 이젠 자신감이 생겼어요. 앞으로 더 큰 경기에서도 잘할 수 있을 것 같아요."라고 한 말이 교내에서 우승하고 더 큰 경기를 소홀히 한 너에게는 귀감이 될 듯해 적어봤다.

네가 관할 교육청 대회에 참가한 지 3일째 되는 날 즉 2007년 5월 22일자 동아일보에는 때마침 이런 글이 있었다. 『창조의 CEO 세종』, 『성공을 위한 자기경영』 등의 책을 썼고 한 이동 통신사의 부장이기도 한 전경일 저자가 "어렸을 땐 지능지수(IQ)가 150이 넘으면 똑똑하다고 생각했죠. 하지만 지금은 똑똑하다는 것은 멈추지 않고 계속하는 것이라는 생각이 듭니다. 결국 꾸준한 사람이 똑똑한 거죠."라고 한 글이 적혀있다.

독수리의 시야

네가 혹여 "숲속에 들어가서는 숲을 볼 수가 없다."는 말을 들은 적이 있는지 모르겠다. 이를테면 숲을 보기 위해서 숲속에 들어간들 잡목이나 가시덤불, 아름드리 나무 몸통에 가려 고작해야 수미터 앞이나 볼 수 있을까 말까하다. 때문에 숲을 제대로 보기 위해서는 수백미터 또는 몇 키로미터 밖에서 봤을 때 그 숲의 정도를 알 수 있다.

『정상에서 만납시다』(저자 지그 지글러, 4부 4장)에는 이런 내용의 글이 있다. 기차가 다니지 않는 기찻길에서 보통 체격의 소년과 배가 튀어나오고 아주 비만한 뚱뚱한 소년이 놀고 있었다고 한다. 그들은 각각의 레일에 서서 '멀리 가기' 내기를 했다고 한다. 그런데 그들이 내기를 할 적마다 번번이 이길 수 있었던 사람은 뚱뚱한 소년이었다고 한다.

요컨대 보통의 체격을 가진 소년은 발밑을 보면서 걸었기 때문에 곧 떨어지고 말았지만, 뚱뚱한 소년은 뚱뚱했기 때문에 발밑을 볼 수가 없었다. 때문에 그는 먼 앞쪽의 철길을 보면서 걸을 수밖에 없었다. 때문에 그는 중심을 유지하고 멀리 걸을 수가 있었다는 것이다.

독수리를 '하늘의 제왕'이라고 말을 하기도 한다. 독수리는 아주 높이 날 수가 있다. 독수리가 얼마나 높이 날 수 있는가는 정확히 알지는 못하나 내가 어렸을 적에 목격했던 기억을 말한다. 좌우 날개를 펼친 길이가 2미터 가까이 되어보이는 것으로 추정되는 커다란 독수리가 하늘 높이 나는 것을 자주 목격했었다. 그때 아스라이 높이 뜬 독수리가 얼마나 높이 나는지 새까만 하나의 점으로 보일 때도 있었다. 어느 때는 점으로 보이다가 그것마저도 시야에서 사라지곤 했었다. 그때 그토록 높이 날던 독수리는 아마 짐작컨대 1.5킬로미터 밖에 있는 물체를 정확히 식별하고 있었을 것이라고 말하고 싶다.(지금 생각하면 솔개였던 것으로 추정된다.)

독수리가 제아무리 멀리 볼 수 있는 시력을 가졌다고 해도 높이 날지 않고서는 먼 곳을 볼 수 없는 것이다. 다시 말하자면 독수리가 먼 곳에 있는 물체도 식별할 수 있는 능력이 잠재되어 있지만 높이 날지 않으면 잠재되어 있는 능력 자체가 있으나마나 하여 무용지물이다. 사람도 마찬가지라고 생각한다. 사람도 누구에게나 나름대로의 잠재되어 있는 능력이 있다고 한다. 때문에 잠재되어 있는 능력을 개발해 발전되도록 노력하는 것이 무엇보다도 중요하다고 전문가는 말하기도 한다.

독수리 말을 하다 보니 큰아이 너의 태몽이 떠오른다. 너의 태몽을 내가 꿨는데, '하늘의 제왕'이라고 하는 독수리가 하늘을 훨훨 날고 있는 꿈이었다. 큰아이 너는 말이다. 좋은 태몽처럼 훨훨 날 수 있는 꿈과 희망, 비전이 있었으면 한다. 더욱이 네 지능지수가 좋지만 안일한 생각 때문에 제대로 발휘하지 못하고 태평하게 놀리고 있으니 안타까울 뿐이다. 구소련의 속담이 생각난다. "시간이 달아나는 것은 행복이 달아나는 것이다." 언젠가 나는 말했었다. "지능지수는 중요하지 않다."라고 말이다. 그러면서 "지능지수는 좋지 않아도 꾸준히 노력한 사람이 출세하고 성공하여 좋은 자리에 앉아 있을 수가 있다."라고 말했었다.

단적인 예를 들어보자. 큰 아이 네가 읽었던 책 『공부가 가장 쉬웠어요』(저자 장승수)' 저자가 서울대학교 1996년 입학 시험에서 인문계열 수석으로 합격했다. 서울대학교 하면 익히 아는 사실이지만 수재들의 집합소라고 해야 옳다. 요컨대 저자는 IQ가 113이었다. 그런 그는 고등학교를 졸업하고 포크레인 조수 등 막노동꾼으로 현장을 전전하다 이래서는 안 되겠다는 것을 느끼고 공부를 다시 시작했다고 한다. 그렇게 작정한 그는 열심히 공부하여 고등학교 졸업 6년째에 서울대학교 입학 시험을 치러 당당히 수석을 차지했다. 초등학교 때 1+1=1이라고 고집했다는 발명왕 에디슨의 IQ가 190이라는 말도 있다. 천재적인 지능지수를 타고난 그였지만 그가 발명왕이 될 수 있었던 것은 먼 앞날을 내다보고 비전을 가지고 그가 말한대로 '99%' 땀을 흘렸기 때문에 가능했다. 만약 그가 그런 땀을 흘리지 않았다고 가정했을 때 별무가관이었을 것이다.

얘들아, 철도 레일을 걸었던 두 소년을 생각해볼 필요가 있다. 거푸 말하는데 보통의 체격을 가진 소년은 발밑만 보다가 매번 패자가 되고 말았다. 하지만 뚱뚱한 체격을 가진 소년은 저 멀리 저 먼 곳을 봤기 때문에 승자가 될 수 있었던 것처럼 희망이 있는 곳, 꿈이 있는 곳, 비전이 있는 곳, 미래를 보는 혜안이 있어야 한다. 네가 지금 인터넷 게임에 빠져있는 것은 불과 수십 미터 앞도 내다보지도 못하고 허우적대고 있는 듯하다. 비컨대 설령 제가 지금 숲속에서 숲을 보려고 한다고는 해도 잡목이나 가시덤불 아니면 아름드리나무가 헤살을 놓고 있다. 아니 네가 지금 숲속에 있지만 아예 숲을 보려고 하는 낌새조차도 없다고 하면 어떨지 모르겠다. 저 머나먼 앞을 봐야 한다. 그래야만 희망이 보이고 꿈이 보이고 비전이 미래가 열린다.

미국을 상징하는 흰머리독수리가 생각난다. 1984년 미국 로스엔젤레스에서 올림픽 경기가 열렸다. 그 당시 미국은 미국의 강력한 인상을 주기 위한 이벤트로 개막식에서 연주될 때 미국을 상징하는 '하늘의 제왕' 흰머리독수리가 스타디움 안에 있는 오륜기 위에 사뿐히 내려앉는 모습을 연출하기 위해 계획했었다고 한다. 그렇게 계획한 올림픽 준비 위원회는 야생 흰머리독수리 생포를 위한 갖가지 수단을 강구했으나 여의치않자 야생 흰머리독수리 생포는 아예 포기할 수밖에 없었다고 한다. 그 대신 메릴랜드에 있는 야생동물 연구소 새장 안에 갇혀 있던 흰머리독수리를 데려다 전문 조련사에게서 훈련을 받게 했다고 한다.

그러나 데려온 흰머리독수리는 22년 동안이나 새장 안에서 갇혀 살아왔기 때문에 하늘을 날 수가 없었다고 한다. 때문에 오륜기에 사뿐히 내려앉는 훈련은 두 번째 일이 됐고 우선 흰머리독수리가 하늘을 날 수 있는 능력이 급선무였다고 한다. 흰머리독수리가 하늘을 나는 게 급선무가 되자, 식이요법을 병행하여 하늘을 날게 하는 훈련을 강도 높게 집중시켰다고 한다. 훈련 중에 두 차례나 추락하는 수난을 당하기도 한 흰머리독수리는 심한 스트레스로 말미암아 결국에는 죽고 말았다고 한다.

하늘에서 날아와 오륜기에 앉기 위해 하늘을 나는 훈련을 받다 죽은 흰머리독수리를 두고 잠깐 생각해보자. 그 흰머리독수리는 22년이라는 세월 동안 사람이 주는 먹이나 받아먹고 살아야 했다. 양 날개를 펼친 길이가 2미터는 됐을 테지만 저 높은 창공이 뭣인지도 모르고 살아야 했다. 즉, 까맣게 한 점의 점으로 보일 정도로 높이 날 수 있는 잠재력을 가졌지만 그렇게 날 수가 없었다. 1.5킬로미터 밖에 있는 물체도 정확히 식별할 수 있는 능력을 지녔지만 높이 날지 못했기 때문에 그 시력은 무용지물로 유명무실이다. 창공을 날아 제왕 노릇을 하면서 먹이를 낚아채는 잠재력이 있었지만 하늘을 나는 제왕은 아니었다.

흰머리독수리가 살았던 새장이라는 우리와 네 방 컴퓨터를 빗대어도 무리는 아닐 성싶다. 그런 생각에 동의를 한다면 어서 빨리 자리를 박차고 일어나라. 그것은 빠르면 빠를 수록 현명한 자세라고 생각한다. 네가 보기에 컴퓨터 본체와 모니터 등으로 연결한, 너절한 선들이 어쩌나 많고 어수선한지 마치 숲속에 가시덤불로 생각해본 적이 있다. 혹여 그 가시덤불이 에워싸고 있다면 물리적 힘을 빌려서라도 제거해야 한다. 아니 네가 생각하기에 따라 정신력이면 충분하다. 그래야만 살아가는 방법을 찾을 수가 있다. 그래야만 자아를 발견할 수가 있다. 그래야만 공부도 잘 할 수 있다. 그래야만 뭇사람들이 어떻게 살아가는가도 발견할 수가 있다. 만약 네가 지금 먼 혜안을 발견하기가 버겁다면 근시안적인 혜안이라도 있어야 한다. 노무현 전 대통령이 했다는 말이 생각이 난다. 노무현 전 대통령은 2004년 5월 연세대학교에서 학생들을 앞에 두고 "나는 속물처럼 살았다. 어떤 관념이나 주의를 먼저 내세우고 그것을 실현하기 위해 도전했다기보다 내 앞에 닥친 문제들에 도전했다."라고 술회했다는 말도 무릇 그냥 건너뛸 말이 아니다.

시계가 똑딱하는 소리를 86,401번을 했다. 하루가 86,400초이니 하루가 가고 새날이 다시 막 시작됐다는 의미다. 이제 새날도 똑딱하는 소리를 86,399번만 하면 지나간다. 시계가 똑딱하고 86,400번을 365번만 거듭하면 1년이 훌쩍 지나간다.

네가 시간의 중요성을 인식하지 못하는 것 같은데 미국에서는 이런 일이 있었다고 한다. 암을 앓고 있던 어떤 사람이 생을 딱 1년 남겨놓고 있었다고 한다. 그런 그는 2007년 어느 날 100만불짜리 복권에 당첨되었다고 한다. 어느 날 느닷없이 복권에 당첨된 그는 "복권에 당첨된 그 돈을 가지고 가장 먼저 무엇을 하고 싶냐."는 질문을 어떤 사람에게서 받자 "여행을 다녀오겠다."라고 대답을 했다고 한다. 그러자 그에게 다시 "그 돈을 가지고 무엇을 사고 싶냐."는 질문을 했다고 한다. 그러자 그는 "시간을 사고 싶다."라고 말했다고 한다.

삶을 얼마 남겨두지 않은 사람이 복권에 당첨된 뒤에 한 말이 뭇 사람들에게 선사하는 메시지가 정말인지 값어치로 따져도 그지없다는 생각이 든다. 네게 "열심히 공부를 해야 한다."라고 가끔 말하는 나지만 그것은 그래야만 큰 어려움 없이 쉽게 돈을 벌 수 있고 네가 하고 싶은 것도 다할 수 있다는 말이었다. 그렇지만 그 말을 뒤집어보면 시간의 중요성과 맥락을 같이한다. 삶을 1년 남겨둔 사람이 복권에 당첨되어 한순간에 일확천금을 거머쥐었지만 삶을 얼마 남겨두지 않은 그로서는 아무런 의미도, 아무런 가치도 없다. 오직 그가 갈망하는 것은 "시간을 사고 싶다."라고 한 말에서도 여실히 드러나나 시간 외 다른 것은 아무것도 없다. 시간은 억만금을 주고도 살 수가 없으니 안타까운 것 아니냐. 시간의 중요성을 이해하는 데 충분한 듯하다.

"시간이 금이다."는 말도 있고 외국의 속담에 "우리는 시간밖에는 아무것도 가지고 있는 것이 없다."는 말도 있다. 네게 부여된 시간을 가지고 너는 무엇이든지 창조해낼 수가 있다. 또한 시간은 엄밀히 말해서 재산이라고 말할 수 있다. 너는 네 재산의 일부를 함부로 축내고 있다. TV에 투자하고, 온라인 게임에 투자해 얻는 것은 별 무소득으로 소진시키는, 효용적 가치가 없는 일로 그 가치를 따져볼 일이며 위험천만하다. 미래학자 앨빈 토플러가 쓴 『청소년 부의 미래』라는 책을 읽어봐야 할 판이다.

경영 컨설턴트 벤저민 트레고라는 사람은 "시간을 가장 잘못 사용하는 행위는 할 필요가 없는 일을 하는 것"이라고 말했다고 한다. "종래 큰 것이 작은 것을 잡아먹던 세상은 이제 빠른 것이 느린 것을 잡아먹는다."라고 다보스 세계 경제 포럼의 클라우스 스왑이 강육양식 '정글의 법칙'을 속도로 정의한 말을 놓고 생각할 때다. "세계의 경제는 빠른 속도로 진행되고 있다."라고 한다. 세계는 지금 급변하고 있다. 자유 무역 협정(FTA)이다 뭐다 하여 국가와 국가 간의 협정이 체결되고 세계시장은 한 묶음이 되어 마치 하나의 장터인 듯하다. 게다가 날로 발전하는 과학에 힘입어 너에게 부여된 억만금을 주고도 살 수 없는 그 소중한 시간의 일부나마 무심코 할애하는 것은 무한 경쟁의 글로벌 시대에 반드시 경계해야 할 일로 되돌아봐야 한다.

『청소년 부의 미래』 출간을 계기로 한국에 온 세계적 미래학자 앨빈 토플러는 2007년 6월 4일 서울에 있는 보성고등학교에서 "여러분은 지금보다 훨씬 빠른 속도로 급격히 변화할 미래를 살아가야 하는 만큼 평생 끊임없이 새로운 것을 배우겠다는 자세를 익혀야 한다."라고 말하고 그는 "청소년에게 중요한 것은 지식 습득 그 자체보다는 끊임없이 배우는 습관을 들이고 새로운 아이디어를 창조하는 힘을 기르는 것"이라고 말했다고 한다.

특히 중학교 3학년인 너는 지금 한량없이 허비할 시간이 없다. 너를 훤히 꿰뚫어 본 듯한 얼마 전의 네 적성검사에서도 말해주고 있다. 네 적성에 맞는 것에 맞추어 열심히 노력하라고 당부하고 있다. 그러면서 대학 진학을 위해 학업을 게을리하지 말도록 주의를 주고 있다.

농구에서 배운 선의의 경쟁, 삶에 적용하기

며칠 전 너가 "요즘 농구를 자주 한다."라고 말을 했다. "방과 후에 농구를 할 때도 있고, 학원에서 공부를 마치고 농구를 하는 때도 있다."라고도 했다. 네가 농구를 하고 집에 왔을 때는 물에 젖는 듯 네 옷이 땀에 흠뻑 젖어 있을 때가 있었다. 그토록 주옥같은 땀을 흘리면서 농구를 하는 것의 주된 목적은 승리를 하기 위해서였을 것이다. 승리를 위해서는 상대보다 더 많은 골을 넣기 위해 열심히 뛰었을 것이다. 매순간 네 나름대로 궁리를 하면서 뛰었을 것이다. 요리조리 움직여 상대의 헤살을 피했을 것이다.

네가 하는 농구를 두고 그 모습을 상상해봤다. '선의의 경쟁'이라는 말을 들어봤는지 모르겠다. 다른 스포츠도 마찬가지이고 네가 하는 농구도 선의의 경쟁 대상이다. 사람이 살아가는 공동체 모두가 선의의 경쟁 대상이라고 확대해도 괜찮을 것 같다. 네가 하는 농구에서 네가 골을 넣으려 하는 일에 헤살을 놓은 상대 선수가 있기 때문에 더 어려움이 있어 골을 넣는데 쉽지 않았을 것이다. 이를테면 헤살을 놓는 상대 선수가 멀리 있어봤자 수 미터 아니면 바로 앞에서 너를 가로막으려고 전심전력을 다하는 모습을 볼 수가 있었을 것이다. 그렇듯 스포츠에서는 선의의 경쟁이 헤살을 놓아 몸으로 부딪칠 수도 있고 가로막을 수도 있었다. 하지만 학교에서 건, 학원에서건, 사회에서건 모두는 선의의 경쟁 대상이 우글대나 몸으로 부딪치는 헤살은 없다. 다만 학교, 학원, 사회에서 헤살은 무형의 형상으로 암시적일 뿐이다. 무형의 형상이라 할 수 있는 헤살의 모습은 네가 하는 농구에서처럼 직접 헤살을 놓는 행동은 없지만 표시나지 않게 내면적 땀을 흘리고 있다는 것이다. 비컨대 네 주변에는 열심히 공부하는 학생이 있을 것이다. 그런 학생이 바로 농구로 치면 수 미터 또는 바로 앞에서 행동으로 헤살을 놓는 상대 선수로 치면 옳다.

네가 하는 농구 시합에서 상대 선수가 없을 리 천부당만부당하지만 만약 그렇다면 앞서도 말했지만 많은 골을 어렵지 않게 넣을 수가 있을 것이다. 하지만 그것은 연습에 불과하다. 미래학자 앨빈 토플러는 “오늘 있던 직업이 내일 사라질 수도 있고 오늘 없던 직업이 내일 생길 수도 있는 만큼 변화가 빠른 것이 미래사회”라고 보성고등학교에서 말했다고 하고 또한 앞서도 말했지만 “여러분은 지금보다 훨씬 빠른 속도로 급격히 변화할 미래를 살아가야 하는만큼 평생 끊임없이 새로운 것을 배우겠다는 자세를 익혀야 한다.”라고 말했다고 한다. 미래학자 앨빈 토플러는 경종하듯 충고하고 있다. 세계가 급격히 전개되는 상황에서 사람이 살아가는 데는 연습이라는 것이 없다고 나는 생각한다. 이를테면 매시간, 매일, 매년 할 것 없이 그런 거도 그렇고, 학교든 학원이든 일반사회든 어디가 됐든 간에 경쟁해야 할 상대는 마치 기다리는 듯 우글대고 있으니 설령 연습이라는 것이 있다고 해도 그럴 겨를조차도 없고, 그렇게 생각하는 개념이 무색하다는 것이다.

일반인도 출세를 하려면 선의의 경쟁에서 남을 이기지 않고서는 불가능하다. 그렇기는 너희도 다를 바가 없다. 학교가 됐건, 학원이 됐건 치열하게 전개되는 무한대 선의의 학업경쟁에서 승리하겠다는 마음 자세가 긴요하다. 욕심을 부리라는 것이다. 만에 하나라도 부작위한 학습 태도는 미래에 악영향을 미친다. 과거는 이제 그리 중요하지 않다. 현재를 중요시하고 충실하게 하는 것은 미래를 위함이다. 미래가 아니라면 오늘 노력해야 할 필요성도 없다.

긴장감과 성공

'긴장'이라는 말은 국어사전에서 "마음을 가다듬어 정신을 바짝 차림"이라고 정의하고 있다. 스포츠는 대개가 많은 에너지를 쏟게 하고, 긴장감 속에 강인한 정신력이 요구된다. 그중에서도 42.195km를 달려야 하는 마라톤은 많은 에너지를 쏟아야 할뿐더러 끈기와 인내, 정신력, 지구력이 수반되는 경기로 쉼 없이 긴장 속에서 달려야 목표지점에 도달할 수 있는 힘겨운 경기다.

"인생은 마라톤이다."라는 말도 있는데 뭇사람들이 삶을 마라톤에 비유하는 것은 마라톤처럼 앞만 보고 건전한 사고로 중단 없이 연속적으로 전진했을 때 성공한 삶으로 이어진다고 보기 때문인 것 같다. 마라톤처럼 끊임없이 질주를 해야 되는데도 한눈판다는가 하여 긴장감 없이 밍밍하게 그냥 시간만 허비할 때 어려움에 직면하게 된다는 말일 것이다.

긴장감의 중요성을 증명할만한 일로 캐나다에서 이런 일이 있었다고 한다. 캐나다 서부에 있는 물고기를 동부지역으로 수송하는 과정에서 발생한 일이라는데, 캐나다 서부지역에서 동부지역까지의 거리가 약 3,000km가 넘는 거리나 수송과정에서 설마 차에 실린 물고기들에게 무슨 일이라도 발생한다는 것은 전혀 의심하지 않았다고 한다. 그런데 어느 날 물고기를 수송차에 싣고 서부지역을 출발해서 동부지역에 도착했을 때는 이미 살아있는 물고기가 한 마리도 없이 모조리 죽어있었다고 한다.

그렇게 수송작업에 실패한 그들은 어떻게 하면 성공할 수 있을까 하고 다각도로 골똘히 궁리한 끝에 먹이 연쇄법을 응용했다고 한다. 이를테면 공격성이 강한 물고기를 한 물탱크 안에 같이 있게 하고 수송작업을 재개하여 다시 서부지역에서 목적지 동부지역에 도착했었다고 한다. 그런데 놀랍게도 한 마리의 죽어있는 물고기도 발견하지를 않았다고 한다. 그렇듯 죽어있는 물고기를 한 마리도 발견하지 않았다는 것은 물고기들이 천적이라 할 수 있는 공격성이 강한 물고기 때문에 부지런히 활동을 했다는 것이다. 요컨대 만약 한시라도 긴장을 느슨하게 풀어놓고 있었다면 공격성이 강한 물고기들의 먹이가 될 수가 있다는 것이다. 요점은 긴장감을 잃고 있었을 때는 물고기들이 모조리 죽고 말았지만 긴장감 이 팽팽하게 맴돌았을 때는 한 마리의 물고기도 죽지 않았다는 것이다.

물탱크 안에서 긴장감을 잃지 않았던 물고기처럼 사람도 마찬가지라고 하면, 평생을 긴장 속에서 살아야 되느냐고 푸념할지 모르겠다. 하지만 매사에 안일하게 대처하고 긴장감의 끈을 놓고서야 문제가 따른다는 얘기다. 인생에서 없어서는 안 될 불가결한 말을 순서로 정하라면 첫 번째로 긴장이라는 말을 꼽고 싶다.

비전의 중요성

2007년 3월 18일 서울 국제 마라톤 겸 동아 마라톤 대회가 서울에서 열렸다. 이 대회에서 38세의 이봉주 선수가 2시간 8분 4초로 역전 우승하여 월계관을 머리에 둘렀다. 38 세의 나이에 우승한 것에 대한 MBC 윤여춘 해설위원은 "믿을 수 없는 멋진 역전극이었다. 마라톤에서도 나이든 숫자에 불과하다는 것은 여실히 보여줬다."라고 말했다. 마라토너로는 고령으로 여겨지는 이봉주에게 이제는 "이미 한물 갔다."라고 비아냥대는 속에서도 "나만 제대로 하면 된다."며 구슬 같은 진땀을 흘리며 훈련했다고 한다.

신체적인 조건이 그다지 탁월하지 않은 이봉주는 비교적 늦은 고등학교 시절에 마라톤을 시작했다고 한다. 그런 그는 마라톤의 나이로 고령임에도 불구하고 지금까지 얼마만큼의 노력이 따랐는가를 동아일보 스포츠 전문 김화성 기자가 2007년 3월 19일자 동아일보 1면에 산술적으로 쓴 글이 있어 그대로 인용해 옮겨 적는다. "마라토너가 대회에 출전하려면 최소 매주 330km씩 12주 동안을 달려서 몸을 만들어야 한다. 이봉주는 37번(2번 도중 기권) 대회에 출전했으므로 훈련거리만도 14만 6520km(3960*37)에 이른다. 여기에 실제 대회에서 달린 거리 (42.195km*35+하프마라톤 및 역전대회) 약 1703.41km를 더하면 14만 8233.41km나 된다. 지구를 약 3.7바퀴(지구 한바퀴는 약 4만 km) 돈 셈이다." 말을 돌려 예를 들면 정상에 오른 사람들 모두가 한결같이 '당신은 천재다'라고 하는 말을 듣기 싫어한다고 TV나 다른 매체를 통해 보고 들은 적이 있다. 이를테면 그들은 천재였기 때문에 정상에 오른 것이 아니라 많은 훈련에 의해서 성사된 노력의 결과라는 것이다. 마라토너 이봉주도 마찬가지가 아니겠느냐. 예를 들어 이봉주에게 "당신은 마라톤 천재다."라고 말한다면 명명백백한 어불성설이다. 아마 그가 그런 말을 듣는다면 심드렁할지도 모른다.

정규교육을 제대로 받지 못한 나는 띄어쓰기, 문법 등을 모를뿐더러 언어 구사력도 변변치 못하지만, 생각나는 대로 일기 쓰듯 조금씩 신변잡기를 써보겠다고 말한 적이 있다. 하지만 몇 달을 쓰고 나서 훑어 읽어봤더니 초등학교 저학년 수준도 안 되는 것 같았다. 때문에 나 스스로 자괴지심 하게 되었고, 네 어머니에게 나는 "아는 만큼 보인다."더니 능력의 한계 때문에 "글을 쓰는 것보다 내게 더 어려운 것은 없다."라고 토로한 적이 있다. 자괴지심에 빠진 나는 자격지심으로 말미암아 그마저 몇 자씩 쓰는 것을 아예 포기하려고 했었다. 이쯤 되니 "오르지 못할 나무는 쳐다보지도 마라."는 속담이 생각이 났고 흑인 여성 최초로 미국 브라운 대학 총장이 된 루스 시먼스에게 "성공비결이 무엇이냐?"고 기자가 질문을 하자, 총장이 된 루스 시먼스가 "나는 어려운 것과 불가능한 것을 구별하고자 노력했습니다. 어려워도 가능해보이는 일은 최선을 다해 열심히 노력했습니다. 그러나 아무리 노력해도 승산이 없다고 생각되는 일은 도전도 하지 않았습니다. 그리고 그 판단에 따라 계획했습니다."라고 대답했다는 말도 생각이 났다. 아무튼 나는 그렇게 진퇴양난에 빠진 적도 있지만 나 혼잣말로 일기 쓰듯 쓰겠다고 한 것도 아니고 귓전에 대고 말했으니 약속도 그렇거니와 용두사미가 되는 것보다는 낫다 싶어 잘 쓰든 못 쓰든 간에 종전대로 쓰겠다고 다시 마음먹은 적이 있다.

네게 말한다면서 이러저러한 잔말이 됐는데 그건 그렇고 네가 대학교 4학년 때로 기억한다. 너에게 묻기를 "내년이면 대학 졸업을 하는데 졸업하고 나서 한 단계 더 높은 고급 공부를 하고 싶은 의향은 없느냐."고 다시 더 말하기를 "우리 집 형편이 그리 넉넉한 형편이 아니기 때문에 직장을 다니면서라도 대학원에 다닐 의향"을 물었었다. 그때 너는 대학원에 "안 가겠다"고 말한 적이 있다. 그런 다음 얼마 만큼의 시간이 흘렀고 너는 대학을 졸업했다.

말을 돌려서 네가 지금 다니고 있는 직장을 말해보자. 네가 입사한 지 얼마 안 되었을 때였다. 당시 너무 일찌감치 섣부른 말인지는 모르나 "거기에서 어렴풋하게나마 비전이 보이느냐?"고 물었다. 또한 실력과 노하우를 쌓는다면 그런 것을 자그맣게라도 비전을 갖고 설립할 수 있다고 생각하느냐고도 물었었다. 그런 뒤 어떤 한 해가 훌쩍 지났다. 그동안 나는 네가 그곳에서 비전을 가질만 한가를 네 태도를 보면서 가늠하려고 애썼다. 그 결과 내 나름대로 판가름하기를 네가 그곳에서는 아무런 비전도 없다고 생각하기에 이르렀다. 아마 그렇게 판단하기는 무릇 마찬가지인 듯하다.

38세의 이봉주가 마라토너로서 '환갑'의 나이임에도 불구하고 노력한 대가로 결실을 얻어 머리에 월계관을 당당히 쓰고 우뚝 섰다. 그가 이번에 쓴 월계관은 달려서 지구를 3.7바퀴를 돌아서 얻은 대가라도 명확히 말하고 싶다. 앞서 말했지만 이봉주는 고등학교 시절에 마라톤을 시작했다. 나는 너에게 이런 말을 하고 싶다. 1년이 됐건 2년이 됐건 몇 년 늦게 태어난 셈으로 하고 아직 미진한 부분을 충당하여 메꾸는 것이 어떻겠냐고 네게 절실하게 권해본다. 글로벌 시대에 국가 간의 경쟁도 치열하지만 개인 간의 경쟁도 심화되어가고 있다. 가면 갈수록 나 개인의 힘을 모아놓지 않는다면 사는 것이 만만치가 않다. "아는 것이 힘이다."라고 철학자 프랜시스 베이컨도 말했다고 한다.

내가 하는 말 중에 가끔 컴퓨터가 등장한다. 전자과 컴퓨터 공학을 전공한 너로서는 더 잘 아는 바지만 시대는 컴퓨터가 없어서는 안 되는 세상이 되었다. 세계적인 미래학자 엘빈 토플러는 "가까운 미래에 소비자가 집에서 개인용 컴퓨터로 자신에게 필요한 제품을 생산하는 날이 올 것"이라고 예측하기도 했다고 한다. 컴퓨터에서 정보가 됐든 뭐가 됐든 얻는 것이 많은 것이 실상이다. 하지만 잃는 것도 그에 못지않은 것 같다. 요컨대 잃는 것 중에서도 안타깝게 사람의 근간이 되는 정신 세계가 바람직스럽지 않게 잠식되어가는 경향도 있기 때문이다(게임중독).

생각한 대로 살지 않으면 사는 대로 생각한다

너희도 동영상을 봤겠지만 해외 한 인터넷 사이트가 2007년 3월 24일 하루를 컴퓨터를 끄고 살자는 캠페인을 벌였다. 캠페인을 벌이고 있는 인터넷 사이트가 올려놓은 동영상을 보면, 노트북이 아이스하키장에서 퍽이 되고, 테니스장에서는 라켓이 되고, 농구 코트에서는 공이 되고. 눈 위에서는 깔고 탈 수 있는 썰매가 됐다. 컴퓨터를 끄면 뭐든지 할 수 있다는 메시지도 주나, 컴퓨터의 해악이 고스란히 담겨진 풍자인 듯하다.

이를테면 그까짓 컴퓨터 게임이 마치 수시렁좀이라도 된 양 시나브로 정신세계는 물론이며, 돈 주고도 살 수 없는 소중한 시간을 소리도 없이 갉아먹고 있다. 때문에 컴퓨터 게임쯤이야 퍽이 되게 하여 스틱으로 두들기고, 컴퓨터 게임 너는 내 손 안에 있다. 때문에 테니스 라켓이 되게 하여 테니스공 정도는 내 뜻대로 할 수 있다. 마치 프랑스 요리 중에 살아있는 채로 요리하여 개구리 신세가 되게 하려는 그따위 짓의 네 꼼수는 용납 못 한다고 말하고, 이미 동영상에도 썰매가 된 바 있지만 컴퓨터 게임을 눈 위에 놓고 그런 다음에는 깔고 문지르며 눈썰매나 타면 된다고 맹세로 고함지르면 어떻겠냐.

이탈리아 전설에 어느 도시의 전경이 훤히 아름답게 내려다보이는 어느 산 정상에 어떤 노인이 살고 있었다고 한다. 그 노인은 무슨 질문을 받아도 전혀 막힘 없이 대답을 하곤 했다고 한다. 어느 날 시골에서 살고 있는 두 명의 소년이 노인을 놀릴 목적으로 손아귀에 쏙 들어갈만한 작은 새 한 마리를 잡아가지고 노인이 사는 곳에 갔었다. 한 소년이 손에 쥐고 있는 새가 죽었는지 살았는지를 노인에게 물었다. 그 말을 들은 노인은 "너의 손에 있는 새가 살았다고 말하면 너는 손에 힘을 주어 그 새를 죽일 것이고, 만약 그 새가 죽었다고 말하면 너는 손을 펴 새가 날아가도록 할 것이다. 그렇기 때문에 너의 손은 생각에 따라서 새의 생과 사를 자유자재로 할 수 있다."라고 말했다고 한다. 이탈리아의 전설을 은유하건대 법정스님의 명상집에 있다는 법정스님의 말이 언뜻 떠오른다. "생각한 대로 살지 않으면 사는 대로 생각한다." 속담에 "늦었다고 생각할 때가 가장 빠른 때다."는 말도 있고 "시작이 절반이다."는 말도 있다. 큰 아이 너는 늦었지만 늦었다고 생각 말고 어서 빨리 서둘러 설계하여 계획을 세우고, 그런 다음에는 행동으로 실천해야 한다. 아는 것도 행동으로 실천해야 힘이 생기고 성공할 수 있는 법인데 노력하지 않고선 힘을 생각할 순 없다. 땀흘려 노력만 하면 미진한 부분도 채워지고 힘도 비축된다. 38세의 나이에 국제 마라톤에서 이봉주가 우승할 수 있었던 요체는 지체 없이 고된 훈련을 쌓았기 때문에 가능했다. 이봉주가 꾸준한 노력으로 값진 우승을 얻어냈듯이 뭐가 됐건 그냥 쉽게 얻어지는 것은 아무것도 없다고 말해야 옳지 않느냐.

2007년 3월 25일 호주 멜버른 로드레이버 아레나 수지 오닐 수영장에서 세계 수영 선수권 대회 자유형 400미터 결승전이 열렸다. 결승전에서 박태환 선수가 우승했다. 우승한 그는 나도 '할 수 있어. 해낼 수 있어.'라고 매일매일 다짐했다고 한다. 그렇게 다짐한 그는 매일 15,000미터를 헤엄치며 근력을 키우고 지구력을 쌓았다고 한다. 이봉주건 박태환이건 그들이 많은 메시지를 주지 않느냐. 나라의 경제가 바닥으로 추락하고, 실업자가 증가 일로에 놓인 판국에 그들은 지렛대가 되어 희망에 비전에 힘을 불어넣는 매개체가 되는 데 충분한 것 같다.

'근세 철학의 아버지'라고 불리는 철학자 프랜시스 베이컨은 1561년 런던에서 태어나 국회의원, 판사, 검찰총장, 대법관 등을 지냈다고 한다. 그는 철학을 연구했고, "아는 것이 힘이다"는 유명한 말이 있다. "아는 것이 힘이다"고 베이컨도 말했지만 글로벌 시대인 지금에 이르러서는 아는 것도 행동으로 옮겨 실천하지 않으면 안되는 세상이 되었다. 세계는 평평하다는 글로벌 시대에 많은 사람들이 어렵다고 아우성치며 버둥대고 있다. 빈부격차의 양극화는 시간이 가면 갈수록 뚜렷하게 두드러지고 있다. 이런 와중에 엎친 데 덮친 격으로 한미자유무역협정(FTA)이 2007년 4월 2일 체결됐다. 게다가 일본, 중국도 자유무역협정을 들먹거리고 있다고 한다. 전문가에 의하면 한미자유무역협정 타결로 인해 실업자가 가중되고 양극화도 더욱 심대해질 것으로 예측하고 있다. 이런 심각성을 심도있게 꿰뚫지 못하고 간과해서는 문제가 따른다. 튼튼한 뿌리를 가진 나무는 강풍이 불어닥쳐도 뿌리채 뽑혀 드러눕지는 않는다.

"마라톤은 고행이다. 몸으로 쓰는 시다. 참다 못해 마침내 터져나온 울부짖음 같은 것. 사람들은 스스로 고행을 함으로써 저마다 꽃을 피운다. 이봉주도 그렇게 '바늘로 우물을 파듯' 꽃을 피웠다." 이 글은 동아일보 김화성 기자가 2007년 3월 19일 자 동아일보 1면에 쓴 글 중에 말미를 장식한 글이다. 이봉주는 우승한 뒤 "아직 멀었다. 뛸 수 있을 때까지는 계속 달릴 것이다."라는 말을 했다고 한다. 또한 그는 결승선에 도달한 뒤에 전혀 지친 내색도 없이 두 아들을 껴안고 "후배들이 더 노력해야 한다."라고 했다는 말은 뭇 사람들에게 주는 메시지가 크다. 일상에서 흔히 들을 수 있는 "공짜는 없다"는 말을 고뇌하여 골똘히 생각해봐라. 솔직히 말하면 나는 네가 고등학교에 입학하자마자, 부작위한 학습태도 때문에 안동답답이었다.

경영 컨설턴트 벤저민 트레고라는 사람은 "시간을 가장 잘못 사용하는 행위는 할 필요가 없는 일을 하는 것"이라고 말했다고 한다. 저자인 맥스웰 말츠는 "사람은 작동 면에서 자전거와 같아서 목표나 목적을 달성하기 위해서 전진하지 않으면 곧 넘어지게 된다."라고 말했다고 한다. 엄밀히 말하면 사회는 가혹하다 못해 냉혹하다. 그 냉혹한 현실을 냉정한 자세로 또렷하게 직시할 필요가 있다. 시계는 경종하듯 쉴 새 없이 똑딱거리며 시간을 알리고, 네게 부여된 시간은 똑딱거리는 소리가 사라지듯 똑딱 소리와 함께 차츰차츰 어디론지 영원히 소멸되어 가고 있다.

너에게 나는 언젠가 "여의도에는 높이가 남산과 비슷한 264m의 63층 빌딩이 있다."라고 말하고 그 "63층까지 올라가기 위해서는 엘리베이터를 이용할 수도 있고 계단을 이용할 수가 있다."라고 말했다. "하지만 엘리베이터를 이용해 오르는 것은 힘이 들지는 않지만 그것은 물리적(강제적) 힘에 따른 것으로 특별한 의미가 없다."라고 말했다. 그러면서 "사람이 살아가는 데는 계단을 오르듯이 한 계단 한 계단 발을 딛어가며 걸어가는 것이지 엘리베이터를 타는 것과 같은 것은 아니다."라고 말했었다.

『정상에서 만납시다』(저자 지그 지글러) 책을 읽다 보면 엘리베이터와 계단이 있는 그림이 여러 번 나온다. 그 그림들을 보면 아예 엘리베이터를 봉해놓고 있다. 이를테면 엘리베이터 위에 "B1, 2, 3, 4, 5, 6, 정상", "정상으로 가는 승강기"라고 적혀 있고 화살표는 지하(B)에 멈춰있다. 엘리베이터 문에는 "초만원 사례. 계단을 이용하십시오."라고 적힌 것은 엘리베이터 문을 가로질러 양옆 벽에 못을 박아 봉해놓고 화살표는 계단이 있는 쪽으로 안내하고 있다. 반복되는 그 그림들의 차이점은 계단을 오르고 있는 사람의 위치만 조금씩 다를 뿐이다. 다시 말하면 책을 읽어감에 따라 계단을 오르고 있는 사람은 차츰차츰 한 계단씩 올라가 나중에는 정상에 서있다.

잠시 생각해봐라. 모든 일이 엘리베이터를 타고 꼭대기에 오르는 것처럼 힘들지 않고도 이루어질 수만 있다면 무진장 좋겠다. 하지만 모든 것이 꼭 그렇지만은 않다. 힘들이지 않고는 아무것도 이뤄지지 않는 것이 현실이다. 그래서 "공짜는 없다"는 말도 있는 것 같고 "99% 노력으로 이뤄진다"라고 에디슨도 말했다. "씨뿌린 대로 거둔다"라는 말도 있다.

시간이 가면 갈수록 모든 것이 진화를 거듭한다. 그렇게 발달된 피조물들은 사람들에게 질 높은 삶을 영위하는 데 있어서 매우 많은 영향을 주고 있다. 이를테면 고급승용차를 가지는 것, 넓고 좋은 집을 가지는 것, 많은 돈을 가져 갑부가 되는 것, 높은 자리를 가지는 것, 휴먼로봇을 가지는 것 등은 무릇 은유하여 엘리베이터라고 보면 될 것 같은데, 다시 말하여 한 발 한 발 딛어가며 계단을 오르듯이 꾸준히 노력하고 참된 땀을 흘렸을 때 그런 것들은 자동적으로 자기도 모르는 사이에 얻어진다고 생각한다. 1953년, 8,850m 세계 최고인 에베레스트 정상을 정복한 에드먼드 힐러리 경은 "에베레스트 정상을 정복하겠다"라는 목표를 정하고 등산을 하기 시작했는데, 어느 날 에베레스트 정상에 올라있는 자신을 발견했다고 술회했듯이 말이다.

영어,
나의 자기성찰과 도전

"영어를 잘할 줄 알아야 된다."라는 말을 네게 나는 가끔 말을 한다. 글로벌 시대라 영어를 잘해야 하는 것도 그렇지만 내게는 이런 일들이 있었기 때문에 더더욱 그렇게 말한 이유이기도 하다. 벌써 없어진 지가 십수 년은 지난 것 같은데 당시 내가 일하고 있는 바로 옆에는 유엔 한국 대표부가 있었다. 그랬기 때문에 나는, 각국에서 파견되어 그곳에서 근무하는 외국인들을 상대할 때가 빈번했었다. 그럴 때마다 정규 교육을 제대로 받지 못한 나로서는 영어를 할 줄 모르는 처지라서 그들을 대할 때마다 어려움이 이만저만이 아니었다.

때문에 나는 그들을 대할 때마다 손짓, 발짓, 몸짓을 총동원해야만 할 때도 있었다. 또는 종이에 아라비아 숫자만 적어 보여줘야만 할 때도 있었다. 때문에 그들은 내가 영어를 할 줄 모른다는 사실을 익히 알고 있기 때문에 때로는 영어와 한국어를 할 줄 아는(통역인) 사람을 대동하고 들리곤 했었다.

잠시 생각해봐라. 지금도 그렇기는 마찬가지지만 내가 그때 당시 무식해서 따른 자괴지심과 어려움이 많았겠다는 것을 짐작으로 가늠해도 충분하리라 본다. 무릇 네가 보건대 내가 지금도 하고 있는 일이 바닥을 기고 있는 일이 아닌가를 묻고 싶다. 많이 배워 유식하면 넥타이 하고 양복 입고 높은 자리를 차지해 많은 사람들을 거느릴 수가 있다. 외교관 노릇도 할 수도 있고, 얼마 전 반기문 외무부 장관이 유엔 사무총장에 당선됐다. 우리나라에서도 그렇고 아시아권에서도 전대미문으로 자랑스럽기가 그지없는 일이다. 유엔 사무총장이 된 그는 고등학교 시절 미국 정부가 주최한 영어로 말하는 웅변대회에 참가했다고 한다. 그는 그 웅변대회에서 입상하였고, 입상한 것이 계기가 되어 미국에 갈 수 있었고, 미국에 가서는 케네디 대통령도 만날 수 있었다고 한다. 그는 아마 케네디 대통령을 만나게 된 동기가 출세하는 데 많은 영향을 미쳤지 않나 하고 생각해본다.

유엔 사무총장이 된 반기문은 영어를 잘했기 때문에 외교관이 되었고, 외무부 장관이 되었고, 유엔 사무총장이 되어 세계적인 인물이 되었다.

나는 네가 영어학원에 다니겠다고 말을 하면서도 다니지는 않고 마냥 차일피일 미루고 있을 때 "말을 물가로 인도할 수는 있다. 그러나 그에게 억지로 물을 먹일 수는 없다."는 외국 속담이 뼈저리게 와닿았다. 그러는 동안 거진 1년이라는 시간이 지났었다. 그런데 어느 날 어학원에 가서 시험을 치르고 합격했었다. 그런 너는 어학원에 다니면서, 마치 뒤처진 부분을 보충이라도 하려는 듯 영어 공부를 열심히 하고 있다. 그렇게 취미를 붙이고 흥미진진해하는 너의 미더운 행동은 반갑기 그지없다.

덧붙여본다. 태국에는 1946년 국왕에 즉위해 세계에서 가장 오랫동안 왕권을 집행하고 있다는 푸미폰 아둔야뎃 국왕이 있다. 검소한 생활과 모범이 되는 행동으로 국민에게서 추앙을 받고 있다는 푸미폰 아둔야뎃 국왕에게는 세 번째 자녀이자 두 번째 공주인 마하짜끄리 시린톤이라는 공주가 있다고 한다. 시린톤 공주도 부왕 못지않게 자선 사업에 앞장서는 등 많은 일에 모범을 보여 태국 국민들에게서 많은 사랑을 한 몸에 받고 있다고 한다. 그는 또한 태국의 과학 기술에도 남다른 관심을 갖고 있다고도 하고. 그런 그가 2006년 9월 30일 웹사이트에 블로그를 개설했다. 시린톤 공주는 블로그를 통해 "우리는 지난 세기에 영어가 국제 언어가 되는 것을 목격했다."며 "국제 언어로써 영어의 영향력과 지위가 어느 정도라고 말하기는 어렵지만 한 가지 분명한 것은 영어가 이 세상을 더 잘 이해하기 위한 열쇠라는 사실"이라고 올렸다.

디지털과 아날로그, 새로운 가능성

시간은 새벽 1시가 넘었다. 이때 나는 "빨리 잠자지 못해!"라고 큰소리친다. 중학교에 다니는 네가 밤늦도록 컴퓨터 게임에 빠져 여념이 없을 때 발생하는 일이었다. 이런 상황은 종종 발생한다. 컴퓨터 앞에 앉아서 게임에만 매달리는 네게 나는 작품 사진도 찍을 수 있는 디지털 카메라를 선물한 적이 있다. 캠코더를 마련한 적도 있다. 그런데 처음에는 꽤 관심이 있는 듯했으나 지금은 관심 밖인 듯했다. 캠코더를 마련한 것은 건강이 좋지 않은 네 어머니에게 취미 삼아 촬영도 하기 위함도 있었지만, 그보다는 네 관심을 유도하는 데 목적이 더 강했고, 다목적이었다고 볼 수 있다(네 어머니가 캠코더로 촬영한 것 컴퓨터로 옮겨라).

캠코더만 가지고도 일상적인 다큐멘터리나 자연환경, 생태적인 다큐 등도 충분히 제작할 수가 있다. 그리고 디지털 카메라로 질 좋고 선명한 작품 사진도 만들 수가 있다. 아름답고 잘된 작품은 CD에 담아두었다가 전시회를 가질 수도 있다. 공모전에 응모할 수도 있다. 너는 특히 사진 찍는 재능이 있는 것 같아 보인다. 이를테면 네가 초등학교에 다닐 때 일이다. 네가 수학여행을 갔었을 때 시시콜콜하다고 말할 수 있는 일회용 카메라로 찍은 사진을 말하자면 초가집과 앞마당에 놓여있는 수레를 배경으로 삼아 역광을 이용해 찍은 사진이 너무도 멋있고 잘됐기 때문에 나는 감탄하여 "예술 작품이다."라고 말한 적이 있다. 사진에 대해 문외한인 나로서 주제넘는 평이기는 하지만 그 사진은 그 분야를 전공한 작가의 사진 작품과 비교를 해도 전혀 손색이 없는 사진이었다고 말하고 싶다.

그해 학교에서 열렸던 학생들의 글이나 그림 사진 등의 전시회에 네 그 사진을 확대해 액자에 담아 출품했을 때는, 역시 "예술 작품이다."라고 뭇 선생님들이 하나라도 된 듯 이구동성으로 같은 말을 했다고 네가 말했었다. 그 사진은 전시회가 끝난 뒤에도 학교에 게시된 적도 있다. 그 밖에도 네가 찍은 사진을 보면 구도나 화면 구성에 있어서 돋보이는 것들이 많다. 하나를 들자면 물레방아를 찍었던 사진도 그렇다.

참고로 적는다. 2006년 11월 21일, 교육인적자원부와 한국직업능력개발원이 공개한 것에 의하면 미래의 직업 선호도에 사진작가가 1위로 나타나기도 했다.

컴퓨터 게임 등 컴퓨터를 다루는 데 능숙한 네게 나는 "컴퓨터를 가지고 컴퓨터 그래픽 디자인을 하고 애니메이션 등의 작품을 디지털카메라, 캠코더를 이용해 만들어봐라."고 말한 적이 있다. 그러면서 "남이 만들어 놓은 것을 가지고 거기에 매달려 중독될려고 하지 말고 그것을 만들려고 하는 자세를 가져라. 그래야만 발전할 수 있다."라고 하면서 즉 "프로그래밍을 하라."고 했었다. 네가 즐겨하는 선(SUN)이라는 게임을 개발했고, 엔씨소프트, 넥슨과 함께

전 세계 게임 시장을 주도하면서 그 분야의 중심축에 서있는 게임 제작사 웹젠의 김남주 사장 이야기를 말해보자. 게임을 개발하는 그는 너처럼 게임광이었고, 또한 만화광이기도 했다고 한다. 그런 그는 애니메이션 감독이 되기 위해서 서울 예림고등학교에 다녔다고 한다. 감독이 되는 것이 꿈이었다는 그는 "게임 관련 다큐멘터리를 보고 게임에 인생을 걸기로 결심했다."라는 말을 하기도 했다고 한다. 그렇게 비전을 갖고 꿈을 실현시킨 그는 한국의 주식시장 코스닥에 회사 주식을 상장했을 뿐만 아니라 미국의 주식시장 나스닥에도 상장했다. 게임광, 만화광이었다는 웹젠의 김남주 사장은 게임을 개발하여 백만장자가 되어 세계적인 갑부가 되었다.

네가 카피하듯 남이 만들어 놓은 것을 따라만 하는 것을 보면서. 뉘앙스 차이가 있긴 하나 삼성그룹 이건희 회장이 한 말이 떠오른다. 그는 2006년 9월 미국 뉴욕에서 열렸던 전자 사장단 회의 석상에서 "남의 것만 카피해서는 안 되며 모든 것을 원점에서 보고 새로운 것을 찾으라."고 한 적이 있다.

물에서 돈까지:
펌프식 우물과 인생의 공통점

우물에서 수도까지의 진화 과정에서 그 중간에는 펌프식 우물이 있다. 이런 펌프식 우물은 수십 년 전만 해도 간간이 눈에 띄었다.

펌프식 우물은 지하에 자갈을 깔고 그 위에 항아리나 그 와 유사한 것을 올려놓고, 파이프를 꽂아 지상까지 올라오게 한 다음에 거기에 펌프기를 연결한 것을 말한다. 지하에 있는 물을 지상까지 퍼올리기 위해서는 한두 바가지의 물(마중물)을 붓고 펌프질을 했을 때 지하에 저장되어있는 물이 파이프를 타고 올라올 수가 있다. 지하에 있는 물을 끌어올릴 수 있게 하는 마중물과 지하에 있는 물을 각각 지식(두뇌)과 돈이라고 대비시켜 본 적이 있다.

이를테면 펌프하여 물을 품어 끌어올리기 위해서는 마중물을 부어야 물이 파이프를 타고 올라올 수 있듯이 많이 배운 사람의 두뇌는 말을 잘하게 할 수도 있고 글을 잘 쓰게 할 수도 있고, 두뇌 회전이 빨라 반짝이는 아이디어를 많이 발견할 수도 있고, 또는 고위 공직에 올라 출세와 성공하여 돈을 잘 벌 수 있기 때문에 그렇게 정의했던 것이다.

중국이 옴짝달싹 않고 있던 체제였을 때 당시 권좌에 있던 등소평은 "검은 고양이든 흰 고양이든 상관없다. 쥐만 잘 잡으면 된다." 라고 말한 적이 있다. 당시 그의 말에 서방 국가의 언론은 그가 개

방체제로 갈 것인가, 변화를 놓고 이목이 집중되기도 했다. "검은 고양이든 흰 고양이든 쥐만 잘 잡으면 된다."는 등소평의 말은 내게도 마음이 끌리는 말이었다. 녹록한 내게는 일말의 희망의 말이 되는 것 같았고, 목마른 나에게 청량제와도 같았고, 사막에 오아시스 같기도 했다.

철학자 아리스토텔레스는 "모든 인간의 궁극적 목표는 행복한 삶"이라고 말했다는데 행복을 위해서는 상당한 돈만 벌면 된다고 생각했었다. 때문에 나는 등소평의 말을 내 처지에 맞게 변형시켰었다. 예컨대 "배운 사람이든 못 배운 사람이든 돈만 잘 벌면 된다."라고 말이다. 하지만 그것은 공염불에 불과한 기우에 지나지 않았다. 마치 바벨탑과도 같았다고 하면 어불성설일지 모르겠다. 현실은 마치 펌프식 우물과 같아서 지식을 쌓아놓지 않고서는 바닥을 길 수밖에 없는 게 실상이다.

성화주자의 끈기와 열정

전국체전도 그렇지만 아시안게임, 올림픽, 월드컵 등이 열릴 때면 으레 시작을 알리는 성화식이 있다. 마치 '한약에 감초' 격이라고 해야 할 것 같다. 성화 없이는 경기가 열리지 않으니 말이다.

그런 성화식을 보면 대개 수십 미터의 높이에 성화대가 있어 보인다. 거기에 점화를 하기 위해서는 대체적으로 성화 주자가 성화봉을 들고 계단을 하나하나 딛어가며 뛰어올라가 성화대에 점화한다. 아마 이런 류가 가장 보편적 방식이라고 봐야 할 것 같다. 1988년 서울올림픽 때도 그랬었다. 어느 대회였는지 제대로 기억되지는 않으나 케이블을 이용한 적도 있었다. 케이블카에 한 성화 주자가 공중에 붕 떠서 성화대에 다다랐을 때 점화하는 방식이었다.

2006년 12월 1일 중동에 있는 사막의 나라 카타르 도하에서 아시안게임이 열렸다. 이때도 어김없이 성화식이 있었다. 이 성화식은 아주 보기 드문 연출이었다. 그 광경을 TV를 통해 볼 수가 있었다. 무릇 스포츠 역사상 이런 부류의 성화식을 TV 방송이 방영한 것은 전대미문일 것이라고 생각하기로 했다. 예를 들면 카타르의 하마드빈 할리파 알사니 국왕의 여섯째 아들이기도 한 모하메드 알사니 왕자는 마지막 성화 주자로 나서 말 등에 붙어 바짝 엎드린 채 오른손에는 성화봉을 들고 계단을 뛰어올라 우뚝 선 채로

60미터가 되는 성화대에 불을 붙였다.

모하메드 알사니 왕자가 말을 타고 할리파 스타디움 성화대 계단을 오르는 것을 보면서 느끼기를, 목표나 목적 달성을 위해서는 말과 혼연일체가 되어 혼연의 힘을 모조리 쏟아붓는 것을 이해할 수 있었다고 말하고 싶다. '정신일도 하사불성'이라는 말도 생각이 났다. 모하메드 알사니 왕자가 탄 말이 계단을 오르는 중에 주춤한 적이 있었기 때문에 아찔하여 더욱 그런 생각이 들기도 했다. 또한 그의 성화식은 강인한 면을 부각시키는 데 한치의 부족함도 없었다. 그렇기 때문에 스포츠 정신에도 부합할 뿐만 아니라 도전 정신을 심어주는 데도 철철 넘쳤다. 반면 앞서 말한 어느 대회의 케이블 성화 점화식은 부드러운 면이 짙어, 그것은 마치 발레리나 같기도 했었고, 또는 아이스댄싱 같기도 하여 부드러움이 극치를 달했다. 때문에 승패를 가르는 스포츠 정신에는 다소 미흡했다고 말해야 옳을 성싶다.

모하메드 알사니 왕자가 말을 타고 계단을 올라 성화대에 점화한 모습은 사람이 살아가는 데 있어서 누구나 할 것 없이 설정했던 목표나 목표 지향점을 향해 최선을 다하고 끊임없이 노력하여 전진했을 때 정상에 오를 수 있다는 것을 여과 없이 보여준 걸작의 연출이었다고 호평하고 싶다. 덧붙이자면 스포츠를 떠나 치열하게 경쟁해야 하는 글로벌 시대의 한 단면을 여실히 보여준 연출이었다고 말해야 할 것 같다. 모하메드 알사니 왕자의 도전 의식이 강한 용감한 연출에 아낌없이 경의를 표한다.

독수리의 양육법

나는 어느 날 한 TV 방송을 보았다. 그 내용을 적어본다. 암수 한 쌍의 독수리가 둥지를 틀었다. 한 개의 알을 낳았다. 암수 교대로 알을 품은 지 50여 일이 됐을 때 알에서 깨어나 새끼 독수리가 갓 부화했다. 어미 독수리는 갓 부화한 어린 새끼 독수리에게 뱀, 쥐, 물고기, 새 등을 잡아다 그것들을 부리로 쪼아댔다. 그렇게 하며 어린 새끼 독수리가 먹을 수 있게 한 다음 쩍 벌린 새끼 부리에 갖다댔다.

어느 정도 시일이 경과됐었다. 따라서 새끼 독수리도 상당히 컸었다. 그런데 그때는 어미 독수리의 행동은 먹이를 잡아다 그 먹이를 쪼아대지 않고 그냥 새끼 독수리에게 맡겼다.

어느 날이었다. 새끼 독수리가 독립해야 할 시점이 다가왔다. 그토록 온갖 정성을 다한 어미 독수리는 다 성장한 새끼 독수리에게 둥지 밖으로 나갈 것을 강요했다. 이를테면 어미 독수리는 다 자란 새끼 독수리에게 부리를 가지고 콕콕 찍어댔다. 느닷없이 이런 상황에 놓인 새끼 독수리는 둥지 밖으로 내몰리게 된다. 둥지 밖으로 내몰린 새끼 독수리는 안간힘을 써서 둥지 안으로 들어가려고 접근을 한다. 하지만 어미 독수리는 더 세차게 몰아세운다. 이런 상황은 새끼 독수리는 어미 독수리의 기세에 밀려 둥지하고는 점점 멀어지게 되고, 결국에는 나뭇가지 끝에 애처롭게 놓이게 된다. 그때 어미 독수리는 그것으로도 모자라 내친김에 애처로이 놓인 새끼 독수리를 떨어지게 한다.

어미 독수리에게서 밀려 나뭇가지에서 떨어진 새끼 독수리는 안간힘을 다 써가며 둥지가 있는 곳까지 오른다. 하지만 어미 독수리의 공격은 그치지 않고 더욱 거세져 매정하게 이어진다. 이렇다 보니 새끼 독수리는 알 속에 있을 때 어미의 품 안 포근한 40여 도에서 부화되고, 자라고, 정들었던 둥지에 접근하는 행동을 안녕하고 창공을 훨훨 날기 시작했다. 이상은 TV에서 본 내용이다. 어미 독수리는 새끼 독수리에게 자립할 수 있도록 그 방법들을 익혔다. 그런 다음 독립하도록 하여, 험준한 야생에서 살아갈 수 있는 방법들을 배우게 했던 것이다.

2007년 1월 14일 통계청에 따른 언론 보도가 있었다. 보도한 내용을 보면 나이도 젊고 능력도 있는데 일하지 않고 그냥 쉬는 사람(남자)이 100만 명이 넘는다고 했다. 이들은 어떤 다른 소득원이 있거나 아니면 가족의 지원이 있거나, 보수도 그렇고 사회적 지위도 낮은 직장을 다닐 바엔 차라리 그냥 쉬는 게 낫다고 판단하는 사례 등으로 판단된다고 보도했다.

아이가 태어나게 되면 곧 엄마와 연결된 탯줄은 끊게 되어있다. 그 탯줄을 끊는 동시에 아이는 엄마에게서 분리되어 독립되는 것이다. 독립되어 살아가기 위해 아기가 태어나자마자 탯줄을 끊어 독립시켜 놓았다. 하지만 부모의 잘못된 양육 태도 때문에 한창 일을 해야 할 나이인데도 일하지 않고, 부모나 가족에게 의지하고 있다는 생각이 든다. 한창 일해야 할 자녀가 언제까지고 부모 바짓

가랑이 붙들고 매달릴 수는 없다. 때문에 자녀를 위해서는 강하게 양육해야 할 필요가 있다고 본다. "자식은 한 달에 한 걸음씩 멀어진다."는 말도 되새겨 봄 직하다. 다 성장한 새끼 독수리에게 독립하여 자립할 수 있도록 양육하는 어미 독수리의 양육법은 시사하는 바가 크다.

금줄과 아기의 탄생

어머니가 출산할 기미가 뵈면 할머니는 왕골돗자리(출산 때 또는 차례 등 신성시할 때 전용으로 썼음)를 펴고 깨끗이 다듬은 한 줌 볏짚을 놓고 흰 사발에 정수를 떠 놓으셨다. 그리고 할머니는 순산해 달라고 주문하며 두 손 모아 싹싹 빌었다.

"응애, 응애" 하고 세상에 태어난 내 동생이 탄생을 알리는 기쁜 목소리를 들을 수 있었다. 내 동생은 아마! 점지한 대가로 삼신할머니에게 엉덩이를 얻어맞고 "응애"라고 했을 것이다. 뒷날 보면 엉덩이에 푸르디푸르게 증명하고 있었다(몽고반점).

내 동생이 "응애" 하고 정적을 깨뜨릴 무렵 할머니는 어머니와 하나로 연결됐던 내 동생 배꼽에 달린 탯줄을 조심성스레 끊었을 것이다.

그 무렵! 나는 정갈히 다듬은 볏짚을 가지고 서투른 솜씨로 생소한 왼새끼 줄을 정성 들여 꼬은 적이 있다(이엉을 이을 때 가마니를 짤 때 등 일상생활에서 필요로 했을 때는 시계 도는 방향 오른새끼줄을 꼬아 사용한다).

두세 발 되게 정성껏 꼰 왼새끼줄에 '행위예술' 하듯 나는 숯, 소나무 곁가지, 건조된 홍고추, 가로 5cm, 세로 20cm가량 되게 오린 창호지 등을 각각 몇 개씩을 규정 없이 군데군데 심미성 있게 끼워 넣고 마당 한쪽에 나있는 휑하니 대문도 없는 출입문 양쪽 기둥에 매달았다. 이름하기를 금줄이라고도 하고 인줄이라고도 한다.

누구네 집이든 아들을 낳으면 인줄에 고추가 달려있었지만 딸인 경우에는 인줄에 고추가 달려있지 않았다. 때문에 금줄을 보고 누구 집은 아들을 낳았다 딸을 낳았다고 금세 소문이 파다하게 퍼져 나가게 하는 매개이기도 하다.

인줄을 세이레 또는 일곱이레 동안 매달려 있게 했다. 까닭에 타인은 인줄이 매달려 있는 동안에는 출입을 하지 않았다. 내 동생들이 태어날 때마다 그랬었고 내가 태어날 때도 그랬을 것이다.

나의 어머니 나의 할머니가 출산을 할 때마다 자연분만을 했었다. 우리나라 여성들은 골반이 넓기 때문에 자연분만에 좋은 체질을 갖고 있다고 하는데 요즘 세시풍속은 십중팔구가 제왕수술로 출산한다고 한다. 제왕절개로 출산하는 건 산모의 위험성(산모의 사망)이 훨씬 높다고 한다. 위험성이 아니어도 자연분만이 산모의 건강에도 좋다는 말도 있다. 한 날 방송은 "병원에서는 영리목적 때문에 제왕절개 수술을 요구한다"라고 보도했었다. 그리고 지금은 나의 어머니, 나의 할머니 시대와는 달리 설령 자연분만을 한다고 해도 대부분 병원에서 진행된다고 봐야 하기 때문에 편한 마음으로 출산할 수 있을 것이다. 우리 어머니, 할머니가 그랬듯 아기를 자연분만 정도(자궁)로 탄생하게 하자. 은유하건대 김영삼 전 대통령이 쓴 휘호 대도무문(大道無門)이 떠오른다. 배 째는 걸 고속도로 건설이라고 할지 모르나 탄생을 큰길을 놔두고 억지 골목길로 빠지게 하는 것이다.

그리고 자연분만을 하고 아파트가 됐건 단독주택이 됐건 출입문에 금줄을 달아 아기 탄생을 알리고 예뻐 하자. 그럼으로써 우리의 전통문화를 계승하는 계기가 될 것이고 우리의 얼을 지킬 수 있을 것이다. 나는 수십 년 동안 아기의 탄생을 알리는 인줄을 보지 못했다. 나뿐만이 아니라 뭇사람들도 마찬가지일 것이다. 인줄을 달아 아기의 탄생을 알리고 기뻐하는 것은 우리 문화를 되돌려 받는 것으로 모두는 좋은 기분일 것이다. 시나브로 사라져가는 전통문화를 되살리기 위한 운동이라도 전개돼야 할 판이다.

『렉서스와 올리브나무』(저자 토머스 프리드먼, 옮김 신동욱, 출판 창해)에 나오는 이야기를 적어본다. 구즈랄 전 인도 총리가 한 말이라고 한다.

"내가 인도에 살고 있다고 해서 내게 곧 뿌리가 있다고 할 수는 없습니다. 누군가가 인도의 서사시를 인도어로 외우는 것을 들을 때 그때야 비로소 내게 뿌리가 있음을 실감합니다. 거리를 거니는데 누군가가 우리말로 노래 부르는 것을 듣게 될 때 그때 비로소 내게 뿌리가 있는 것입니다. 우리 집에서 내가 전통 의상을 입고 앉아 있을 때 그때 비로소 내게 뿌리가 존재하는 것입니다. 다양한 문화가 계속 유지되고 보전될 때 세상은 한층 더 윤택해질 것입니다."

장독대와 함께한 어린 시절 추억

내가 어렸을 때 일이다. 돌로 쌓아 네모나게 만든 수평 남짓되는 장독대에는 작은 장독은 전면에, 큰 항아리는 뒤쪽에 크기에 따라 정연하게 놓여있었다.

뒤쪽에 큰 항아리가 댓 개쯤 놓였던 것으로 기억된다. 그중에는 빈 항아리도 있었고, 반쯤 아니면 밑바닥에 간신히 간장이 담겨 있는 것도 있었고, 간장을 담은 지 얼마 안 된 간장이 가득한 항아리에는 맑고 고운 색을 위한 고추, 소독을 위한 숯, 간장이 되게 하는 주재료인 메주가 둥둥 떠있었다. 잎 달린 푸른 대나무는 몇 번을 꺾인 채로 메주의 과부유를 막느라 짓눌러 억제하고 있었다.

모름지기 이 항아리는 음력 정월 말(午) 날에 담가 놓은 간장 항아리임에 틀림이 없었을 것이다. (음력 정월 말 날에 장을 담그면 장맛이 좋다는 말이 있다.)

몇몇 장독에는 백사(白巳), 청사(靑巳), 홍사(紅巳), 전주 이삼만(全州 李三晩) 등을 한자로 창호지에 써 거꾸로 붙혀 놓은 뱀막이도 있었다. (음력, 정월 첫째 뱀(巳)날에 백사, 청사, 홍사, 전주 이삼만 등이라고 창호지에 써 집 주위 기둥, 벽, 장독대 등에 풀칠을 하고 거꾸로 붙였다. 이것을 뱀막이라 한다.)

1770년 정읍에서 태어난 이삼만은 호가 창암이다. 그는 붓글씨를 잘썼다고 한다. 그의 글씨체를 창암체라고 한다. 그의 편액은 전라도 여러 곳에 있다고 하며, 경상남도 하동에 있는 칠불암의 편액도 이삼만의 작품이라고 한다. 이삼만은 78세까지 살았다고 한다.

뱀막이의 유래는 이삼만의 아버지가 뱀에 물려 죽게 되자 충격을 받은 이삼만이 눈에 띄는 대로 뱀을 잡아 없앴다고 한다. 그래서 뱀의 저승사자 격인 이삼만이와 관련한 뱀막이를 붙이면 뱀이 접근을 못 한다는 속설이 있었다. 때문에 특히 장독대 주위에는 심층 많이 붙였다.

햇볕이 나고 날씨가 좋은 날에는 된장 항아리, 고추장 항아리, 간장 항아리 등의 뚜껑을 아침 나절에 열어놓고 해질 무렵이면 덮는 게 겨울을 제외하곤 일상적이었다. 갑자기 소나기라도 내리면 장독 뚜껑 덮느라 부리나케 움직일 때도 있었다.

어느 날 어린(8세 정도) 나는 혼자 집에 있게 되었다. TV도 없는 시대였고 딱히 놀만한 놀이감이 마땅하지 않았다. 놀이감을 궁리하고 물색한 게 고작 장독대에서 놀기로 작정했다. 구름이 끼고 금방 소나기라도 올 것 같은 날씨였기에 장독 뚜껑은 한결같이 모두가 덮혀있었다. 장독대 바닥에 있는 내 주먹만 한 돌맹이로 툭툭 두들겼더니 둔탁한 소리가 나 별 재미가 없어 관심 밖이었다. 옆에 있는 항아리를 덮어놓은 뚜껑을 두들겼더니 소리도 크고 재미가 솔솔 태동했었다. 빈 항아리였었다. "도레미파솔라시도. 도시라솔파미레도"라고 하며 신나게 두들겼다.

한껏 고무돼 흥미진진한 나는 무심코 한참을 두드렸다. 맑은 음을 내뿜는 항아리에 매료되었다. 때문에 이내 항아리를 거푸 두드렸다. 돌맹이로 거푸 두들겨 맞은 뚜껑은 성할 리가 없었다. '퍽' 하는 소리와 함께 내 손에 와닿는 전율이 찰나 괴이한 느낌이었다.

두들김을 당한 큰 항아리 뚜껑에는 견디다 못한 듯 지름이 15cm는 족히 되게 구멍이 뻥 뚫렸다. 그 파편들이 항아리 안 바닥에 고스란히 담겨있는 것을 뻥 뚫린 구멍으로 볼 수가 있었다.

일이 이쯤 됐으니 수습이 문제였다. 수습이라고 하기보다는 발뺌할 궁리만 머릿속에 가득했었다. 노노발명하기에 앞서 부서진 파편들이 고스란히 항아리 안에 있어 퍼즐 맞추듯 이어붙일 생각을 해봤지만 어처구니 없는 일이었다. 그래서 임시방편으로 집 주위에 버려진 옹기그릇 조각을 주워다 구멍 난 곳을 살짝이 가려놓았었다. 오늘 아니면 내일. "누가 항아리 뚜껑을 구멍 나게 했나."라는 어머니 말이 있을 것으로 예상을 하고 전전긍긍했었다. 하지만 예상은 빗나가 그날, 다음 날, 여러 날이 지났는데도 어머니는 말이 없었다. 그 후로도 말이 없었다.

무릇 지금 생각하면 어머니 생각이 넓다는 것을 느낄 수 있다. 당신만 해도 항아리 뚜껑을 누가 깼냐고 큰소리했을 법도 하지만 그렇게 하지 않은 것도 그렇거니와 어머니는 요즘에도 웬만한 일임에도 무릇 지나칠 정도로 많은 생각과 걱정을 하는 것을 볼 적에는 어머니 마음이 넓다고 이해할 수 있는 것이다.

하여튼 나는 "도레미파솔라시도, 도시라솔파미레도"라고 하며 두들겼던 그 기억, '퍽' 하는 찰나의 스릴은 내 가슴을 철렁하게 푹 주저앉게 했었다.

반세기가 지난 지금도 어머니는 그 사실을 모른다. 하기야 무릇 짐작컨대 어머니가 말만 안 했을 뿐이지 항아리 뚜껑을 내가 구멍 나게 했다는 사실을 알고 있을 것이다.

일찍이 나는 한 가지 체득한 게 있다. '비어있는 항아리는 소리가 크다'는 것을.

TV가 대중문화에 미치는 영향에 대한 고찰

TV를 '바보상자'라고 말을 하기도 한다. 『내 아이를 지키려면 TV를 꺼라』는 책도 있다. TV를 안 보기로 결심하고 그렇게 행동하는 가정도 있다고 한다.

나는 TV가 도로무공(헛되게 애만 쓰고, 공들인 보람이 없음)이라고 생각하기 때문에 부정적 생각을 갖고 있다. 나는 아이들에게 "TV를 꺼라"는 말을 가끔 한 적이 있다. TV는 향기도 안 풍기고 감미로운 맛도 없는 것이지만 보면 볼수록 헤로인 같아서였다.

하지만 TV의 유용성을 종종 느끼기도 한다. 라디오 매체, 인터넷 매체 등을 통해 뉴스와 정보를 접할 수도 있지만 키보드를 두드리지 않아도 마우스를 움직이지 않고 쇼파에 기대거나 눕거나 가장 편한 자세를 취하고도 리모컨만 누르면 시시각각의 뉴스를 제공받을 수가 있다.

그런 채널이 아니어도 지상파 공영방송도 그에 못지않게 국내는 물론이거니와 세계 곳곳에서 일어나는 사건을 긴급 뉴스로 타전도 하고 참참이 뉴스를 제공한다. 또한 교양, 건강, 다큐멘터리 등 많은 것들을 제공받기도 한다.

백문불여일견이라고 TV는 피부에 쉽게 와닿는다. 예컨대 새로운 상품, 좋은 상품 등 휘황찬란한 광고를 보고 상품을 선택해 향유할 수 있어 좋다!

때문에 내가 얻는 정보에 비교해 시청료 아깝지 않고 싸다는 생각이 들 때가 있다. 하지만 잡다한 신변잡기만 너주레하게 죽죽 늘어놓는 경우도 이따금씩 있다. 때문에 마뜩잖은 나는 "방송하는 시간이 남아돌아 시간만 메우고 있다."라고 말하기도 한다. 백문이 불여일견이라 했듯 시각적 효과가 대단한 TV는 정치인도 끌어들인다.

예컨대 선거철이 되면 정치인들이 TV로 토론을 자주 한다. 개인적, 당차원적인 연설을 하기도 한다. 몸단장하고 자기가 적임자라고 찍어달라고 하소연하며 광고한다. TV의 특성인 시각적 효과를 얻는데 몸치장이야말로 당연지사일 것이다. "첫인상이 중요하다."는 말도 있으니 더더욱 그럴 것이다. 한 연구에 따르면 사람을 대면할 때 4초가 되면 첫인상이 형성하고 30초가 되기 전에 그 사람에 대한 판단을 한다고 한다. 그래서 몸단장하고 TV에 출연하는 것이야말로 필연적으로 진지한 일일 것이다. 정치인이 TV로 호평을 듣는 것이야말로 득효가 메가톤은 될 것이다.

예를 들어보자. 노무현 대통령은 "방송이 없었으면 내가 대통령 됐겠느냐."라고 말한 적이 있다. TV의 중요성을 증명하는 증표일 듯하고 방송의 영향력으로 파생되는 파급효과를 말함일 게다.

미국 3대 대통령 토머스 제퍼슨은 "신문 없는 정부와 정부 없는 신문 중에 선택하라면 후자를 선택하겠다."며 "어떤 정부도 감시자가 없으면 안 된다. 그리고 신문의 자유가 보장되는 한 정부는 항상 감시자를 갖게 된다."라고 말했다고 한다.

TV는 인쇄매체와 비컨대 엄청난 속도, 영향력이 비교가 되지 않을 만큼 막강할 것이다. 때문에 미국 대통령 토머스 제퍼슨의 말을 반추하고 반추할 필요가 있다고 생각한다. 까닭에 편향된 보도는 국민을 호도하는 일로 본연의 사명을 일탈하는 일로써 해악이라고 생각해본다.

여성의 역할 변화

원시 시대에 남자는 아내와 아이들을 동굴에 남겨두고 사냥을 했다고 한다.

사냥을 잘하기 위해서는 정작 용맹성과 센 힘이 절대적이었을 것이다. 하긴 요즘도 힘이 센 사람은 씨름선수가 돼 천하장사 타이틀을 안아 꽃가마를 타기도 하고 역도 선수가 되어 금메달을 목에 걸기도 한다. 레슬링 선수가 되어 그 또한 금메달을 목에 걸 수 있을 것이다. 그래서 그들은 명예와 부를 거머쥐어 여유작작하게 사는 사람도 있을 것이다. 하지만 요즘은 힘만 가지고는 살아갈 수 없는 세상이 된 듯하다. 설령 힘이 세서 씨름선수, 역도선수, 레슬링 선수가 돼 정상에 올랐다 해도 기술을 연마해야 하고 과학적 접근이 필요할 것이다. 그렇게 하지 않고는 정상의 자리를 오래 오래 버틸 수 없을테니 말이다.

여세추이라는 말이 있듯 시간이 흐름에 따라 많은 것들이 진화를 거듭하고 있다. 스포츠도 예외일 수는 없나 보다. 2006년, 독일에서 있었던 월드컵에서 정보가 가미된 새로운 축구를 흥미진진하게 봤다. 승부차기에서 키커가 찬 공을 몇 개나 막아냈다.

또한 '미녀새'라는 별칭이 따라다니는 러시아의 장대 높이 뛰기 선수 옐레나 이신바예바는 별칭인 새처럼 날아 신기록을 세운다.

그것도 자신이 세운 기록들을 주기적이듯 말이다. 꾸준히 반복된 훈련의 결과이겠지만 이신바예바가 자신의 신기록을 거푸 갈아치우기까지에는 비디오 등 시뮬레이션을 통해 어느 지점에서 도움닫기를 해야 하는지 등의 수학적 데이터, 과학적 접근이 필요로 했을지도 모른다. 아무튼 그는 진화하고 있으며 전 세계 팬들에게 경이적인 멋진 모습을 보여주고 있고 지금도 신기록을 향해 궁리 중일 것이다.

머리가 좋아야 스포츠도 잘한다는 말이 있는데 머리가 세상을 지배하는 세상 판도가 수직 상승은 되는 듯하다. '여성 상위 시대'라는 말이 있는데 이신바예바야말로 여성 상위가 아니라 하늘을 나는 여성이다. 남성 중심적 사회가 웬만큼 급격히 사라진 요즘 '여성 취업자 1,000만 시대'라고 하는데, 직장에서 능력을 가진 여성은 오너가 되기도 한다. 수석졸업, 수석합격 등을 여성이 차지했다는 사실을 언론이 종종 전하는데 대부분 여성이 수석을 차지하는 모양이나 보다. 누군가 예언했다던가 미래에는 세상을 여성이 지배할 것이라고, 세계 곳곳에는 여성 대통령이 나라를 움직이기도 한다. 여성 대통령이 점진적으로 늘어나는 추세라고 한다. 아시아에도 여성 대통령이 점증적으로 늘어나는 추세라고 한다. 아시아에도 여성 대통령이 이따금 등장한다. 심지어 인도에서도 2007년, 최초로 여성 대통령이 탄생했다.

세계를 평정하고 있는 미국에는 올브라이트 국무장관이 있었고, 콘돌리자 라이스가 국무장관을 하고 있지만, 여성 대통령이 탄생한 역사는 아직 없다. 미국 전 대통령 클링턴의 부인이기도 한 힐러리는 미국 역사상 최초의 대통령이 될 수 있는 절호이자 유력한 사람이었지만, 대통령 후보를 결정짓는 민주당 내 경선에서 버락 후세인 오바마에게 내줘야 했다.

미래에 여성이 세상을 움직일 거라는 것은 여성이 더 많이 노력하는 데서 귀결되는 산물일 것이다. 그래서 어쨌든 여성이 됐건 남성이 됐건 궁구하는 두뇌가 세상을 움직인다는 것에 이견이 없을 것이다.

인내와 전력의 중요성

내가 자랄 때 앞마당에는 때로는 어린 두꺼비들이 등장해 노닐 때도 있었지만, 한가롭게 엉금엉금 기어다니는, 등이 우둘투둘하고 짙은 갈색의 솥뚜껑만큼이나 큰 두꺼비가 겨울을 제외하곤 비일비재하게 눈에 띄었다. (예컨대 어릴 때 학교 운동장, 학교 건물이 무진장 어마어마하게 넓어 보이고, 굉걸해 보이는 것처럼 간간이 마당에 나타나는 두꺼비도 솥뚜껑만 하게 커보였었다!)

앞마당은 마치 두꺼비의 아지트이고 경연장이었다. 어느 때는 솥뚜껑만 한 두 마리의 두꺼비가 엎어지고 뒤집히고 두꺼비 씨름(싸움)하는 것을 관객이 되어 봤었다.

당시 두꺼비 씨름을 반추해 비유컨대 지금의 민속 씨름보다 외려 흥미진진했다는 생각이 든다. 그래서 나는 짐짓 장기전이 됐으면 하는 마음이 꿀떡 같았다. '두꺼비는 왜 씨름을 했을까?' 하고 의문을 갖기도 했다. 지금 생각건대 암컷을 차지하기 위한 수컷들끼리 힘겨루기였을 거라고 추리해본다.

"두꺼비가 파리도 낚아챈다."라고 평소에 들었던 나는 어느 날 마당에 나타난 솥뚜껑만 한 두꺼비 한 마리를 붙들어 방 안에 놓았다. 파리를 낚아채는 것을 보기 위해서였다. 내가 어릴 적에는 부엌이나 방 할 것 없이 가는 곳마다 파리 무리가 새까맣었다. 그만큼 '파리들이 왜 그리 많았을까?' 하고 의문을 가질 만큼 파리가 많았지만 얼추 30분하고 1시간이 지나가도 두꺼비가 파리를 너불너불 낚아채는 광경을 관찰하지 못했을뿐더러 그런 시늉조차도 찾아볼 수 없었다.

몇 날을 두고 몇 차례 두꺼비를 잡아다 그렇게 했었지만 역시 허사이기는 마찬가지였었다. 두꺼비가 겁먹은 까닭이었을까!

애달은 나는 기는 파리라도 잡았으면 하고 파리를 생포해 날지 못하도록 한 뒤 두꺼비 앞에 놔뒀건만 두꺼비는 아무런 반응도 없었으니 말이다.

그로부터 반세기 돼서 비로소 두꺼비가 파리를 잡을 수 있다는 것을 확인할 수 있었다. 작년 추석에 고향집에 갔었을 때 일이다. 저녁 10시 무렵이었다. 날씨는 맑았고, 한가위 전날이기에 달빛은 마당을 훤히 비추고 있었다. 게다가 몇 와트나 되는지 효율성 높은 듯한 주광색 전구 하나가 처마에 매달려 빛을 발하고 있었기 때문에 그늘에 가려 달이 미치지 못하는 곳까지 여지없이 밝게 해 백주가 따로 없었다. 자연석으로 가지런히 쌓은 토방 아래, 마당에 있는 귀뚜라미 한 마리를 발견했다. 달빛과 주광색 전구의 빛이 있기에 조금 과장되게 표현하면 귀뚜라미 더듬이까지도 식별이 가능할 정도였다.

그때 어디선가 엉금엉금 기척 없이 기어 온 어른 주먹(솥뚜껑!)만 한 두꺼비 한 마리가 앞에 먹이가 있다는 것을 감지했기 때문인지 동작을 멈췄다. 귀뚜라미와 두꺼비가 마주 보고 있는 상황이었다. 외양적으로는 정적이 만연했지만 정중동이었다!

귀뚜라미는 두꺼비 먹이가 되고 말 것이라는 것을 알아챈 건지, 꼼짝도 않고 있는 것을 4~5미터 떨어진 곳에서 나는 늦둥이 아들과 우연히 관찰하고 있었다. 이가 되느냐 살아남느냐는 먹이연쇄,

절체절명의 절박한 상황이었다.

어림잡아 5분 여를 훨씬 지났을 참에 도망칠 태세인 듯 귀뚜라미가 미약한 미동을 했다. 먹이를 놓칠세라 두꺼비도 미동을 해 자세를 더욱 낮추는 듯했다. 긴장감은 한껏 고조돼 비등점을 쳤다.

먹이가 되느냐 아니면 살아남느냐 하는 긴장감 속에 먹이연쇄의 약육강식 상황이 전개될 태세가 임박한 듯해 시선은 더욱 좁혀지고 생리현상인 눈 깜박거림도 없었다. 귀뚜라미와 두꺼비의 간격은 대략 0.5미터 정도였다. 순간 귀뚜라미가 뛰어올랐다. 따라서 거의 동시에 두꺼비도 폴짝 뛰었다. 달아나려고 공중에 뜬 귀뚜라미는 어느 순간 두꺼비 입 안으로 빨려들어갔다. 상황 전개는 그야말로 전광석화였다. 두꺼비는 입 안에 있는 귀뚜라미를 삼키려는 듯 한참 동안 입을 오물오물거렸다. 귀뚜라미를 사냥해 먹어치운 두꺼비는 함포고복하고 느긋한 표정인 양, 아니면 또 다른 사냥감을 찾는건지 엉금엉금 다시 기고 있었다. 이것을 관찰한 나는 두꺼비가 파리도 낚아챈다는 말이 헛말이 아니라는 것을 깨달았고 먹이를 잡기 위해선 기회가 올 때까지 기다리는 인내가 필요하다는 사실도 알았다. 전심전력을 다 쏟는다는 것도 확인했다.

정글에 호랑이나 사자와 같은 맹수들도 사냥감을 놓치지 않기 위해서는 인내하는 노력이 매한가지일 것이라는 생각도 해본다. 정글에 맹수들도 생존을 위해서는 전력을 다해 질주할 것이라는 것을 체득했다. 캠코더로 촬영을 못한 게 못내 아쉽다. 적게 잡아도 5분짜리 다큐멘터리로서 수작은 됐을 텐데 말이다.

사람은 물론이며 짐승이나 곤충 모두가 대개 단맛을 좋아할 것이다. 첩첩산중에 사는 야생곰은 벌집을 무자비하게 공격해 달콤한 꿀을 먹어치우기도 한다고 한다. 야생곰이 농가에 침입해 벌집을 공격했다는 보도도 있었다.

나비와 벌 등의 곤충들도 꽃을 찾아다니면서 꿀사냥을 하고, 꽃에게 수분하게 해 열매 맺게 하는 매개로 절대 없어서는 안 될 미물이기도 하다.

단맛의 반대편에 쓴맛이 있다. 이른 봄, 쓴맛의 대표 격이라고 할 수 있는 씀바귀가 있는데 데쳐서 나물로 먹으면 입맛을 돋게 한다고 한다. 또한 쑥을 조청처럼 고와 조금씩 복용하면 입맛도 돋게 하고 힘도 솟게 한다는 말도 있다.

"약은 쓰다"고 하는데 대부분의 약은 알약 또는 캡슐로 돼있다. 대부분의 약이 쓴맛이지만 겉에 단맛이 나도록 되어있거나 무미건조하게 겉포장을 했다. 그래서 알약 속 캡슐 안 쓴맛을 느끼지 못하는 것이다.

우리는 주위에서 사기꾼을 볼 수 있다. 청와대를 사칭하고 사기를 치는 사람도 있다. 사기꾼은 달콤한 말로 유혹에 빠지게 해 금전을 갈취하고 급기야는 패가망신하게 만든다. 사기꾼의 말은 캡슐로 포장됐다! 알약, 캡슐로 된 약 안에는 병을 치료하거나 우리 몸을 이롭게 하는 요소가 가득 들어 있지만 사기꾼의 알약, 캡슐에는 독소만이 가득 숨겨져 있을 것이다.

사람들은 달콤한 말은 귀에 잘 들어오는 경향이 있지만 쓴 말에는 잘 들으려고 하지 않는 경향이 있는 듯하다. 쓴소리를 하는 사람에게 귀를 가까이 대고 듣는 사람은 분명 좋은 말과 이로운 말을 듣는 것일 테지만 실상은 그렇지가 않은 게 다반사다!

“나무가 먹줄을 좇으면 곧고, 남이 말하여 주는 자기 잘못을 고치면 거룩하게 된다.”라고 공자가 했다는 말이 생각이 난다.

정치인 중에는 쓴소리를 가끔 하는 사람이 있다. 예컨대 노무현 대통령 탄핵에 휘말려 곤혹을 치르다 정계 뒤편에 있다가 2006년, 국회의원 보궐 선거에서 당선된 조순형 의원이 쓴소리를 잘한다고 한다. 그에게는 ‘미스터 쓴소리’라는 칭호도 있다.

기자 생활을 했고, 지금은 정계를 떠났지만 이만섭 전 국회의장도 줄곧 쓴소리를 한다. “지금은 대한민국 정부 수립 후 국내외적으로 최대 위기 상황”이라며 “노무현 대통령은 계속 시끄럽게 일하지 말고 조용히 일해야 한다. 말이 많아 말로써 나라가 망할까 걱정된다.”라고 경기대 행정대학원 특강에서 말했다고 한다.

신문의 사설도 그러하거니와 칼럼을 보면 높은 사람에게 쓴소리를 서슴없이 말 잘하고 글 잘 쓰는 교수나 지식인들이 있다. 하지만 높은 자리에 있는 사람들 중에는 고자세일 뿐 쓴소리는 달가워하지 않고 미사여구만 좇아 좋아한다. 그래서 나는 그런 사람들에게 쓴소리가 미사여구처럼 되게 요즘 유행하는 몸에 덜 해롭다는 자일리톨을 사탕발림했으면 하고 칼럼을 쓰는 교수나 지식인에게 신신당부하고 싶다. 단맛에 빠져 쓴소리를 듣게 말이다. 그런 묘책을 쓴다면 분명 효험은 있을 것 같다.

생사의 갈림길에 놓인 사람도 단맛에 도취해 위험 상황을 깜빡 잊은 사람도 있으니 말이다. 예를 들면 톨스토이의 ‘인생론’이라고 하는 이야기가 있다.

옛날에 어떤 사람이 넓디넓은 벌판을 걷다 맹수를 만났다. 혼비

백산한 그는 맹수를 피해 온갖 힘을 다해 달아나다 공교히 우물을 발견했다. 다급한 나머지 우물 속으로 들어가 피신하려고 하는 참이었는데 천만다행으로 우물 안쪽을 따라 길다랗게 늘어진 한 줄기 칡넝쿨을 순간 발견했다.

이제 살았구나! 안도하고 안도의 한숨을 내쉬었다. 상황이 상황인지라 부리나케 칡넝쿨을 따라 2~3미터를 내려가 가빠진 숨과 동작을 멈추었다. 한숨 돌린 그는 위를 올려다봤다. 벌써 뒤쫓아온 맹수는 금방이라도 삼켜버릴 듯 입을 쩍 벌리고 한 뼘이나 되는 무시무시한 송곳 같은 이를 드러내놓고 포효하고 있었다.

질겁한 그는 안 되겠다 싶어 더 내려가기 위해 우물 바닥을 내려다봤다. 놀랍게도 우물 바닥에는 무서운 뱀들이 혀를 날름거리며 우글대고 있었다. 이러저러하지도 못하고 사면초가에 놓인 그는 생명줄인 한줄기 칡덩굴에 매달린 채 다시 위를 쳐다봤다. 그때 엎친 데 덮친 격으로 방금 전까지만 해도 없었던 쥐가 나타나 생명을 부지하고 있는 한 줄기 칡덩굴마저 아작아작 갉아대고 있었다. 눈앞이 캄캄해졌다. 뵈는 것이라고는 아무것도 없었다.

하릴없이 이대로 인생이 끝나는구나 하고 절망했다. 어리둥절한 그는 두리번거리며 머리 위를 살폈다. 머리 위에는 돌에 돌기처럼 나온 자신의 머리통만 한 벌집이 있었다. 용하게 이따금 뚝뚝 한 방울씩 떨어지는 꿀이 자신의 입에 정조준됐던 것이다. 단맛에 미뢰가 요동쳐 도취하고 말았다. 단맛에 도취한 그는 맹수도 쥐도 뱀도 깡그리 잊고 있었다는 것이다.

"쓴맛이 몸에 좋다"라고 말하는 아이가 있었다. 한 제과회사의 '드림카카오'라는 제품이 있다. 56, 72, 84, 94% 등이 있다. 백분율이 높을수록 쓴맛이 짙다. 숫자가 높다는 것은 카카오 함량이 많아 쓴맛이 짙다는 것이다.

한 날 네댓 살쯤 돼보이는 아이와 예닐곱 살 되어뵈는 아이 그리고 부모가 함께 매장에 들렀다. 아버지가 '드림카카오'가 아닌 단맛이 많은 제품을 아이에게 주려고 했다. 마치 위아래가 뒤바뀐 듯한데 예닐곱 정도 돼 뵈는 아이의 대답이 어른 뺨칠 만큼 놀라웠다. 즉 "싫다"며 "쓴맛은 몸에 좋다." 94%를 사달라고 채근했다. 단맛만 쫓는 세태에 "쓴맛이 몸에 좋다."는 한 아이의 말이 한사코 여운이 남는다.

부동산 정책,
지금 수렁에 빠져있는가?

'수렁'을 국어사전에 "한번 빠지면 사정없이 들어감" 또는 "헤어나기 힘든 처지를 비유하는 말"이라고 적혀있다.

내가 스무 살 무렵 일이다. 지금이야 트랙터가 논밭을 헤집고 다니면서 거칠 것 없이 해치우지만 당시에는 논에 모내기를 하기까지는 으레 소가 끄는 쟁기로 애벌갈이, 재벌질, 재재련질을 하고, 물을 가둔 논에 소가 써레를 끌게 해 논바닥을 평평하게 고르고 모내기를 했었다.

당시 논 한 배미에는 수렁이 있었다. 때문에 논을 갈아엎을 때마다 여간 불편한 게 이만저만이 아니었다. 예를 들자면 쟁기나 써레를 끄는 소가 수렁 옆을 지나가다 수렁에 빠지기 일쑤였고 나 또한 수렁에 빠지기도 했다.

논일을 할 적마다, 중국의 춘추 삼국시대 조조가 말한 "계륵"이라고 해야 할까 애물이었던 수렁이 농한기를 틈타 메꾸어 아예 없애기로 작정했었다. 방법은 돌과 자갈을 가지고 메꾸는 것이었다.

실행에 착수한 나는 도로가 자갈을 지게로 짊어 여남 번을 수렁에 쏟아부었지만 수렁은 그대로였다. 어렵다 싶었지만 벌인 춤이지라 거푸 열댓 번을 더 짊어다 부었지만 '풍선효과'이듯 수렁 범위만 증폭돼 벌임새가 우매해 창피한 꼴이 되고 말았다.

요즘 정부의 부동산 정책을 언론이 수렁에 비유를 한다. 좌지우고도 없이 급조된 듯한 정부의 부동산 정책은 중장기적 최선의 선택이기보다는 강제적, 강압적, 물리적 힘에 의한 임기응변 식이라는 것이다.

강제적은 한시적 효험을 얻을 수 있을 것이다. 예컨대 사회적으로 이따금 이슈가 되기도 하는 체벌이 있다. 체벌의 효과는 금세 나타난다. 우는 아이를 그치게 하기 위해 체벌을 쓰기도 한다. 체벌로 우는 아이를 그치게 했다고 해서 문제 해결이 된 게 아니라고 전문가는 말한다. 한쪽을 쥐면 다른 쪽으로 부풀어 오르는, '풍선효과'가 잠복돼 있다는 것이다. 강제적 힘에 의존하는 식의 '납땜질' 부동산 정책은 활화산이 될 수 있을 것이다! 부작용만 양산될 수 있을 것이다.

그리고 6억원 이상 주택에 부과되는 어처구니 없는 양도세는 터무니없다고 생각한다. 자본주의 사회에서 주거를 목적한 주택에 과도한 강제는 불합리하다는 것이다. 경제 부총리, 한국은행 총재, 서울 시장 등을 지낸 조순 서울대 명예 교수가 2006년 5월 15일, 서울에 있는 은행회관에서 열린 한국경제학회지 2006년 1차 정책 포럼에서 기조 연설을 했다고 한다.

기조 연설에서 그는 한국 경제의 발전과 앞으로도 방향이라는 연설에서 "현 정부는 대증요법(병의 근원과는 다른 겉에 나타난 것만 치료를 하는 것)으로 경제 정책을 하다 보니 정책의 일관성과 정제성(整齊性) 없이 3년을 흘렸다."

흡연의 위험성에 대하여

전 세계적으로 50여 종이 자생하고 있는 것으로 알려진 담배가 우리나라에 들어온 시기는 1600년대 초기로 알려져 있다. 수입된 초기에는 어른, 아이 할 것 없이 피웠다는 담배. 300여 년이라는 동안 지금으로부터 거슬러 올라가 70~80년을 제외하고 장대나 곰방대를 이용해 끽연을 했다고 한다.

1960년대에는 풍년초라는 담배가 있었다. 풍년초는 장대, 곰방대를 가지고 피우지도 했지만 얄팍한 종이에 풍년초를 놓고 궐련처럼 말아 피우기도 했었다.

우리나라의 담배가 궐련화 되기 시작한 시기는 일제강점기에서 해방된 후 선보인 '승리'라는 담배가 최초였다고 한다. 승리라는 담배는 광복을 기념해 미 군청에서 제조 판매한 것으로 알려져 있다.

궐련은 연필 굵기 정도의 크기가 있고 음료수 빨대 굵기만 한 것도 있다. 또한 잎을 말아 만든 외국의 시가라는 담배는 굵기가 어린아이 팔뚝만 한 것도 있다. 시가는 미국 클링턴 대통령이 재임시절 르윈스키라는 여비서와 부적절한 행동 때문에 회자돼 유명세를 타기도 했다.

조선시대 풍속화가 김홍도가 그린 그림 중에는 병아리를 물고 달아나는 고양이를 쫓으면서 높이 쳐든 노인의 손에 담뱃대가 시대상을 말해주고 있다.

우리나라에서 판매되는 양쪽 면에 있는 직사각형 크기가 한쪽 면의 30%다. 한쪽의 직사각형 안에는 "경고. 19세 미만 청소년에게 판매할 수 없습니다. 청소년에게 담배를 판매하는 것은 불법입니다."라고 적혀있다.

반대 면에는 "경고. 건강을 해치는 담배 그래도 피우시겠습니까?"라고 경각심을 주고 있다. 담뱃갑에 문구 삽입은 담배로 인한 폐암 등의 발병, 또한 간접흡연으로 피해가 문제가 돼 위험성을 알리고 금연으로 유도하여 건강한 삶을 영위하게 하는 데 있다. 표어도 한몫을 하고 있다.

담배의 해악을 고발하는 표어를 보면, "타오르는 생명, 꺼져가는 생명", "호기심에 피운 담배 큰 슬픔 몰고 온다" "담배는 죽음의 지름길" "한 모금의 담배 연기 위협받는 가족 건강" 등 부지기수다.

표어도 말하고 있지만 흡연은 자신의 건강뿐 아니라 가족에게도 큰 해를 끼친다고 한다. 남편이 담배를 피우면 부인이 폐암에 걸릴 확률이 무려 30%에 이른다고 한다. 담배 연기에는 인체에 해로운 발암 물질 등 유해 물질이 4,000여 종에 달해 비흡연자는 간접흡연의 피해를 문제 제기하기도 한다. 이에 공공건물, 특정 지역에서 흡연을 제한하기도 한다.

흡연은 생명이 단축되고 노화현상, 정력 감퇴 등 질병의 원인이 된다고도 한다. 특히 변성기 때 흡연은 성대가 망가질 수 있어 평생 좋지 않은 음성이 될 수도 있다고 한다. 담배 한 개비를 끽연하면 수명이 5분 단축된다는 흡연은 임신부일 경우 기형아를 출산할 수 있다고 한다.

흡연은 건강뿐 아니라 경제적 손실도 막대하다. 예를 들어 산술적 계산을 해보자. 2,500원짜리 담배를 매일 한 갑씩 60년을 피울 경우 약 5,500만 원이 소요된다. 원금+복리로 계산하자니 너무 난해해 엄두가 나지 않는다.

한편 담배의 위험성에 대해 더더욱 경각심을 높이기 위한 방책으로 담뱃갑 양면에 네모난 선을 각각 50%로 확대하고 위험성을 알리는 경고성 그림이나 사진을 삽입할 예정이라고 한다. 유해성을 쉽게 경각하게 하는 위함이지만 지금 확보된 디자인하는 공간이 축약될 것이므로 아쉬운 생각이 든다.

철학자 아리스토텔레스는 "모든 인간의 궁극적 목표는 행복한 삶"이라고 말했다는 데 "건강을 잃으면 모든 것을 잃는다"고 하듯 행복에 있어서 가장 요체는 건강일 것이다. '구름과자'라고 하는 담배. 흡연을 일삼아 자신의 건강을 구름처럼 사라지게 해야 할 것인가를 진지하게 자문하고 고민해야 할 필요가 있다고 생각한다.

지구온난화와 환경운동

우리나라에는 보통 사람들의 애주가에게 많은 사랑을 받는 소주가 있다. 해외에서도 인기가 대단해 수출도 많이 한다고 한다.

소주는 증류주이고, 14세기 후반에 들어온 것으로 알려져 있다. 현재 국내에 소주 제조업체가 열 손가락 안에 들 정도이지만 일제강점기였던 1916년에는 전국에 걸쳐 무려 28,000개가 넘는 양조장이 성시를 이루었다고 한다. 이 많은 업체 중 유일하게 건재한 업체가 '진로'라고 한다. 소주의 알콜 함량이 35%, 30% 등도 있고 들쑥날쑥하지만 위스키하면 40%로 각인되듯 소주의 알콜함량이 25%로 점철되는 듯했다! 하지만 소주의 알콜 함량이 점차 하향화하고 있다. 소주의 알콜 함량이 25%로 평행선을 긋다가 23%, 21%, 20.1%, 19.8%로 낮아졌다. 오늘 신문에는 16.9%로의 소주를 '무학'과 '대선주조'가 출시한다고 했다.

소주의 알콜 함량이 하향화하는 것을 보면서 술의 알콜 함량과 기후의 변화에 따른 관련성이 무관할 것이라고 생각하면서도 혹여 상관관계가 있는지를 의심한다. 그럴 것이 추운 러시아의 많은 사람들이 알콜 40%의 드라이 진이라든가 도수 높은 술을 즐겨 마신다고 하고 그뿐만 아니라 몽골도 그렇고 유럽을 비롯한 한대지방에 속한 나라가 보통 그렇다고 한다.

우리나라는 온대 지방에 속해있다. 하지만 기상학자들에 의하면 아열대 지방으로 변해가고 있다고 한다. 이산화탄소 증가로 오존층 파괴를 환경적 변화에서 기인하는 것으로 보고 있다.

기상대의 관측에 따르면 겨울 기간이 짧아지고, 반대로 여름 기간은 길어질뿐더러 연평균 기온이 상승하고 있다고 한다. 이런 기후변화는 남부지방에 사는 식물이 중부지방으로 분포화가 확산되는 변화가 일고 있다고 한다. 일례를 들면 남부지방에서나 잘 자라던 대나무가 중부지방에서도 잘 자란다고 한다. 바닥 전체가 콘크리트, 흑 20cm 두께로 채워진 화단에 대나무를 심었다. 게다가 응달이고 일조량이 하루에 한 시간이 될까 말까 한데도(서울) 잘 자라고 있다. '추구'(推句)라는 책 첫 장 두 번째 줄에 "땅이 두터워야 풀과 나무가 난다"는 '지후초목생'(地厚草木生)이 무색할 정도다. 북극의 빙하가 녹고 있어 북극에 서식하는 흰곰의 생존에 위협을 받고 있다고 한다. 남극에도 예외는 허용하지 않는 듯 빙산이 녹아 무너지면서 조각이 된 얼음덩어리들, 부유물이 돼 둥둥 떠있는 것을 화면으로 본다. 북극의 흰곰처럼 기후변화로 위협을 받기는 남극의 펭귄도 매한가지라고 한다.

지구온난화로 킬리만자로 만년설이 사라질 것이라는 한 연구발표도 있다. 지구에서 20~30km 높이에 있는 오존층을 파괴하는 주범이 되고 있는 프레온가스 규제 운동이 확산되고 있다. 한편 프레온가스 대체물질 개발에 관한 연구도 끊임없이 진행 중이라고 한다.

영국의 부호인 리처드 브랜슨은 대기온난화의 주범인 프레온가스 대체물질 개발이나 이산화탄소를 제거할 수 있는 가장 좋은 방법에 현상공모에 나섰다고 한다.

"지구를 구할 '구세주'에게 1,000만 파운드(약 183억원)를 지불하겠다."

현상공모에 초치는 것은 아니고, 온난화 방지에 만능책은 요원할 것 같고 그래서 많게든 적게든 지구온난화는 진행 중일 것이라고 생각하게 한다. 그래서 소주의 알콜 함량과 지구온난화의 상관관계가 없다손 쳐도 소주의 알콜 함량이 얼마만큼 하향화할 것인가가 자못 참말로 궁금할 수밖에 없다.

일본에서 태어났고, 일본사람인 후지모리는 1990년부터 약 10년 동안 페루 대통령을 지낸 사람이다. 나는 페루 대통령 후지모리를 TV에서 접할 때마다 일본 사람이 어떻게 해 페루에서 대통령이 됐을까 하고 매번 신기하게 여겼었다. 노무현 대통령이 대통령이 되고 나서는 더욱 그랬었다. 그럴 것이 한국에서 태어난, 한국인으로서 대통령 선거에서 승리해 대통령이 됐는데도 노무현 대통령은 "대통령이 어떻게 됐는지 나도 신기하다."라고 해 더욱이 신기할 수밖에 없다는 것이다.

한국인이 외국에 거주하는 사람들이 있다. 이들 중에는 한국에서 태어났지만 이민을 간 사람도 있을 것이고 이민 2세, 3세 등도 있을 것이다.

만약 이들 중에 외국의 대통령이 된다면 한국인으로서 자존과 자긍적이겠다고 생각한 적이 있다. 동양의 일본인이 페루 대통령이 된 것처럼 말이다.

반면 이런 생각도 했었다. 민족의 자존심 구기는 일일 성싶어 걱정이 되고 조심스럽지만 하릴없이 말하자면 국외의 유능한 인재를 대통령으로 영입했으면 한다고 말이다. 지구촌이라는 말이 있듯 사회는 국제 결혼이 증가 추세라고 한다. 한국에 거주하는 외국인이 늘고있다고 한다. 단일민족 국가에서 다민족 국가로 변천되는 원천적 요소일 것이다. 가야국의 김수로 왕은 인도 여성 허황옥과 결혼했다고 한다. 일찍이 다민족 국가의 싹이 트게 한 것이다! 모름지기 선견지명 했던 건지 모른다. 그래서 대통령을 영입하는 것은 결코 시대적 상황이고 여세추이로 불합리한 것만은 아니라 는 생각이 든다.

나는 지금 『렉서스와 올리브나무』(저자 토머스 프리드먼, 번역 신동욱, 출판 창해)라는 책을 읽는 중이다. 내가 앞서 "유능하고 통찰력 있는 외국인을 대통령으로 영입했으면 했던 말에 다소나마 부담을 덜 수 있었다. 까닭은 이렇다. 토머스 프리드먼이 쓴 글이다. 그대로 인용해 적는다. "1999년 11월 나는 스리랑카 콜롬보에서 열린 한 세미나에 참석했다. 이 세미나는 국가 경쟁력을 주제로 미국국제개발처(USAID)가 주관한 것이었다. 청중은 스리랑카, 인도, 파키스탄, 방글라데시, 네팔 등지의 경제적 지도자들과 경제 신문 전문가들이었다. 주제 발표자 가운데 한 명은 코스타리카 전직 대통령 호세마리아 피구에레스였다. 그는 한 시간에 걸쳐 어떻게 코스타리카가 인텔의 공장을 자국에 유치했고 정보 혁명에 성공적으로 적응했는지 참으로 경탄할만한 경험담을 들려주었다. 동남아시아 청중은 그의 말 한마디 한마디를 숨죽이고 경청했다. 그런 연후 질문 시간이 되었다. 이들은 연이어 일어나 그에게 이렇게 물었다. "당신은 혹시 우리나라 대통령으로 출마하실 의향은 없으십니까?"

11장 '성공하는 국가들의 아홉 가지 습관'에 나온다.

우리나라는 1997년 외환위기 이후 실업자가 늘어나고, 국민들의 생활고는 옹생해지는 사람들이 늘고 있다. 대기업의 취직률이 많게는 수백 대 일에 이를뿐더러, 2006년 여름에 실시한 하위직 공무원 공채 시험에 응시자가 800 대 1이라고 한다. 실업자가 많다는 걸 증명하는 것일 거고, 많은 국민이 어려움을 겪고 있다는 방증이기도 할 것이다.

때문에 나는 유능하고 통찰력 있는 사람을 대통령으로 영입했으면 하는 생각을 가졌던 것이다. 하지만 그렇게 한다고 해서 필연적으로 어려운 경제가 치유된다고 예단하기에는 섣부르지만 적합한 인물로 댕기는 사람을 거명하면 '마이크로소프트'의 빌 게이츠, 도시형 국가인 싱가포르의 리콴유, 두바이의 셰이크 모하메드 등이다.

먼저 싱가포르의 리콴유를 말하면 그는 인구 300만 명에 불과한 작은 나라인데도, 그것도 건국된 지 35년밖에 안 된 나라가 아시아의 중심축이고, 세계적으로도 우뚝 서게 한 사람이 리콴유이고, 세계적으로 영향력 있는 사람이고 지도력이 정평이 나 있어서다.

세계에서 제일가는 '마이크로소프트'의 빌 게이츠는 경영 철학을 바탕으로 국가 경영을 한다면 국가가 많은 발전이 있을 것이라는 생각에서다.

두바이의 셰이크 모하메드는 다육 식물인 선인장이나 살 아갈 만한 삭막하고 척박한 모래사막에 '사막골프장'을 만들고 눈이 내리지 않는 곳이지만 스키장(실내)을 만들고 세계 최고 마천루 160층 '버즈두바이(2008년 완공예정, 삼성물산 이 건설 중)'를 건설 중이고,

세계지도 형상인 인공섬 '더 월즈'를 건설하고 있다. 두바이는 인구 130만 명의 작은 나라이지만 세계 각국의 금융기관 360여 개가 즐비해 있으며, 중동의 중심축은 물론 세계 중심축이 돼가고 있다고 한다. 특이적인 것은 대부분의 중동 국가가 석유, 가스와 같은 화석 에너지가 풍부하지만 두바이는 자원이 없는 나라라고 한다. 여건이 열악한데도 뛰어난 '허브국가'가 되게 한 사람이 셰이크 모하메드이기 때문이다.

한편 싱가포르 리콴유, 마이크로소프트의 빌 게이츠, 두바이의 셰이크 모하메드 이들 중에 누구를 꼽느냐고 묻는다면 빌 게이츠, 리콴유도 좋지만 단연 셰이크 모하메드를 선택하고 싶다. 까닭은 출중한 사고력, 아이디어, 디자인 감각 철학과 통찰력의 혜안을 갖고 국가 경영을 하는 것 같아서다.

셰이크 모하메드가 한 말에는 고스란히 경제를 위한 말이 있다. "경제는 말 정치는 마차"이다. "말은 마차를 끌어야지 그 반대는 있을 수 없다."

집안일을
함께 해야 하는 이유

내가 자랄 적 어머니는 이른 새벽에 일어나 식사 준비하느라 바빴다. 나와 형제는 어머니가 막 퍼놓은 밥을 먹는 일에나 정신이 팔렸다. 설거지 한번 한 적이 없었다. 아침, 점심, 저녁 식사 때마다 늘상 그렇게 연속적이었다.

어머니는 봄, 여름, 가을 낮만 되면 들에 나가 씨 뿌리고, 김매고, 가을걷이 하느라 일손이 딸렸다. 농촌에는 농번기가 지나면 농한기가 있다. 하지만 어머니는 그렇지 않았다. 길 쌈을 하느라 베틀에 앉아있었고, 짠 천을 풀 먹이고 본을 더 버선이나 옷을 지어내느라 일이 많았다. 이런 것들이 남성 중심적 사회에서 나의 어머니 일상이었다.

마치 나의 어머니는 그리스 신화에서 베짜기에 뛰어난 재능을 가졌지만 예술의 여신 아테나와 길쌈을 겨루다 패하고 거미로 변한 이라크네 여인과도 비교가 된다. 젊은 날에 버거운 일상 때문인지 나의 어머니는 관절이 퇴화돼 관절염에 얽혀 두문불출 중이다.

목수였던 아버지는 식사 후에 밥상을 옮겨놓은 적도 있었다. 물론 두말하면 잔소리로 아버지는 부엌에 들어가는 것을 금기시했었다. 부엌에서 일하고 부엌이나 들락거리는 건 앉아서 오줌 누는 사람이나 하는 게 아버지의 요지부동의 불변적 고정관념이고 뿌리 깊은 가부장적 사상이었다. 이런 것들은 나의 아버지뿐더러 보편적으로 담석화된 관습일 것이다.

팔순을 훨씬 넘은 나의 어머니가 그랬듯 대부분의 여자들은 가사노동량이 많다. 산업사회로 발전하면서 산업현장에 여성들이 동참하기에 시작한 이래 요즘 '맞벌이 부부시대'라고 할 만큼 맞벌이를 하는 가정이 많고 취업한 여성이 1,000만 명이나 된다고 한다.

때문에 가사노동의 분담이 이슈가 돼 명제화되기도 한다. 예를 들면 직장에 다니는 기혼 여성은 직장에서 집에 돌아오면 밥 짓고, 반찬 만들고, 널브러진 잔챙이들 정리정돈하고, 청소하고, 세탁을 하는 등 대부분의 가사 노동을 떠안게 될 것이다. 그런데도 예컨대 리모컨을 들고 TV를 시청하는 남편들이 많을 것이다. 잘못된 행동이라는 지적이 분분하다. 가사노동은 부부가 공유해 분담해야 할 필요가 있다는 것이다. 요 며칠 전에 '가사노동을 돕는 남편이 늘고 있다'는 언론의 보도도 있었다.

추석, 설 명절 등에는 아내들은 차례음식 준비를 위해 그야말로 분주다사하다. 게다가 끼니때면 밥 짓고 설거지하고 손이 열 개라도 모자랄 지경에 이른다. 이렇듯 아내들이 눈코 뜰 새 없는 터이지만 남편들은 화투놀이, 장기, 바둑이나 두면서 술이나 먹는 경우가 있기도 할 것이다.

어느 조사에 의하면 명절 후유증으로 소화불량, 스트레스를 받고 심한 경우에는 우울증도 발생할 수 있다고 한다. 설이나 추석 직후 이혼신청이 일시적으로 증가하는 경향이 있다는데 "이는 명절 때 가족 행사를 치르는 과정에서 다툼이 발생하는 것과 관련이 있는 것으로 보인다."라고 한다. 시대는 많이 바뀌고 있다. 교과서에 앞치마 매고 있는 삽화도 삽입되지 않는다고 한다. 앞치마를 여자에게만 매게 한 삽화는 차별적이라는 것이다. 이제는 남편들이 나서 앞치마 매고 아내들의 바쁜 일손을 돕는 것은 절대적 당연지사로 진지할 것이다. 그리고 윷놀이 등의 오락할 시간을 특별히 내 아내들과 함께하자. 그럼으로써 집안 분위기는 자연 발생적으로 화목화될 것이고 명절 분위기는 덤으로 흥겨워질 것이다. 요컨대 아내들의 명절 후유증은 맥 못 출 것이고, 그래서 명절의 즐거움이 배가 될 수 있을 것이다.

하버드대 연구에 의하면 "집안일을 많이 하는 남자들이 집안일을 안 하는 남자보다 더 오래 산다."고 한다. "가정에서 남자는 힘든 일을 해야 한다. 가정은 당신의 성이라는 사실을 명심하라. 그러나 왕이 없는 성은 존재할 수가 없다. 그리고 여왕이 없다면 왕은 외로울 것이다. 만일 당신이 아내를 여왕처럼 대우한다면 그녀는 당신의 여왕이 될 것이다."라는 말은 『정상에서 만납시다』(저자 지그 지글러, 번역 김양호, 출판 안암문화사)라는 책에 설파하고 있는데 아내 몫으로 여겨졌던 불합리하게 관습화된 가사노동과 관련하여 "집안일을 돕는다고 하는 건 잘못이고 같이 해야 한다."는 말처럼 집안일은 같이 하는 게 합리적일 것이다.

나트륨과 라면:
건강에 미치는 영향과 대안

라면은 중국 '진면'에서 유래됐다는 말이 있는데 라면을 세상에 알리고 상용화한 것은 일본의 닛신식품이다.

닛신식품은 1958년, 기름에 튀긴 국수면(라면)에 양념 국물을 가미해 공개했다고 한다. '끓는 물에 2분'이라는 문구로 광고를 하고 대중화에 공을 들였다고 한다.

우리나라는 닛신식품의 라이벌이었던 묘조식품으로부터 기술을 전수받은 삼양식품이 우리 입맛에 맞게 업그레이드해 1963년 9월부터 생산에 들어가 '삼양라면'을 판매하기 시작했다. 라면을 개발해 상업화한 일본의 닛신식품 안도 모모후쿠(96세) 회장이 2006년 4월 방한했었다. 회의에 참석을 위해서였다.

언론에 의하면 방한한 그는 "내가 이 나이에 이렇게 건강한 것은 라면이 건강에 좋다는 것을 보여주는 것이 아니냐."고 극찬 삼아 반문하며 "라면은 좋은 음식과 섞어 먹으면 균형 잡힌 식사가 될 수가 있다."라고 말하고 한국인이 라면과 김치를 함께 먹는 것이 좋은 예가 될 수 있다." 한편 그는 "제가 만든 라면이 좋은 식품으로 기억됐으면 좋겠어요."라며 "누구나 먹어도 안전하고 영양가 풍부한 라면을 만드는 데 더욱 힘쓸 것"이라고 말했다고 한다.

라면은 1년에 소비되는 양이 (2005년)세계적으로 약 860억 개에 이른다고 한다. 라면은 손쉽게 요리해 먹을 수 있다는 장점이 있다. 온수만 부어 먹는 라면도 있다. 이런 편리성은 식생활 문화에도 일조했다. 때문에 인류에게 이바지한 공로는 참말로 크다. 획기적인 식품인 듯하다. 기여한 공로야말로 큼직한 '노벨 평화상'을 받을 만도 할 것이다.

그러나 『백만불짜리 습관』(저자 브라이언 트라이시, 번역 서사봉, 출판 용오름)이라는 책에 이런 글이 적혀있다. 11장 '건강한 사람의 습관'을 보면 이렇다. "밀가루 제품은 밀을 정밀하게 도정한 탓에 흰색을 띄며, 따라서 영양분이 모두 제거된 먹거리…." 이어 "표백이 진행되는데 이를 통해 남은 영양분은 모두 죽게 된다. 흰색 밀가루 제품은 본질적으로 '활성이 없는' 음식이며 죽은 것이다. 어떤 영양학적 가치도 함유하고 있지 않다." 또한 '소금, 설탕, 밀가루'를 "세 가지 독"이라고 썼다.

세계보건기구는 성인의 하루 나트륨 섭취량을 2,000밀리그램 이하로 권장하고 있다. 더 낮춘다는 말도 있는 모양이다. 한 개의 라면에는 대개 약 1,700~2,000밀리그램의 나트륨이 들어있다. 성인에게 권장하는 하루 양과 맞먹는다. 나트륨의 과다 섭취는 고혈압의 원인이 될 수도 있고, 한국인에게 발병률이 높은 위암의 원인이 된다고 한다.

'밥보다 많은 양의 반찬을 먹는 것이 좋다.'는 말이 있다. 이에 따라 나는 수년 동안 그렇게 우매한 실천을 했었다. 얻은 건 뜻밖이었다. 어느 날이었다. 평소 80~110이었던 혈압이 95~145로 측량됐었다. 그 원천을 짚어보면 불분명하지만 짐짓 기를 쓰고 많은 양의 반찬을 섭취한 데서 기인했다고 본다. 많은 반찬을 먹었다는 건 과다 나트륨을 섭취했다는 것일 것이다.

한 날 TV를 봤다. 어느 여성 출연자가 그가 "만들어 놓은 반찬을 남편이 다 먹어치운다."며 "남편이 미운 생각이 든다."라고 했는데 당장은 괜찮겠지만 그 남편의 건강이 우려됐었다.

불현듯 반찬을 식탐한 내가 떠올랐다. 과불급이라는 말이 있는데 지나침보다 모자람이 낫다는 것도 생각이 났다. 많은 양의 반찬을 먹는 건 풍부한 영양소를 섭취할 수 있을 테지만 상대적으로 과다한 나트륨을 섭취하게 돼 문제가 될 수 있을 것이다.

닛신식품의 안도 모모후쿠 회장은 "누구나 먹어도 안심하고 영양가 풍부한 라면을 만드는 데 더욱 힘쓸 것"이라고 했는데 그렇게 하기 위해서는 흰 밀가루 대신 껍질을 홀딱 도정하지 않고, 표백처리 하지 않은 밀가루를 쓰는 방법도 있겠다. 또 현미 쌀가루나 쌀가루로 영양가 높은 면을 개발하는 방법도 있을 것이다. 필히 담백질 함량을 강화해야 할 것이다.

매운맛, 신맛, 쓴맛, 단맛, 짠맛 등의 요소는 우리 입맛에 맛나게 하는 요소들이다. 그중에 짠맛은 맛나게 하는 데 제1요소인 것 같다. 짠맛을 제1요소로 생각하는 것은 조리과정, 음식에서 "싱겁다", "짜다", "간이 안 맞는다" 등 나트륨에 관련된 말을 하는 데서도 그렇거니와, 실제 음식의 맛은 짠맛의 정도에 따라 좌지우지할 것 같아서다.

그래서 라면의 짠맛이 미뢰에서 감지되는 미각의 정도는 지금의 짠맛을 유지하되 문제가 되는 나트륨 성분은 획기적으로 줄이는 과학적인 개발이 요긴할 듯하다. 또한 식물성 (불포화 지방)기름은 쓸 수도 있을 것이며 라면에 필수적인 조미료는 천연양념으로 대체할 수 있을 것이다. 이랬을 때 비로소 인류의 누구나 먹어도 안심할 수 있는 라면으로 건강 '장수식품'이 될 것 같다.

세계보건기구가 성인의 하루 나트륨 권장량을 2,000밀리그램 이하로 규정하고 있는 판국인데 라면에 함유된 지금의 나트륨 성분을 반으로 줄인다든가 하는 것이 기업의 윤리적 차원에서 온당할 것이라고 하면 얼토당토않은 생각이라고 할지 모르겠다.

세계보건기구는 인류의 건강을 위해 존재할 것이다. 그래서 세계보건기구는 나트륨 함유량을 강제할 방법을 찾는 게 좋을 듯하다. 기업이고 세계보건기구고 변화 없는 그대로는 방임적 자세일 듯하다.

나트륨, 탄수화물 범벅인 라면이 청소년을 주 고객으로 하는 학교 매점에서 퇴출 위기를 맞고 있다. 닛신식품의 안도 모모후쿠 회장이 말한 "누구나 먹어도 안전하고 영양가 풍부한 라면을 만드는 데 더욱 힘쓸 것"이라는 말을 의심하지 않으며 라면이 인류에게 식생할 패턴뿐 아니라 인류에게 건강을 선사하는 장수식품이 될 수 있도록 진일보했으면 한다.

한편 제5차 세계라면협회 서울 총회 때 "라면 표준규격을 통해 라면 품질을 높이고, 재해 구호를 위한 라면 기금을 설립하자"는 '서울 선언문'을 채택하기도 했다. 대한적십자에 라면 15만 6,000여 개를 기부하기도 했다고 한다.

한국 소비 문화에서 담배와 술의 역할

수많은 담배가 애연가와 함께하다 사라지곤 한다. 담배명에는 시대상을 말해주는 것도 있었고 직업과 부합하는 것도 있고 때로는 담배의 내면이 고스란히 담긴 듯한 이름도 있었다.

1949년 5월 1일에 등장했다는 '화랑'이라는 담배는 직업과 부합해 군인에게 화랑정신을 심어주기에 충분했었다. '화랑' 담배는 약 32년 동안 군인들의 전용물이었다가 사라졌다. 목침만 한 봉지에 썰어진 담배가 가득 담아진 '풍년초'라는 담배는 우리 민족의 소박하고 넉넉한 인심을 말해주는 듯하다. 당시 농촌의 수리시설이 열악한 시대에 풍년을 갈망하는 뜻. 풍년이 들어 곡식이 담배 '풍년초'처럼 볏짚 가마니마다 가득가득 채워지기를 염원하는 뜻이 담긴 듯하기도 했다.

우리나라의 농촌이 대부분 낙후한 시대였을 때 '새마을 운동'은 가옥, 도로 등 농촌의 발전을 가져오게 했다. 전설적인 새마을 운동은 외국에게 본보기가 돼 전파되기도 한다. 예컨대 2006년 홍콩의 시사 잡지 야저우 주간은 중국 정부가 한국의 새마을 운동을 모델로 삼기 위해 농업 공무원 35만 명을 한국에 파견키로 한 내용을 다루면서 추리번 총편집국은 '중국 농촌이 회생할 수 있는 기회'라는 제목을 달고 "중국 8억 농민의 운명이 한국에서 연수할 35만 명의 농업 공무원에 달려있다."라고 말했다고 한다.

2006년 '노벨 평화상'에 선정된 방글라데시 무하마드 유누스가 서울에 왔었다. '서울 평화상'에 선정돼 시상식에 참석하기 위해서였다. 유누스는 "1970년대 한국의 새마을 운동을 잘 알고 있다."며 "빈곤퇴치 운동의 생활양식 개혁운동은 새마을 운동에서 많은 아이디어를 얻었다."는 말을 했다고 한다.

우리나라 농촌의 변명을 가져오게 한 새마을 운동과 함께 한 담배가 '새마을'이었다. '아리랑'이라는 담배는 1958년에 등장했고, 우리나라의 최초 필터담배였다. 종이 필터였다. 단종됐던 아리랑은 품질과 디자인을 달리해 새롭게 등장했다. 단종된 담배가 재등장한 것은 우리나라의 담배 역사상 전대미문이라고 한다.

문민정부 때 '하나로'라는 담배는 정권과 부합되기도 했었다. 문민정부가 들어설 즈음 하나로라는 담배는 애연가의 호응이 좋았었다. 당시 대통령 선거에서 기호 1번이었던 김영삼 후보가 대통령에 당선됐었다. '하나로'가 1번을 뜻한다는 것이다.

국민의 정부와 '겟투'라는 담배도 정권과 부합되기는 마찬가지였었다. 국민의 정부가 들어설 즈음 역시 겟투라는 담배도 애연가에게서 상당한 호응이 있었다. 당시 기호 2번으로 대통령 선거에 출마한 김대중 후보가 대통령에 당선됐었다. 겟투(더블플레이)가 둘이라는 뜻을 함축하고 있다는 것이다. 지금은 단종되었지만 '시나브로'라는 담배가 있었다. 시나브로라는 담배는 이름 때문이었는지 애연가의 큰 호응은 받지는 못했다. 어쩌면 시나브로라는 담배는 담배가 지니고 있 는 속성의 내면을 그대로 담고 있는 듯하다. 이를테면 시나브로라는 우리말은 "모르는 사이에 조금씩 조금씩"이라고 국어사전에 말하고 있다. 은유해보면 프랑스에는 유명한 개구리 요리가 있다고 한다. 이 요리는 개구리가 좋아할 수 있는 상온의 물이 담긴 솥에 살아 있는 개구리를 넣고 아주 약한 불로 서서히 물을 데우기 시작하면 개구리는 마치 수면제라도 먹고 취한 듯 엎드린 채 자기가 시나브로 죽어가고 있다는 것조차도 모르고 죽는다는 것이다.

비컨대 폐암 환자가 시나브로 폐가 암 덩어리로 되어가는 것도 모르고 지낸다는 것과 별반 차이가 없는 것 같다.

아무튼 시나브로라는 담배는 소비자(애연가)에게는 담배가 무엇인가를 되돌아볼 수 있는 매개의 이름인 듯하다. 학습지, 학원 등의 이름이 시나브로이었다면 제격이겠다는 생각도 해본다. 아무리 글로벌 시대라고는 하지만 상품 등 길거리 간판 등에 외래어가 범람해 판을 치고 있는 참에 시나브로 담배는 비록 대히트는 못 쳤지만 순수한 우리말로 이름 지은 것을 본받아야 마땅하고, 아름답고 멋진 이름이었다는 생각이 든다.

월간 '주류저널'은 2006년 6월 15일부터 7월 10일까지 20대 이상 남녀 300명을 대상으로 '술 소비문화에 관한 설문조사'를 했다고 한다. 조사한 결과가 2006년 주류저널 8월 초에 실렸다.

이 조사에 의하면 평균 주 2~3회 술을 마신다고 응답한 사람이 54.3%였고, 주 1회는 25.7%. 주 4~5회는 10.7%였다.

한편 '음주 시 소요시간'을 묻는 질문에 2~3시간이라고 대답한 사람이 55.3%였다. 3시간 이상은 23.2%, 1시간 이내는 16%였다. '음주 시 소요되는 비용'에 관한 질문에는 54%가 4~5만 원 정도 된다고 답했다. 10만 원 이상 든다고 답한 사람은 14%나 됐다. 2-3만 원 정도 든다고 답한 사람은 3%, '음주를 선호하는 이유'에 대해서는 48%가 '기분전환'을 위해, 26%가 '술이 좋아서', 24%가 '분위기에 휩쓸려서'라고 대답했다고 한다.

술을 마시는 사람들 중에 무려 62%는 2차로 술자리를 옮긴다고 답했으며 3차로 간다는 사람은 17%, 1차에서 그친다는 사람은 18%였다.

'술이 인간관계 형성에 미치는 영향'이라는 질문에 대해서는 무려 응답자의 89%가 '인간관계 형성에 도움을 준다'고 답했고, '인간관계 형성에 도움이 되지 않는다'고 답한 사람은 100명에 5명도 안 되는 겨우 4.7%에 그쳤다. 음주 시 소요되는 시간이 2~3시간, 음주 시 소비되는 비용이 4~5만 원 각 54.3%, 54%라는 과반이 넘는 평균적 수치를 토대로 산술적 계산을 해봤다. 50년 동안 술을 마신다고 가정하면 약 13,400시간이 소요되고, 하루 24시간 이어 마신다고 해도 약 1년 6개월 동안 술을 마신다는 계산이다. 술값으로 드는 비용은 원금만 약 2억 3,500만 원이라는 액수다.

응답자 가운데 89%가 '인간관계 형성에 도움이 된다'고 했는데 1년 6개월이라는 시간 2억 3,500만 원에 상응하는 가치 투자가 있을지는 의문이 생긴다. 소비된 돈은 다시 벌 수가, 아니 벌면 된다고 할 수 있지만 소요된 시간은 다시 되돌려 받을 수는 없는 노릇일 것이다. 그보다는 '건강을 잃는다면 전부를 잃는다'는 말도 있듯, 지나친 음주로 건강을 잃는다는 것은 모두를 잃는 꼴치고는 여간 우매한 일일 것이다. 그러므로 음주문화를 돌이켜볼 필요가 있다고 생각한다.

주류저널 2006년 8월호에는 '재단법인 한국음주문화 연구센터'가 '직장 음주문화 개선 캠페인'에 "술 앞에 인간은 평등하지 않다! 내가 많이 마신다고 남도 많이 마시는 게 아닙니다. 남의 주량을 존중합시다."라고 포고하고 있다. 직장 음주문화 개선 캠페인이 말해주듯 술을 강권하는 문화는 지양돼야 할 것이다. 그랬을 때 '음주천국'이라는 오명도 탈피하듯 깔끔히 벗겨지지 않을까!

'처음에는 사람이 술을 마시지만 나중에는 술이 사람을 마신다'는 말이 있듯 최첨단 브레이크가 자동으로 제어되는 것도 아니고 음주량을 적당히 제어하기란 여간 힘들 것이지만 아니 불가항력일지 모르지만 술을 제어하는 능력이야말로 고귀하고, 위대하고 행복을 지향하는 참도니 첨병일지 모르겠다.

밝은 불빛의 치명적인 부작용

에디슨이 1879년 전등을 발명한 지 약 85년쯤 됐을 무렵 비로소 내가 태어나고 자랐던 고향에는 전기가 들어왔다. 나는 내가 태어나서 십수 년 동안 밤에는 호롱불을 마당이나 부엌에는 석유램프나 등불을 사용하며 자라야만 했었다.

열 살이 안 된 때인 듯하다. 캄캄한 한여름 밤이었다. 어둠으로 봐서 그믐 때인 듯하다. 미력하나 블랙홀이 돼버린 적막을 깨뜨리는 듯한 두 가지 빛이 있었다. 하나는 별빛이고 또 하나는 반딧불이 꽁무니에서 발산되는 빛이었다. 부동의 자세로 제자리를 지키는 별은 굴절된 빛으로 말미암아 반짝댔고 반딧불이는 영롱한 빛을 내며 종횡무진 휘젓고 다녔다. 영롱한 두 빛은 지구와 우주가 소통하는 레이저 쇼 같았다.

당시 나는 십수 마리의 반딧불이를 잡아 투명한 완전 무색의 유리병에 가두고 호롱불을 끈 어두운 방 안에 놔뒀다가 곧 날려 보낸 적이 있었다. 호롱불과의 밝기를 비교하기 위해서였다. 지금 생각하건대 호롱불이 얼마나 어두웠으면 비교를 했을까! 하는 생각뿐이다.

구석진 시골 마을에 전기가 들어와 전등을 켤 수 있었으니 백주가 따로 없었다. 실로 일대 대변혁이었다.

전등은 농촌도 그렇긴 하지만 도시에서 더더욱 혜택을 보고 있다고 말할 수 있을 것이다. 까닭은 대로변에 수많은 가로등, 자잘한 골목길, 고샅길까지도 밝게 밝혀진 방법등은 마음놓고 편안하게 걸을 수 있게 해 치안의 구심점이 되고 있어서다.

하지만 인류의 발명품 중에 가장 위대하다는 빛(전등) '빛 공해'가 문제되고 있다고 한다. 방범등, 가로등, 현란한 광고물, 주위 건물 등에서 쏟아지는 빛이 창문을 통해 흡입돼 수면에 방해가 되고 건강에 악영향을 미친다는 것이다.

불원한 빛은 사람에게만 해를 주는 것이 아니라 생태계에도 막대한 영향을 주고 있다고 한다. 일례로 '주간 활동'을 하는 것으로 알려진 매미가 도시에서는 밤낮으로 울어댄다. 방범등, 가로등, 기타 불빛 등의 대낮 같은 인위적 조명 때문에 주, 야간을 분간 못 하고 무분별하게 울어대는 매미에게 가는 피해가 없을 리 없다는 것이다.

'야간 활동'을 하는 매미가 가로수나 공원 녹지 등에서 소리를 할 때는 그래도 한결 나은 편이지만 건물, 아파트나 단독주택 등의 방충망에 달싹 달라붙어 고막이 째질 것처럼 울어댈 때는 빛에 따른 이차적 피해로 고역이고 한여름 밤의 숙면을 방해한다.

'주간 활동'을 해야 할 매미가 주, 야간을 가리지 않고 활동했을 때 매미에게 부닥치는 해막, 생태적 변화는 알 수 없지만 생태적 교란임에는 분명 정확할 것이다.

'인류의 최고 발명품'이라고 하는 빛(전등)은 인류에게 편리함과 많은 이익을 선사해 질 높은 삶을 향유하게 한다. 그래서 유구한 향유를 위해서는 빛으로 인한 난제들을 숙고해 진작시킬 필요가 있다고 본다.

우리 조상들의 나눔정신

우리 조상들은 대소사가 있을 때면 기쁜 일이건 슬픈 일이건 마을 사람들이 찾아가 음식을 장만하고 일을 돕고 함께 음식을 나눠 먹고 희로애락 하는 데에 인색하지 않았다. 그래서 유대관계가 형성되고 마을이라는 구성원의 공동체는 돈독해졌다. 하지만 농경사회에서 급격한 산업사회로 발전하면서 물질문명만 만연하고 인간의 본질적 근본으로 정작돼야 할 정신문명은 퇴화하고 있다.

여기에 음식문화 '나눔의 정신'도 예외가 되지는 못하는 듯하다. 예컨대 도시에서는 음식을 나눠 먹는 일, 전설처럼 옛말이 돼가는 양상이다. 음식을 나누어 먹기는커녕 정작 옆집에 누가 사는지 이름은 고사하고 성씨조차도 모르고 지내는 경우도 비일비재하다고 한다. 아파트 위, 아래층에 사람들이 엘리베이터에서 마주쳐도 서로가 외면하기는 일쑤다.

내가 어렸을 때 시골에서는 이랬다. '10년이면 강산이 변한다'고 하는데 반세기가 넘었으니 강산이 변해도 다섯 번이나 변할 수도 있었을 것이다. 그래서 시시콜콜해할지 모르지만 그래도 개의치 않고 막무가내 적는다.

당시 나는 동지 때면 어머니가 쑨, 동지 팥죽 한 대접씩을 이웃하고 있는 이 집 저 집 갖다준 적이 있다. 그들 집에서도 매한가지였기 때문에 식재료가 다르고 간이 다르고 색깔이 다르고 만듦새가 달라 맛이 다른 동지죽을 먹을 수가 있었다. 김장철이 돼 김장을 할 때도 '나눔문화'는 마찬가지였다. 나눔의 품앗이였고 '품앗이 바이러스'의 극치였던 것 같다.

우리 조상들은 인간관계에만 국한하질 않았고 날짐승들, 들짐승과도 소통하고 공유하면서 나눌 줄 알아 배려 바이러스 (나눔 바이러스)가 충만했었다.

빨갛게 익은 감이나 대추 등 과실을 딸 때도 몇 개 정도는 남겨놓았다. 이것을 '까지밥'이라고 하며 날짐승 몫이었다. 빨갛게 달려있는 까치밥에 새들이 달라붙어 쪼아대며 지저귈 때면 '맛있게 먹겠다'는 감사의 표시인 듯하다. 사람들은 희락을 느낀다!

뿐만 아니라 정성들여 가꾼 곡식을 수확할 때도 우리 조상들은 인색하지 않았다. 이를테면 논에서 벼를 벨 때도 한두 포기 벼는 베지 않고 남겨놓는다. 밭에서 밀, 보리를 벨 때도 그랬었고 수수도 한두 개의 이삭은 남겨 두고 수확한다. 남겨놓은 것들은 들짐승, 들새들의 몫이었다.

농경사회에서 대부분이 궁핍한 살림인데도 나누고 배려하고 베푸는 이타심이 비등해 들짐승, 날짐승에게도 후덕하게 한 우리 조상들이다. 우리 조상들은 후덕하고 후덕한 각별한 유전자가 들끓었던 것 같다. 까닭에 후손인 우리에게도 그러하련만 시대의 변화에는 하릴없는 듯 포근하고 따뜻한 훈훈한 인심이 전통문화를 무시하고 자꾸 요원해져가기만 하는 듯하다.

출산율 하락, 한 가정의 문제에서 국가의 문제로

큰아버지, 작은아버지, 고모, 이모, 외삼촌, 자매지간, 형제지간 등의 말들은 혹여 듣기가 어려워질지도 모른다고 말하는 사람들이 있다. 100년, 수백 년 후에는 '국어사전'에서 찾아봐야 이해를 도울지 모른다는 것이다. 추락하는 저출산에 따른 우려다.

1997년 외환위기로 결혼을 기피함에 따라 낮았던 출산율, 새천년을 맞이해 '즈믄동이(밀레니엄 신생아)' 출산에 힘입어 늘던 출산율이 다시 낮아지고 있다고 한다.

통계청에 따르면 2005년 우리나라의 합계 출산율이 1.08명으로 나타났다. 세계 최저라고 한다. 합계 출산율이란 15세에서 49세까지의 가임 여성이 평생 동안 아이를 낳는 수를 말한다. 부부가 평생 동안 아이를 낳는 수를 뜻하기도 한다. 2006년은 쌍춘년(雙春年)이다. 음력으로 1년에 입춘(立春) 이 두 번 들은 해를 쌍춘년이라고 한다. 한편 쌍춘년은 200년 만에 맞이한다고 한다.

사람들은 봄을 선호한다. 봄은 만물이 소생하여 생동하는 계절로 잉태하고, 꽃이 피고 번식을 의미한다. 1년을 시작하는 첫 번째 계절인 봄에는 뭇사람들이 계획을 세우고 꿈과 희망을 갖는다.

희망과 꿈을 갖는 입춘(봄)이 1년에 두 번 든 희소한 쌍춘년에 꿈과 희망은 배가 될 것이고 쌍춘년을 반기는 것은 인지상정일 것이다. 그래서 쌍춘년에 결혼하면 대길하다는 전설의 영향인 듯 올봄 '쌍춘년 결혼 러시'가 일고 있다고 한다. 이런 결혼 붐과 내년 '황금 돼지해'를 맞이해 늦어지고 있는 결혼 적령기가 앞당겨졌으면 하고 출산의 붐이 더욱 일어 국가 벌전에 이바지했으면 한다.

옛말에 아기 울음소리와 책 읽는 소리가 끊이질 않아야 집안이 잘된다고 교훈하듯 추락하는 우리나라의 출산율에 인구 급감으로 지구상에서 가장 먼저 소멸할 나라라고 지목되고 있다. 까닭에 "1+1=1(부부가 1자녀 출산)"은 절대적으로 비전 없을 것이다.

한 가정이 잘되는 것은 한 가정에 국한되는 것이 아닐 것이다. 한 가정의 건강은 곧 사회의 안녕이며 국가의 안위로 직결된다고 봐야할 것이다. 아기 울음소리는 한 집안은 물론이러니와 국가의 부흥을 알리는 신호일 것이다. 그래서 출산율이 높아져야 되고, 추생하는 아이들이 장차 큰아버지가 되고, 작은아버지가 되고, 고모가 되고, 이모가 되고, 형이 되고, 누나가 되게 하는 것은 쌍춘년을 맞이해 결혼하는 부부가 생각하기를 막중한 책무라고 인식한다면 국가가 우려하는 저출산 문제에 상당한 도움을 주는 것은 명확할 것이다. 출산을 장려하는 표어가 불현듯 떠오른다. "아빠! 혼자는 싫어요. 엄마! 저도 동생을 갖고 싶어요."

동아일보 2006년 어느 날 신문 '오늘과 내일'이 라는 난 칼럼에 '최은희 한' 제목 아래 황호택 논설위원의 글이 있었다. 그는 영화감독 고 신상옥 부인인 영화배우 최은희에게 3시간가량 인터뷰를 했다고 한다. "한국 최초의 스타 여배우로서 무척 많은 걸 성취했는데 혹시 이루지 못해 서운한 것이 없습니까?"라고 물었다. 이에 영화배우 최은희는 "내 인생에서 출산 못 한 게 가장 가슴에 남아 있지요."

칼럼의 말미를 그대로 인용해 적어 보자. "과년한 딸을 둔 부모들에게서 가끔 중매 부탁을 받는다. 요즘 딸을 가진 부모들은 입이 바짝 마른다. 서른이 넘어 시집을 안 가도 태연하고 고학력 전문직 중에는 30대 중반을 넘겨서도 독신으로 지내는 여성이 많다. 결혼해도 쉽게 갈라지고, 아이 갖기를 늦추다가 기껏 하나만 낳는다. 사랑하는 남자와 가정을 꾸려 아이를 낳아 기르는 기쁨은 출산과 육아를 해보지 않은 여성은 모른다. 그리고 그것은 개인의 행복을 넘어 국가에 이바지하는 일이 됐다."

체력 강화의 필요성과 놀이의 역할

과학의 발달로 말미암아 모든 피조물은 진화한다고 봐야 할 것이다. 우리가 섭취하는 식품도 예외가 안되고 안타깝게도 인스턴트(가공식품)화 돼가는 것만 같다. 인스턴트화 돼 가는 식품 중에는 빠르게 전개되는 시대와 정합해 인류에 편리성과 더불어 이바지하는 측면도 많다.

하지만 상당수의 인스턴트 식품은 고열량을 함유하고 있어 양생에 도움을 주기는커녕 되레 성인병을 유발하게 해 많은 문제점을 야기할 수 있다고 말하는 사람이 있다. 그래서 유기농으로 재배한 농산물을 찾는 사람이 있는가 하면 자연식을 하는 사람도 슬슬 늘고 있다고 한다. P.S. 만약 불로초를 구하게 하고 불로장생을 꿈꿨던 진시황이 살아있다면 고열량 인스턴트 식품을 먹지는 않을 것이다!

조선시대 제4대 임금이었던 세종은 성군으로, 가장 위대한 임금이었다고 칭송받는다. 그런 그였지만 섭취하는 열량에 미치지 못하는 운동부족으로 비만이 있었고, 당뇨를 앓아 이른 나이인 53세에 서거했을 것이라는 추론도 있다. 후덕해 보이기는 하지만 비만해 보이는 그의 초상화에서도 뒷받침된다고 한다. 그의 비만해 보이는 모습은 만 원짜리 지폐에서 흔히 볼 수 있다.

최근 어느 조사에 의하면 초, 중, 고 학생들의 키가 수십 년 전에 비교해 훨씬 커졌다는 발표가 있었다. 하지만 학생들의 체력은 현저히 떨어졌다고 한다. 체력이 저하하게 된 요인으로는 운동 부족 원인이 주요할거라고 지목한다. 학교 교육에서 '아침체조'라든가 '체육교육' 등을 소홀히 하는 데서 파생되는 현상이라는 것이다.

또, 아기가 태어난 지 두어 살이 되면 벌써 '조기교육, 영어교육'을 이름하여 학원에 들락거리게 해 '아동의 권리'마저도 빼앗는 데서 근원이 될 수 있다고 말하기도 한다. 유치원, 초등학교에 입학하게 되면 영어학원, 논술학원, 속셈학원, 웅변학원, 피아노학원, 태권도학원 등 수 곳을 전전하기 때문에 정작 놀이를 해야 할 시간이 없다는 것이다. 하기야 도시에서는 맘껏 뛰어놀 만한 놀이터가 마땅하지는 않지만 말이다.

TV매체, 인터넷 매체, 디지털 매체 등이 발달하기 전만 해도 팽이치기, 연날리기, 딱지치기, 자치기, 고무줄 놀이, 땅따먹기 등 다양한 놀이를 했었다.

특히 달밤에 했던 '수건 돌리기' 놀이는 재미가 솔솔 일었다. 예컨대 적어도 몇 명은 돼야 할 수 있는 게임인데 인원수는 제한 없지만 이십여 명 또는 몇 명이서 하는 것이 가장 적합한 것 같다. 수건을 든 한 명만 열외하고 모두는 중천에 떠 있는 보름달처럼 원을 만들어 안쪽을 향해 앉는다. 그리고 열외된 사람이 한 바퀴고 두 바퀴고 아니면 출발해 아무 때고 원 밖을 돌다가 마음에 가는 사람 등 뒤에 살짝 들고 있던 수건을 떨어뜨리는 게임이다. 손안에 꼭 들어갈 수 있는 부피가 작은 손수건이라야 한다.

게임의 핵심은 떨어뜨린 수건을 알아차리고 수건을 들고 일어나 전주자가 했던 것처럼 해야 하는데 수건이 등 뒤에 있는 것도 모르고 사뭇 그대로 있다가 수건을 떨어트린 주자가 한 바퀴 돌아 그곳에 닿았을 때는 규정한 벌칙을 받는 놀이다. 벌칙에 따라 노래, 장기, 동물이 하는 소리들을 흉내 내곤 했다. 수건 돌리기 게임은 내가 어릴 적 했던 게임 중에 백미였던 것 같다. 수건 돌리기 게임은 인원이 많으면 수건을 떨어뜨리는 주자를 1명 이상으로 정할 수 있다.

내가 어릴 적 갖은 놀이를 한 까닭인지 나는 지나칠 만큼 소아비만과는 거리가 멀었다. 물론 당시는 소아 비만이라는 말은 굳이 은유해보면 갓 쓰고 자전거 타는 격이라고 할까 시대적으로 어불성설이고 부조화지만 말이다. 당시 나는 별명이 때때비(방아깨비 수컷을 때때비라고 했다)였다. 때때비는 크기가 방아깨비의 10분의 1이 될까 말까 하다! 암컷이 수컷을 업고 다닐 때면 부부가 아닌 것 같고, 엄마가 아기를 등에 업고 다니는 것으로 착각한다. 암컷은 수컷을 등에 태우고 버겁지 않게 난다. 말이 어처구니없게 어그러졌는데 지류를 찾는다. 나는 이러저러한 놀이를 한데서 한 파급효과는 아닐 테지만 어쨌든 내 애칭은 때때비였었다. 운동량이 많았다는 것을 말하고자 하는 것이다. 하지만 작금에 이르러 학원 아니면 TV나 컴퓨터 앞에 앉아있는 게 기실이니 어린이, 청소년들의 체력이 문제가 돼 소아비만, 소아당뇨, 소아고혈압 등의 질환을 앓고 있는 학생이 증가 추세라고 한다. 한편 세계보건기구(WHO)는 '지금과 같은 추세로 이어질 경우 2010년에는 유럽 어린이 10명 중 1명이 비만아가 될 것'이라고 경고한 바 있다.

'체력이 국력'이라는 말이 있는데 막강하고 튼튼한 국력을 위해선 뛰어난 두뇌를 가진 인재가 필수적일 것이다. 뛰어난 인재가 되는 데는 청소년들의 건강한 체력이 선제됐을 때 가능할 것이다.

교과서에도 나오는 유한양행을 창업한 유일한 박사는 1904년 아홉 살이 되던 해 미국으로 건너갔다고 한다. 그가 미국에서 공부를 마치고(1925년) 귀국했을 때는 우리나라가 주권을 빼앗긴 상태이고, 국민들은 굶주리고, 헐벗고, 질병과 기아로 고통받는 국민들을 발견했다고 하는 그는 '건강한 국민만이 잃었던 주권을 되찾을 수 있다.'고 생각하고 유한양행을 창업했다고 한다.

조선시대 세종은 1518년부터 32년 동안 제위했다. 그는 청렴한 인재를 등용해 국사를 살폈으며 구리 활자를 만들게 해 고려사, 농사직설 등의 책을 펴내기도 했다. 예술, 과학 분야에도 관심이 많았던 세종은 훈민정음을 창제 반포했는가 하면 물시계, 해시계, 측우기, 만원 지폐 뒷면에 도안 돼 있기도 한 혼천의 등을 발명했다. 뿐더러 대외적으로는 영토 확장에 공을 들였다. 주권 확립에도 앞장섰다. 그의 업적은 참으로 놀랍다. 임금은 전쟁을 일으킬 수도 있고 권한이야말로 한 국가를 호령해 쥐락펴락할 수 있는 사람이다. 하지만 비만으로 인한 당뇨 등 합병증으로 세종의 권한도 녹아버린 한 조각 얼음이나 마찬가지였을 것이다.

말을 돌리면 요즘 갓 태어난 지 불과 돌이 지난 아이에게 조기교육이다, 영재교육이다 뭐다 해 보습학원 여러 곳을 쫓게 하는 것보다는 타고난 재능을 찾게 하고 체력 건강에 노력하는 성공과 출세를, 행복을 향해 쉽고 가깝게 가는 지름길일 수 있을 것이다. 그럼으로써 장차 직업적 적성과도 부합할 가능성이 높아 삶에 호용적 가치가 높다고 본다.

사람은 모든 걸 잘해 만능 탤런트가 될 수는 없을 것이다. 아니, 다시 말하면 어느 분야서건 두각을 보이진 못할 것이다. 단적인 예로 미국의 천재 농구선수 마이클 조던은 농구 선수로서는 타의 추종을 불허했지만, 프로골퍼로 전향해서는 특이할 만한 재능을 발휘하지는 못했다고 한다.

국내 한 광고가 인상적이다. ㈜한국인삼공사의 광고다. "하루 32km를 걷고, 3권의 책을 읽고, 학교에서 5시간 30분을 공부합니다. 초등생에게는 힘든 일이죠. 공부도 좋지만 몸부터 만들어 주세요. 건강하고 야무진 아이를 위해."

언젠가 TV에서 갓 태어난 아이가 수영을 하는 모습을 방영한 적이 있다. 아이는 잠수하며 수중에서 팔을 내젓고 발을 뒤로 내차며 앞으로 나가고 물 위로 떠올랐다. 영락없이 수영을 배워서 하는 것만 같았다. 배운 건 아니라고 한다. 그래서 나는 갓 태어난 아이가 어떻게 수영을 할 수가 있을까 하고 의아해했다. 너무나 신기하기만 했다.

방금 앞서 언급됐는데 그 아이는 배워서 수영을 했던 것이 아니라 태어나면서부터 수영을 할 수 있는 재능이 내재 되어 있었다는 것이다. 그래서 아이들에게 잠재돼 있는 재능을 발굴해 선양시킬 필요가 있다고 본다. 건강한 체력을 공통 분모로 해서 말이다. 그럼으로써 청소년들에게는 시간적 허비를 하지 않은 효율적이기도 하고 낭만적 추억을 쌓는 짬도 날 수 있을 것이다.

아버지와의 마지막 대화

내가 유년 시절 밤이 되면 어둠을 밝히는 조명에 석유를 에너지로 하는 등잔, 등, 램프 등이 주역이었다. 때로는 양초도 썼다. 고체인 양초가 다 타들어 가 수명을 다할 즈음 운김을 쏟는다. 금방 꺼질 것만 같다가 톡톡 튀기듯 솟구치다 사라진다. 사자성어로는 회광반조라고 한다.

80을 넘긴 나의 아버지는 입원과 퇴원을 거듭하며 2년여를 버티다 세상을 떠났다. 담낭암과 사투였다. 병마와 싸움이 버겁게 되자, 아버지는 세상을 마감할 때까지 7~8개월은 내내 입원했었다.

20대가 채 되기 전 결혼해서 회혼년도 맞고 평생을 같이 한 어머니가 그리웠을 것이다. 아버지가 병상 생활을 하는 동안 심한 관절염으로 바깥 출입을 뜻하는 천리 밖 고향에 있는 어머니가 그리웠을 것이라는 것이다. 어머니의 목소리라도 듣고 싶었을 것이라는 것이다.

하지만 왠지 외연으로는 그런 낌새를 찾을 수가 없었다. 예컨대 우리 부부는 아버지를 문병 가면 "어머니와 통화하실래요."라고 말하고 휴대전화를 건내려 하면 매번이다라고 해야 할 정도로 아버지 대답은 "아니다."였고 고개를 젓는 식이었다.

물론 아버지는 어쩌다 어머니와 통화하긴 했지만 권유에 따른 마지 못해 하는 것 같았다.

아버지가 세상을 뜨기 전 한 달여는 기운을 다한 듯 한마디 말이 없었다. 아니 적확히 말하면 횡보 상태인 아버지가 말을 못했다고 해야할 것이다.

아버지가 돌아가시기 이틀 전, 일요일이었는데 나의 부부는 여느 일요일처럼 둘이서 문병을 갔다. 그날도 아내는 휴대전화를 아버지 귀 가까이 하면서 "어머님과 전화통화 하세요."라고 말했다.

반듯이 침상에 누운 아버지가 고개를 끄덕이는 것 같았다! 뜻밖이었다. 전화를 하겠다는 뜻이 분명했다. 불현듯 아버지가 어머니와 대화가 마지막이 될 것이라는 생각이 스쳤다. 하지만 한 달여를 아무 말씀도 없던 아버지가 말을 할 수가 있을까였다.

하지만 다급한 생각이 들었고 기쁜 생각도 들었다. 나의 아내는 얼른 버튼 열한 개를 콕콕 마구 찍어댔다. 아버지의 소식이 궁금해 매번 벨이 울리기가 무섭게 수화기를 드는 어머니는 이날도 예외없이 신호음이 한번 전달되자, "여보세요."라고 했다. 나의 아내는 어머니에게 "아버님 바꿔드릴게요."라며 아버지 귀 가까이 휴대폰을 댔다. 곧 "여보세요."라고 하는 어머니의 말이 휴대전화에서 새어나왔다. 수신음을 높혀 놓은 상태라서 들을 수 있었다. "여보세요."라고 하는 어머니의 말을 들은 아버지는 "응"이라고 대답했다. 어머니는 "어서 나아 집에 내려오셔야지요. 회복해 밥 많이 드시고…" 등의 말이 새어나왔다.

어머니의 말을 들은 아버지는 "죽었어. 벌써 죽었어. 고마워. 미안해." 외마디가 계속 이어졌다. 평소 목소리가 크고 우렁찬 아버지였지만 아버지의 목소리가 어찌나 컸던지 가히 놀랐다. 기존의 목소리에 메가폰을 업그레이드한 것처럼 목소리가 컸다.

병상이 20여 개 되는 중환자실 병실이 진동했다. 10여 미터 떨어진 창가에는 간이 의자에 앉아 잠깐 휴식을 취하는 간병인이 두 명 있었다. 아버지의 전화하는 모습을 보고 있던 그들은 소리나게 웃었다. "할머니에게 어리광 부린다."라고 했다. 간호사 한 명은 "할머니하고 통화하셨어요."라고 말했다.

그리고 통화하는 어머니 곁에는 이웃 마을에 사는 일가 촌수가 먼 나이 많은 형님이 있었다고 한다. 이웃 마을이라고 해봤자, 종종걸음으로 5분 거리니 한 마을이나 별반 차이가 없다.

아버지는 몇 살 손아래고 게다가 먼 조카뻘 되지만 이웃 형님과는 숙질 관계가 아니라 호형호제 같았고 각별하고 막역했다. 어머니는 그 형님에게 전화를 바꿔 아버지와 통화하도록 했다, 그 형님이 "아저씨, 하루 속히 쾌차하세요."라고 하는 말이 휴대전화의 간극으로 새어나왔다. 형님에게도 아버지는 "벌써 죽었어. 고생했어. 고마워."라고 했다. 운김이 있는 아버지의 마지막 말은 참말로 회광반조였다.

100°C

불을 지피어 물을 끓이는 데는 온도가 순차적으로 상승해 99도를 거쳐서 비로소 100°C가 되면서 물이 끓기 시작한다. 물이 끓기 시작하면 에너지가 발생한다. 온도가 100°C에서 1°C만 부족해도 물은 끓지도 않고 아무런 에너지는 없다. 네가 장차 물리학을 전공할 예정이니 관심의 대상이기도 하다.

네가 유치원, 초등학교, 중학교를 다녔다. 지금은 고등학교를 다니고 있고 대학교, 대학원이 예정되어 있다. 네가 물을 끓게 하기 위해 불을 지피고 있는 과정이라고 보면 옳다.

하지만 대학교를 나오고 대학원을 나왔다고 해서 무조건적으로 물을 끓게 하는 것은 아니라고 생각한다.

내가 10대 후반부터 20대 중반 무렵까지 농사일을 도왔을 때 일이 떠오른다.

아침저녁으로 커다란 가마솥에 쌀겨, 꼴등을 넣고 두어 동이의 물을 길어다 부은 다음 불을 지피어 쇠죽을 끓이곤 했었다. 그런데 장마가 한달 넘게 지속되는 우기철이었다. 때문에 땔감이 풍족하지 않은 시대에 건조된 땔감이 고갈되는 상황이었고, 밑바닥에 남은 땔감은 더구나 습기가 심해 눅눅하기 이를 데 없었다.

바닥에 남아 있는 습기 받은 땔감으로 1시간 이상 불을 지펴도 쇠죽을 팔팔 끓일 수가 없었다. 모깃불 지피듯 외양간에는 연기가 가득해 눈은 맵고, 곤욕스러웠다. 땔감은 타는 듯하다가도 꺼지기 일쑤였다. 그래서 아예 쇠죽 끓이는 일을 포기해야만 했었다.

네가 1년이면 몇 차례 시골. 조부모님 댁에 갈 때마다 아궁이에 불을 지피어 철에 따라 밤, 고구마, 토란, 감자 등을 구워 먹곤 했었는데 대략 반세기 전의 아궁이 그대로다. 부식되기 쉬운 무쇠로 만든 가마솥에서 양은솥으로 교체된 게 차이라면 차이다. 물론 가마솥이 녹이 잘 슬기 때문에 양은솥으로 바뀐 것이다!

말이 엇나갔는데 제자리를 잡으면, 제대로 된 연료로 가열했을 때 쉽게 물을 끓일 수 있듯 네가 제대로 된 열정을 가지고 한 걸음씩 차근차근 전진을 해야 한다. 미적대는 행동은 눅눅한 땔감과 오십보백보다 습기 받은 땔감인양 부화뇌동한 태도는 부메랑 효과만 불러일으킬 수 있다.

부메랑 효과란 선진국이 개발도상국에 경제 원조를 한 게 수요가 넘쳐 선진국으로 역수출해 선진국의 해당 산업과 경쟁이 유발되는 것을 말한다. 그렇듯 네가 미적대는 자세는 눅눅한 땔감처럼 연기만 자욱하게 해. 우수한 네 두뇌가 봉화의 신호가 되는 꼴이고, 경쟁자만 불러들여 양산화하는 거나 마찬가지니 그렇다. 독보적인 자에게는 경쟁의 상대가 드물다.

정채봉 작가의 책 『처음의 마음으로 돌아가라』(샘터)에 있는 말을 또 말하는데 "0°C의 물에서도 99°C의 물에서도 에너지를 얻을 수 없기는 마찬가지다. 그 차이가 자그마치 99°C가 되면서"라는 글이 있는데 물이 끓게 하는 과정이 문제이지 끓기 시작하면 에너지를 발동시키고 지속시키는 데는 버겁지 않다.

자동차도 시동을 걸지 않으면 그 자리에 멈춰있지만 시동을 걸면 지구촌 어디가 됐건 달릴 수가 있다. 그래 에너지가 없는 99°C 물과 에너지가 있어 동력을 일으키는 100°C의 물을 생각하게 한다.

우물을 파는 데도 수맥을 찾아 수맥을 뚫었을 때 물이 솟구친다. 열쇠를 가지고도 깊숙이 집어넣지 않으면 자물통도 열리지 않기는 마찬가지다.

프로야구 중계방송을 시청할 때면 야구 해설위원으로 나오는 하일성 해설가가 "1% 싸움"이라고 말하는 것을 볼 수가 있다. 또한 그의 저서 『인생은 1% 싸움이다』라는 책도 있는데 그가 말하는 1%는 99°C에서 물이 끓는 충족 조건에 부족한 1°C에 짜맞춤 하면 안성맞춤일 듯하다는 생각도 든다.

자동차가 연료를 공급받았을 때 달릴 수 있듯 네게 집적되는 지식은 영원한 불멸의 연료이고 너를 달릴 수 있게 하는 요소다.

개구리가 멀리 뛰기 위해 뒷걸음치듯 주춤주춤 멈칫거리는 네게는 노력과 열정이 되살아나 잠재되어 있는 우수한 재능이 발현돼야만 마의 벽 100°C에 도달할 수 있다. 무한대로 네 창고에 내장된 잠재 능력을 발굴하는 데 필요한 키워드는 노력과 열정이다.

우물을 파야 물을 솟구치게 하듯이 네게 잠재되어 있는 무한한 잠재 능력이 솟구치도록 하루빨리 개발해야 한다. 사람에게는 누구나 이해타산하는 능력이 있다. 더군다나 수학에 남다르게 관심이 많고, 실력도 뛰어난 네가 현실을 직시해 뛰어나고 현명한 피리춘추(皮裏春秋)를 기대한다.

종오소호(從吾所好)

자기가 좋아하는 대로 좇아서 하는 것을 뜻하는 종오소호(從吾所好)라는 말이 있다. 네가 하는 컴퓨터 게임, 휴대폰 게임 등을 좇아서 마냥 시간 가는 줄 모르고 하는 일을 종오소호라고 할 수 있다. 그래서 모든 게 네가 하는 컴퓨터 게임처럼 즐겁기만 하다면 무한량하게 좋겠다는 생각을 해보았다. 그래서 네가 하는 학습도 게임을 할 때처럼 같은 기분이라면 좋겠다는 생각도 해봤다.

"무엇이든 스스로 좋아서 해야 한다. 부모가 억지로 시킨다고 되지 않는다."라고 말한 세계적인 골퍼 박세리의 아버지 말도 생각이 난다.

수능시험을 보고 대학을 들어가서, 때로는 적성에 안 맞아서 학교를 그만두고 적성에 맞는 학과를 선택해 다시 시험을 보는 수험생도 생각이 난다.

'워커홀릭족'이라는 신조어도 생각이 난다. 날이 새기가 무섭게 빠르게 전개되는 글로벌 시대, 지식기반 경제 시대에 날로 증가하는 근로시간을 긍정적 생각으로 받아들여 수긍하고 즐기는 사람을 지칭하는 말이다.

성공한 골퍼 박세리 선수 아버지의 말에서 증명되듯 좋아하는 일을 해야 성공할 수 있다고 많은 사람들이 말을 한다. 그래서 적성검사를 받고 적성검사에 준거해 적성에 맞는 일을 하려고 하는 사람이 많다고 한다. 네게도 마치 투영이라도 돼, 속내를 훤히 들여다본 양 심도 있게 직관한 적성검사표가 있다. 과녁을 꿰뚫다시피 한 네 적성검사표를 신뢰할 만하다고 생각도 해봤다. 그래서 네게 삶의 향방을 가늠케 하는 나침판이라고도 말하고 싶다. 네 적성검사표를 기준 삼아 좋아하는 일을 좋아할 수 있는 일을 발견해 인생을 성공하게 하는 내비게이션이라고도 말한다. 심드렁할지 걱정된다만 지금껏 바람 부는 대로 움직이듯 좋아하는 대로 좋아서 한 네 태도가 최대의 적이라고 생각한다. 그래서 그런 행동을 반드시 경계하고 탈피해야 할 필요가 있다고 생각한다.

그래야만 네가 훨훨 날아 비상할 수 있다는 말이다. 나는 곤충도 탈피하지 않고는 날지를 못한다.

올봄, 네가 선유도 공원에서 찍은 사진 중에 얼핏 보면 실제 곤충 사진 같기도 한 탈피를 찍은 사진이 있다. 이름도 모르는 곤충이 탈피만 남기고 온데간데없이 어디론가 날아간 듯한데 탈피하고, 다시 태어나는 산고의 고통을 겪는 조정이 없다면 나을 수가 없다.

네게도 우선 해야 할 급선무가 탈피다. 환골탈태를 하라는 말이다. 거기에 따르는 인내와 고통을 감내해야 한다.

미국 컬럼비아대 경제학 실비아 앤 휼렛 교수는 워커홀릭족이 늘고 있는 현실에 대해 〈비지니스 리뷰〉에 '70시간 업무의 위험한 유혹'이라는 보고서를 냈다고 한다. 그는 "'극한 스포츠'처럼 '극한 업무'로 중독성이 있기 때문"이라고 말했다고 한다.

지식기반을 한 경제 시대에 날로 증가하는 근로시간을 긍정적 측면으로 받아들여 수긍하고, '극한 스포츠처럼', '극한 업무'에서 중독성 때문에 생겨난다는 워커홀릭족이라는 신조어가 게임 중독성하고 대비된다. 자기가 좋아하는 대로 좇아서 하는 종오소호와 좋아하는 일을 좇아서 하는 워커홀릭족과는 개념이 사뭇 천양지차인 듯하다.

백문불여일견

"거북아, 따뜻한 봄이 되면 넓은 한강에 가 마음껏 헤엄치며 활개를 내젓고 살아야 된다. 우물 안 개구리처럼 갇혀 살아서야 되겠느냐!"는 말은 집에서 키우는 거북이 등딱지 길이가 20cm가량 되는 수생거북이에게 한 말이다.

애완용으로 키우던 파충류를 방생해 토종 물고기의 개체수가 줄어 생태계 파괴를 우려하는 목소리가 높다. 붉은귀거북이와 양식용으로 수입된 황소개구리 등이 대표적인 주범이다. 그래서 붉은귀거북이는 아니지만 거북이를 방생한다는 것은 문제가 다분한 행동이다. 그런데도 나는 일부러 의도적으로 에둘러 거북이에게 한 말이다.

나는 네게, 네가 초등학교 시절 방학이 될 무렵이면 '예절학교', '과학캠프'. '산업단지', '대덕과학연구단지', '영어캠프' 등을 다녀오도록 애걸복걸했다. 그러기를 네가 중학교에 다닐 때도 그랬었다. 하지만 너는 9년 동안 단 한번도 참여한 적이 없다.

백문이 불여일견이라는 말이 있다. '백번 듣는 것이 한번 보는 것만 못하다'는 뜻으로 쓰인다. 개념은 다른데 견물생심이라는 말도 있다. '물건을 보면 갖고 싶은 욕심이 생긴다'는 뜻인데 밖에 나가 더 많은 것들을 체험하고 어마어마한 산업시설물 등을 견학한다면 반드시 욕심이 가득할 것이다. 네가 저런 건축물을 관리감독하는 오너가 되겠다고 대망을 품는 데 충분할 것이다. 우물 안 개구리처럼 사는 내가 살아가는 모습이 네게는 반면교사가 되기에 한 치의 모자람이 없다.

2008년 새해 벽두 동아일보에는 도쿄 서영아 특파원이 노벨 물리학상을 수상한 천체 물리학자 고시바마 사토시 도쿄대 교수에게 인터뷰한 글이 있었다. 인터뷰 중에 "한국에도 '하면 된다' 정신이 있는데…. 그럼 당초 물리학에 대한 애정이 있었던 건 아니었나요?"라는 질문에 고시바 마사토시는 "물리학에 '해볼 만하다'고 느낀 건 한참 뒤였습니다. 대학을 졸업한 뒤 갈 곳이 없어 대학원에 진학했습니다. 대학원을 졸업할 즈음 선배 물리학자가 함께 실험을 해 보자고 제안해 왔습니다. 스스로 이런저런 실험을 하는 가운데 '이건 나도 할 수 있겠다'는 생각이 들었죠. 그 뒤 평생 소립자 실험만 되풀이하고 있습니다. 지금도 젊은이들에게 '가능한 여러 가지를 스스로 경험해 보라'고 말합니다. 어떤 게 자신이 '진짜 하고 싶은 일'인지 몸으로 느낄 수 있어야 합니다."

뿌리 깊은 나무

네가 학습하여 앎을 습득해 지식을 축적하는 것은 나무가 자라면서 뿌리가 뻗어 나가는 것과 대동소이하다.

비바람, 눈보라 모진 강풍에도 견뎌내기 위해 나무가 자라는 만큼 뻗어나가는 게 뿌리다. 땅속에 있는 나무뿌리는 우리 눈에는 보이지도 않지만 땅속 아래를 향해 자라고 있다. 위를 보고 자라는 나무가 큰 가지 작은 가지가 있듯이 뿌리도 큰 뿌리 작은 뿌리가 있다. 다만 나뭇잎만 없을 뿐이다. 지상에 드러나 있는 나무가 자라는 것과 별반 차이가 없다. 흙을 들어내고 거꾸로 세워 놓는다면 마치 내년 봄을 준비하는 겨울 나무와 같다!(활엽수)

1년이면 몇 차례 태풍이 연례행사처럼 지나간다. TV 속에서 나무가 뿌리째 뽑힌 것을 봤을 것이다. 뿌리가 빈약한 이유다. 사람에게 근간이 학습인데 지식이 해박하면 태풍에도 끄떡없다.

나무가 성장하는 만큼 보이지 않는 곳에서 뿌리를 뻗듯 네가 성장함에 따라 적어도 그만큼의 뿌리는 최소한의 필요조건인데 몇 배수의 뿌리를 갖는다면 더할 나위 없이 좋고, 삶의 질이 달라진다.

중국 정부가 국외로 나가 있는 인재들을 국내로 끌어들이는 정책을 빗대어 '둥지를 지어 봉황을 끌어들인다.'는 축소인봉(築巢引鳳)이라고 하는 말이 있다. 즉, 중국 정부는 외국에 있는 자국의 인재들을 국내로 들어올 수 있도록 고급 주택을 제공하고 자동차도 물론이려니와 소득세 감면 혜택을 주는 등 세계 수준의 인류 대우를 한다고 한다.

중국 정부와 우리나라와는 국가적 정책은 다소 약간의 차이가 있는 것 같다. 하지만 우리나라의 글로벌 기업을 보면 중국 정부의 정책처럼 빼어난 우수 두뇌에게 주택과 자동차를 제공하기도 하고, 기타 특별 혜택을 주는 등 파격적 대우를 하는 경우도 있다. 연봉도 정점이다.

『세계는 평평하다』의 저자 토머스 프리드먼의 글이 우리나라의 한 신문의 칼럼난에 실리기도 한다. 그는 우리나라를 방문한 적도 있다. 당시 그는 '러시아, 중국, 인도의 학생들이 한국에 있는 일자리를 넘보고 있다.'고 말하기도 했다. 그의 책 『세계는 평평하다』를 보면 그는 세계에는 일자리가 널려있다고도 말했다.

실업자가 늘고, 취직난은 더욱 심각해지고 있다고 TV 매체, 활자 매체는 보도한다. 사이프러스를 창립한 로저스는 "정보화 시대에서의 승자와 패자는 두뇌력으로 판가름 날 것"이라고 말했다고 한다.

무형의 지식기반 경제 시대에 궁구하여 앎을 축적하는 방법 외에 다른 방도는 없다고 생각한다. 네 앎이 난숙할 때 국가가 주는 특별 혜택의 수혜자가 될 수도 있고, 글로벌 기업이 주는 특별 혜택을 받을 수도 있다.

언젠가도 말한 바 있지만 네 형이 처한 입장을 너는 지척에서 보고 있다. 네게는 대단한 학습효과이고, 반면교사인데 답습하는 건

도미노 현상일 뿐이다. 생각을 바꿔야 한다. '생각을 바꾸면 네 행동이 달라지고 행동이 바뀌면 네 미래가 투명하다.'

유혹의 손짓을 뿌리쳐야 한다. 컴퓨터 게임, 온라인 게임, 휴대폰 게임 등을 뿌리를 포함해 송두리째 뽑아 내팽개쳐야 한다. 네 주변에 얼씬거리지 못하게 말이다. 뽑힌 그 자리에 용기와 희망, 자신감을 정성껏 소중히 심어야 한다. 그래야만 소용돌이치는 세계 질서 속에 끄떡없다.

'역사는 가르쳐 주지는 않는다. 그러나 배우려고 노력하지 않는 사람에게는 준엄한 벌로 심판한다.'라는 말이 있다. 극명한 말로 반추해 볼 말이다.

습관

2008년 새날이 밝은 지도 벌써 며칠째다.

2008년 1월 2일자 동아일보를 보면 1일자 뉴욕타임스에 '학습자료 정리법'을 가르치는 학원이 미국 중산층에서 인기라고 보도했다고 보도했는데 네 책 가방 속이 반추돼 적어본다.

동아일보에 따르면 학원에서 주로 가르치는 내용은 '공부방법 익히기', '숙제는 숙제끼리 보관하라', '오늘 할 일은 우선 순위에 따라 수첩에 정리했다가 반드시 실천하라' 등이라고 한다. 하루에 두 시간 동안 공부할 때는 인터넷이다 컴퓨터 게임, MP3플레이어 등에도 손대지 않는 습관이 중요하다고 한다.

미국 샌프란시스코 남부 '그린 아이비'라는 학원을 운영하는 애너 호머윤 원장은 학원 강의에 충실한 남학생의 성적이 확연히 달라졌다고 한다.

이런 결과에 대해 남학생에 관한 학습 문제를 연구하고 있는 심리학 클라인 펠트 교수는 "이 학원의 접근법이 옳다고 본다. 과학적인 수치는 댈 수 없지만 남학생의 주변 정리 능력이 (여학생보다) 늦게 발달한다."고 말했다고 한다.

한편 애너 호머윤 원장은 인터뷰에서 "책가방 좀 보자고 하면 남학생의 경우 십중팔구는 구겨진 학습자료와 뒤죽박죽이 된 과제물이 엉켜있다."라고 말했다는데 남학생인 네 책 가방을 보면 쓸모없는 종이를 휴지통에 집어넣듯 안내문 학습자료 등이 마구 움켜쥐어댄 듯 구겨진 게 뭉쳐진 채로 있을 때가 비일비재다. 네 책가방처럼 남학생의 십중팔구가 그렇다고, 전문 학원을 운영하는 애너 호머윤 원장도 말하고 있으니 남학생의 기질이 그러려니 하고 안도의 생각도 해본다. 그렇지만 네 신분은 학생이고 가방의 정리는 학생의 기반이라고 생각한다. 듣는 바로는 네가 학교 화장실 청소는 전담반이 돼버려 내리 중학교 3년 동안 도맡아 하다시피 한 것으로 알고 있다. 그런 것도 모두가 평소 네 태도로 봐 차분하지 못하고 들레다가 발생한 일일 거라고 직감해 본다.

요컨대 학생으로서 기반이 되는 가방 정리도 중요하지만 이제 얼마 안 있으면 고등학생이 되고 그래서 하루빨리 야단스럽게 떠드는 애티를 벗어야 한다. 들레다 보면 정서적 안정이 문제가 돼. 30분이고 한 시간이고 두 시간이고 차분히 앉아서 학습하는 데 문제가 따른다.

'백만불짜리 습관'이라는 말도 있지 않냐. '세 살 버릇 여든까지 간다'는 말도 있다. 네가 대수롭지 않게 여기고 하는 행동들이 굳어져 습관이 되고 삶에 장애 요소가 된다. 행동이 아니다 싶으면 과감히 벗어 던져야 한다. 성공한 사람들은 한결같이 좋은 습관을 몸에 지니고 있다고 한다.

진단이 잘못되면 아무리 좋은 약을 써도 치료가 잘될 리 없다. 근원적 치료가 중요한 데 네게는 기초질서 준수를 위한 기초적인 치료가 요긴하다.

세상은 지금, 빅뱅이 진행되고 있다. 현재를 네가 어떤 모습으로 행동해야 하는가. 어떤 모습으로 살아가야 할 건가를 고민해야 한다.

건강이 최고다

네가 며칠째 열이 나고 기침도 하고 가래도 뱉어내고 잠을 잘 때면 땀도 날 때가 있었다. 그런데 돌팔이식의 진단으로 감기라고 판단했다. 그래서 해열제 쌍화탕류를 복용하게 했었다.

그런데 감기라면 나을 때가 됐건만 조금도 나아질 기미가 없었다. 그래서 병원에 갔었다. "기관지염인지 폐결핵인지가 의심되니 X레이 촬영을 해봐야 알겠다."는 내가 의사 선생님의 말에 따라, 촬영한 결과는 기관지염으로 판명됐다.

검진을 마치고 집으로 가는 길이었다. 병원에 함께 갔던 나는 평소 네 식습관에 대해 말을 했었다.

햄버거, 치즈, 피자, 햄 등 가공식품, 인스턴트식품을 즐겨 먹는 너는 네 어머니가 손맛을 내가며 정성 들여 만든 음식을 도외시하는 잘못된 네 식습관에 너의 건강이 걱정된다고 말했었다. 화학조미료 맛이 네 입에 배어있는 모양 같다고도 말했었다. 네 어머니는 음식을 조리할 때, 김치를 담글 때도 화학조미료는 첨가시키지 않는다고도 말했었다. 이번에 검사 결과, 기관지염으로 판명된 것도 잘못된 식습관에서 기인했다고 봐야한다. 전문가들의 말을 들어봐도 잘못된 식습관은 건강에 문제가 따른다는 말을 한다.

우리가 음식을 섭취하는 데는 미각을 즐겁게 하는 의미가 다분하다고 말할 수 있지만 근본적 목적은 섭생에 있다. 사람은 누구나 무병장수를 원한다. 그래서 건강하게 오래 살 수 있도록 위한 노력을 행동으로 실천해야 할 필요성을 느낀다.

개인의 건강은 부모에게서 이어받은 선천적인 것보다는 후천적인 영향이 크다고 전문가는 일관되게 주장하기도 한다.

몇 해 전 국내도 그렇거니와 동남아시아 몇 나라에서 사스가 유행한 적이 있다. 당시 우리나라의 전통식품, 발효식품인 김치가 국내외에서 언론을 탄 적이 있다. 김치에 함유하고 있는 유산균이 사스를 예방하는 효과가 있다는 것 때문이었다. 김치에 들어있는 유산균이 항암 효과가 뛰어나다는 발표도 있었다.

2006년 봄 미국의 월간 건강전문지라고 하는 〈헬스〉가 김치를 세계 5대 건강식품으로 선정하기도 했다.

'밭에서 나는 쇠고기'라고 하는 콩 식품이 포만감을 유발해 체중 조절에도 도움이 된다고 한다.

우리나라의 전통적인 발효식품에는 김치 외에도 청국장, 된장, 고추장 등이 있다. 이러한 고유 전통식품은 항암 효과, 면역력 강화, 비만 예방 효과가 있다고 한다.

전통 발효식품, 식재료 등을 가지고 청국장찌개, 된장찌개 또는 김치. 반찬 등에 일절 화학조미료를 넣지 않고 네 어머니가 만든 음식을 하찮게 여겨 격하하는 네 태도가 안타깝다.

건강은 자기 책임이라고 뭇사람들이 말을 한다. 언젠가도 말한 적이 있는데 한 예닐곱 되어 보이는 아이가 "단 것은 몸에 안 좋다.”고 카카오 94%를 부모에게 사달라고 채근한 말을 곱씹을 만하다고 생각한다.

병원에서 집으로 가는 길에 네 할머니가 만든 음식을 말한 적이 있다. 나는 지금도 네 할머니가 조리한 음식을 먹을 때면 내가 어릴 적 입맛이 되살아나곤 한다. 지금도 나는 내 입맛에 최고라고 말하기도 한다.

네 나이가 이제 열일곱이 된다. 연구에 의하면 건강한 삶을 위해서는 17세 때의 체중과 체형을 유지하는 게 가장 중요하다는 발표도 있었다. 며칠 전 나는 네게 “건강하지 않으면 공부도 필요 없다. 건강했을 때 공부도 있는 것”이라고 말한 적이 있다. 건강에 기반이 되는 식습관을 어떻게 할 것인가에 대한 고뇌가 절실한 때라고 생각한다. “맛을 보고 맛을 아는 샘표 간장”이라는 이 모토는 샘표식품의 60년대의 간장 광고 문구다.

창립 60주년을 맞이한 샘표식품이 “자라나는 아이들에게 우리 된장을 먹입시다”라는 캠페인을 벌인 적이 있다. 신문에 광고한 캠페인의 문구를 적어본다.

“우리 고유의 전통식품인 된장은 아토피 예방과 명역력 강화 및 항암 효과 등 자라나는 우리 아이들에게 꼭 필요한 먹을거리입니다. 자극적인 패스트푸드와 인스턴트식품에 길들여진 우리 아이들이 건강한 식습관을 익히고 점차 잊혀져 가는 우리 전통의 맛을 이어갈 수 있도록 샘표가 함께 하겠습니다.”

반포지효

우리나라 북부 지역에도 서식하는 가시고기가 있다. 가시고기는 배, 등, 뒷지느러미 등에 가시가 있다고 하여 가시고기라고 한다. 가시고기의 수컷은 암컷에게 산란하게 한 다음 암컷이 산란한 곳에서 알을 보호한다. 알에서 새끼가 태어나서 헤엄치고 독립할 때까지 어미 수컷 가시고기는 먹지도 않고 적의 공격을 방어하고 지켜준다고 한다. 필경 먹지 못한 수컷 어미 가시고기는 입과 지느러미가 헐고 몸은 쇠약해질 대로 쇠약해져 탈진해 새끼가 태어난 곳에서 죽음을 맞고 만다고 한다. 새끼를 위해 희생하는 것이다.

어린 새끼 가시고기는 죽음을 맞이한 수컷 가시고기를 뜯어 먹고 몸집을 키워 자립할 수 있는 단계에 이르렀을 때 뿔뿔이 흩어져 독립한다고 한다.

육지에도 가시고기와 상당 부분 공통점이 있는 염낭거미가 있다. 우리나라에도 서식할뿐더러 전 세계적으로 서식하고 있다고 한다.

가시고기와 흡사한 염낭거미는 벼잎, 띠잎, 풀잎 등을 접듯 말아 산란하는 데 적합하게 한 다음 그 안에 들어가 산란을 한다. 산란한 뒤에도 그 안에서 지낸다.

접어 말아 만든 풀잎 속에 있던 어미 염낭거미는 알에서 태어난 새끼들의 먹이가 된다. 어미를 뜯어 먹고 어느 정도 자란 수없이 많은 새끼 거미는 드디어 말아 만든 둥지를 뚫고 세상 밖으로 나와 뿔뿔이 흩어져 삶에 나선다.

내가 어린 시절 시골에서 보내고 있을 때, 언뜻 보기에 직육면체로 접어진 듯하거나 똘똘 말아진 벼, 띠, 풀잎 등을 여러 번 펴 본 적이 있다. 그럴 때면 아주 작은 거미 새끼들이 그 안에서 꾸물거린 채 가득 차 있는 것을 발견할 수 있었고, 또는 어미 거미가 들어앉아 있다가 뛰쳐나오기도 했고, 텅 비어 있는 폐가 마냥 부산물만 흉물스레 너절하고 텅 비어 있기도 했다. 반추해 보면 꾸물거렸던 새끼 거미들은 어미 거미를 식량 삼아 포식하고 나서 세상 밖으로 나오기 일보 직전인 듯하고, 풀잎에 있다 뛰쳐나온 어미 거미는 산란을 준비하다 깜짝 놀라 엉겁결에 나온 걸로 추정된다. 황량한 집은 새끼 거미들이 어미 거미를 먹이 삼아 어느 정도 자란 뒤 뿔뿔이 흩어져 독립한 듯하다.

가시고기와 염낭거미의 삶이 어찌 보면 돈 많은 부자를 제외한 우리 같은 서민, 어른들이 겪고 있는 실상과 대비돼 적어보는 것이다.

미물이 자기 몸을 희생하면서까지 새끼 잘되라는 것을 봤을 때, 잘났다고 유일하게 직립하고 만물지령이라는 사람이 자식 잘되라고 허리가 굽도록 다하는 것은 무릇 생물학적인 측면에서 볼 때 본능일지도 모른다는 생각을 하게 된다. 하지만 작금에 이르러 불합리하다는 생각도 든다.

그럴 것이 한국보건사회연구원이 조사한 것을 보면 자녀 1명을 낳아 유치원에서 대학까지 드는 양육비가 2006년에 전국적으로 6,787명을 조사한 결과 평균 2억 3,200만 원이 드는 것으로 추정된다고 하는 발표가 있었다. 이렇듯 부모는 많은 돈을 자식에게 쏟느라고 온갖 궂은일 마다하지 않고 일을 한다.

학원 보내고, 대학까지 가르치고 경우에 따라선 대학원에 다니게 해 석·박사 학위도 취득케 한다.

이러다 보니 부자, 돈 많은 사람이야 끄떡없지만 서민들의 경우 남는 게 빈 통장이 되는 경우가 허다할 것이기 때문이다. 그래서 노인들이 사회의 이슈가 되기도 한다. 자식에게 죽기 살기로 온갖 투자하는 것은 우매한 짓이 아니겠는가 하는 생각이 든다. 세상은 반포지효는 옛말이 됐으니 더더구나 말이다.

한 조사에 의하면 부모가 수입이 많고 돈이 많으면 자녀가 부모를 찾아뵙는 횟수가 많다는 발표도 있었다 그래서 요즘 어떤 사람은, 자녀에게 드는 비용을 반으로 줄이라고 말하는 사람도 있다.

현재가
미래를 낳는다

뉴욕 타임스 칼럼리스트이고 『베이루트에서 예루살렘까지』, 『렉서스와 올리브나무』 등의 저자인 토머스 프리드먼은 우리나라의 한 신문에도 가끔 칼럼이 실리기도 한다.

그의 저서 『세계는 평평하다』(김상철, 이윤섭 옮김. 도서출판 창해)라는 책의 권두를 보면 이런 이야기가 있다. 그가 인스포시스 테크놀로지라고 하는 회사의 최고 경영자 난단 닐레카니를 인터뷰하고 나서, 미국의 실리콘밸리를 옮겨 놓은 듯한 인도의 정보산업 발달과, 인스포시스 테크놀로지가 인도의 소프트웨어의 제작자, 아시아의 제조업자, 미국의 디자이너들과 토론할 수 있는 시스템을 보고 놀랐다.

한편 난단 닐레카니의 "보세요, 지금 우리가 게임을 하는 경기장은 평평해진 겁니다."라는 말을 들은 프리드먼은 닐레카니가 "내게 지구가 평평하다고 말한 것"이라고 이해했다. 이 말을 들은 프리드먼은 "세계는 평평하다."고 메모했다.

스페인의 아사벨라 여왕과 페르디난드 왕의 황금, 보석, 비단 등이 풍부한 인도로 가는 항로를 개척하라는 지시로 항해를 하다 우연히 산살 바도르 섬에 닿았고, 이후 4차례 걸쳐 항해를 하다 아메리카를 발견한 이탈리아의 항해가 콜럼버스는 지구가 둥글다는 것을 발견했다. 콜럼버스는 산타마니아호, 판타호, 닌타호 3척의 배에 120명을 태우고 항해했었다.

프리드먼은 "콜럼버스는 귀국 후 페르디난드 왕과 이사벨라 여왕에게 지구는 둥글다고 보고했다. 그리고 역사는 그를 지구가 둥글다 사실을 확인한 첫 번째 인물로 기록하고 있다. 나도 여행을 끝낸 후 집으로 돌아와 내가 발견한 사실을 보고했다. 나는 아내에게 이렇게 속삭였다. '여보, 내 생각에는 말이야 지구는 평평해.'라고 말했다."고 썼다.

콜럼버스가 만천하에 "지구가 둥글다."고 최초로 표명했다면 칼럼니스트고 저자인 프리드먼은 만천하에 "세계는 평평하다." 최초로 말한 사람이라고 할 수 있다. 인스포시스 테크놀로지 최고 경영자 난단 닐레카니 말에서 힌트를 얻어서 말이다.

네가 즐겨하는 농구, 축구 등도 평평한 데서 게임을 한다. 삶의 경쟁도 닐리카니 말처럼 평평한 데서 이뤄진다. 네가 살아가는 평평한 세상, 하나뿐인 지구의 실체는 둥글지만 문명의 발달로 말미암아 평면체가 되고 말았다. 마치 6각형으로 이뤄진 둥근 축구공이 해체돼 조각보가 되듯이 말이다. 컴퓨터가 발명되고, 인터넷이 발명된 데서 발생한 효과가 크다고 생각한다.

네가 컴퓨터를 가지고 온라인 게임, 인터넷 게임만 일삼아 문제이지 컴퓨터는 실생활에서 떼려야 뗄 수 없는 사물이다. 그래서 컴퓨터 조작법을 모르면 컴맹이라고 한다. 문자를 모르면 문맹이라고 하듯이 말이다. 컴퓨터, 인터넷을 최대의 발명품은 아니어도 그 다음의 발명품이라고 한다면 진부한 생각인지 모르겠다.

컴퓨터를 가지고 네 인생을 개척할 수 있다. 인터넷 판매 회사를 설립할 수도 있고, 아웃소싱할 수도 있고, 컴퓨터를 가지고 학습도 할 수도 있다. 유용하게 잘 활용만 한다면야 얼마나 좋으냐 하지만 컴퓨터로 해악만 일삼는 자태는 숫제 컴맹이 낫다는 생각도 해봤다. 정신세계가 건강할 테니 말이다. 사람이 전지전능할 수는 없지만 정신세계가 또렷해야 분별력이 극명해 삶의 가치가 증대된다고 생각한다. 일례로 치매 환자를 생각해 보자. 외관상 다른 어떤 유의 환자보다 활동도 한다고 할 수도 있고, 겉보기에는 낫다. 하지만 치매 환자는 분별력이 흐려, 뜨거운 건지 찬 건지 사물을 판단 못 해 문제인 것이다. 정신세계가 해체되고 망가졌다는 것이다.

분별력 있는 사고를 하는 것은 삶에 지대한 요소이고 삶에 막대한 영향을 미친다. 건강하고 진취적인 사고를 하는 것은 네 삶의 성공에 바로미터가 되기도 한다. 환골탈태해야 한다. 식물은 꽃이 피고 지기를 거듭하지만 가는지 모르게 슬며시 가버리는 젊은 날은 영원히 사라질 뿐이다. 부화뇌동하는 현재도 다시는 돌아오지 않고 후회하는 네 개인의 역사가 될 뿐이다.

'후회는 아무리 빨라도 후회'라는 말이 있다. 성공을 하든 그렇지 않든 후회 없는 삶을 사는 것이 성공한 삶이라고 생각한다. 후회 없는 삶을 살았을 때 뭇사람들에게 성공한 삶이라는 평판을 들을 수 있다.

문뜩 생각이 난다. 지금처럼 교통이 발달되기 전 농경시대에는 말이나 도보로 이동을 했었는데 평생 이동반경이 4~5십 리 밖을 벗어나지 못했다고 한다. 물론 당시도 천리길인 한양까지 출입하고 했었고, 사절로 외국에 나가기도 했었다.

시대가 발달하여 우주인이 달나라에 가고, 하루면 지구의 대척점도 오갈 수 있는 시대다. 이렇게 문명의 발달이 정점에 달한 시대인데도 나는 50리 밖은 고사하고 우물 안 개구리처럼 제한된 테두리를 벗어나지 못하고 있다고 하면 과장된 말이고, 어불성설일지 모르겠다. '다람쥐 쳇바퀴 돌 듯' 틀에 갇힌 생활을 하는 것을 두고 말하는 것이다.

부화뇌동의 반대 개념에 있는 화이부동이라는 말이 있다. '군자는 사람들과 친화하되 부화뇌동하지 않는다.'라는 뜻으로 쓰이고 '중용의 덕을 지켜야 한 무리에 편중하는 태도를 짓지 않음'을 말하기 한다. 중용을 비켜 한쪽으로 편중하는 그것도 부화뇌동 편에 기우는 안일한 네 태도를 보니 둥근 원의 생각이 난다.

중용은 두리뭉실한 둥근 원을 상징할 수 있다고 생각한다. 지구도 둥글고 달도 둥근데 둥근 원을 그리며 돈다. 그런데 시계방향으로 도는 효기라고 하면 어떨지 모르겠다. 달, 지구가 시계 반대 방향으로 돌지는 않는다. 그래서 순리대로 인공위성도 시계방향으로 돈다. 시계 반대 방향으로 도는 건 어려움이 따르기 때문이라고 한다.

자연, 우주의 섭리를 거역하는 순리가 아니라는 것이다. 그래서 인공위성도 그에 준거해서 돌지 시계 반대 방향으로는 돌지 않는다고 한다.

여객기가 지구의 대척점을 향해 날 때 경우에 따라선 시계 반대 방향으로 날기도 한다. 그런데 그때 가만히 기내에 앉아 여행하는 승객의 피로가 더한다고 한다. 여객기가 나는데 버거우면 버거웠지, 여객기의 피로가 전이된 양 승객의 피로가 더하는 건 실로 기괴하다.

네가 컴퓨터 게임에 안주해 시간을 허투루 생각하는 건 도는 방향의 효시를 역행하여 도는 태도다. 우주의 섭리를 거역하는 건 네게 버거운 일이고, 차일피일 지체할 필요가 없다. 아니 시간이 촉박하다. 속히 U턴해 궤도를 달리해 방향을 바로잡아야 한다.

대선 때가 되면 좌파니 우파니 중도니 하는 말을 한다. '좌파 정권이 들어섰다.', '우파 정권이 들어섰다.'는 말을 한다. '중도우파', '중도좌파'라는 말도 있는데 우파면 우파고, 좌파면 좌파지 중도우파 중도좌파가 뭐냐는 생각도 든다.

그런데 중도파가 정권을 잡았다고 하는 말은 듣지 못한 것 같다. 어찌 보면 중도파는 이것도 저것도 아닌 것, 즉 '술에 물 탄 듯 물에 술 탄 듯' 흐리터분한 감도 있는 듯하지만, 중도파가 정권을 세워 중심에 서서 편중 없이 국가를 경영한다면 소외자가 없을 듯하고 두리뭉실하게 국가가 잘 굴러갈 것 같다는 생각이 든다.

달이 엇나가고 불합리한 말 같은데 네게 중도, 중용, 중앙에 서서 흔들림 없는 중심이 중요하다고 말하는 것이다. 바퀴의 축이 중심에 있어야 잘 굴러가고 흔들림이 없다.

대략 40여 년 전의 일이다. 시골에 있을 당시 두 개 면에서 100여 명이 친선목적으로 달리기를 했었다. 어떤 명예나 부상이 쥐어지는 것도 아니었다. 약 3킬로미터 정도를 왕복하는 코스였다. 출발할 당시는 100여 명 모두가 출발했으나 반환점을 돌아 팔부 능선을 달렸을 즈음, 십중팔구는 도중하차하고 내 앞에는 선두로 달리는 1명이 있었고, 7~8명이 내 뒤를 따르고 있었다.

당시 나는 "기필코 따라잡아 1등을 하고 말 것이다."라고 다짐하면서 달렸다. 그런데 다짐한 내 마음대로 되지는 않았다. 내가 한 발을 뛰면 앞서가던 상대도 한 발을 뛰어 좀처럼 간격은 좁혀지지 않았다. 필경, 역전은 하지 못하고 2등을 해야만 했다. 그래서 나는 상대가 힘이 보채지 않는 한 따라잡는다는 건 여간 버겁다는 것을 깨달았다.

TV 스포츠 중계방송, 구기 종목 중계방송을 시청하다 보면 캐스터나 해설자가 가끔 "공은 둥글다."는 말을 한다. 뒤지고 있어도 게임이 끝나 봐야지 아직 모른다는 뜻이다. 역전할 수 있다는 말이다.

실제 역전하는 게임을 흔히 보곤 한다. 그런데 구기종목이라고 해서, 공이 둥글다고 해서 역전되는 일은 아니라고 생각한다.

상대의 방심과 최선의 노력, 평소 끊임없는 훈련에 의해서 발생하는 부산물이라고 생각한다.

2007년 10월 29일, 국민은행과 삼성생명과의 여자농구 경기에서 발생한 일인데 이런 일이 있었다. 경기 종료 7초 전 1점을 뒤지고 있던 삼성생명의 김세롱 선수가 3점 슛을 던져 성공시켰다. 그래서 점수는 역전되어 2점을 앞서 나갔다. 누가 봐도 승리는 삼성생명이 받아 놓은 단상인 듯하다.

그러나 아직 게임은 끝나지 않았고, 공격에 나선 선수는 국민은행의 김영옥 선수였다. 그는 하프라인 쪽에서 필사적으로 온갖 힘을 다해 상대의 골대를 향해 슛을 던졌다. 15미터나 되는 롱슛이었다. 마지막 기회, 슛을 날린 공은 백보드에 닿은 뒤 골대 안으로 흡입됐다. 그때 종료 시간은 1.1초 전이었다. 골대로 흡인된 공이 시간으로 따져 파란 코트에 닿을까 말까 할 즈음 게임 종료를 알리는 버저가 울렸다.

1점 차로 승리하는 데 기여한 국민은행의 김영옥 선수는 "지난 5개월 동안 속에서 신물이 나올 만큼 힘들게 체력훈련을 했다. 열심히 하다 보니 행운도 따른 것 같다."라고 말했다는데 그의 말에서도 노력하고 훈련에 따른 산물이지 그저 쉽게 얻어진 건 아니라는 것이 여실히 드러난다.

이번, 네 성적표를 봤더니 미, 양, 가가 판을 치고 있었다. 학습은 달리기와는 확연히 다르다는 것을 말하고 싶다. 학습은 두뇌를 쓰면 되지만 달리기는 육체적인 체력이 필요하다. 내가 경험했듯이 달리기는 앞서가던 상대가 지쳐 처지지 않는 한 역전을 불가능하다고 봐도 무방하다고 할 수가 있지만 두뇌로 하는 학습은 얼마든지 따라잡을 수 있다고 생각한다. 결연한 마음가짐이면 충분하다고 생각한다. 더구나 네게는 어지간한 머리가 뒷받침하고 있다. 네가 다니는 한 학원의 어느 선생님이 네 지능에 노력만 뒷받침된다면 포항공대, 서울대 등 어느 대학도 가능하다고 한 말은 반추해 볼 만한 말이라고 생각한다.

초식동물이 반추할 때 발생하는 메탄가스는 지구 온난화에 한몫해 만년 빙하를 녹게 하는 주범이 되기도 한다. 하지만 네가 한 학원 선생님이 말한 "노력만 한다면 어느 대학도 가능하다."라는 말을 반추하는 건 지구 온난화에 아무런 지장을 주지 않는다. 도리어 네 소양을 키우는 일이고 네 지식이 완숙했을 때 온난화 방지책에 대한 아이디어를 발견해 공헌할 수도 있다.

그런 말을 반추하는 태도는 성장하게 하는데 요소가 되는 자양분이라고 생각한다. 초식동물의 되새김처럼 30분이고 1시간이고 되새겨 봐야 한다.

네가 보낸 중학교 3학년, 2학년, 1학년이라는 시간이 언제 지나갔는지 보이지 않는다. 다가오는 고등학교 1학년, 2학년, 3학년 3년 동안의 시간이 어쩜 더 빨리 지나갈지도 모른다.

지동설을 폈다가 붙잡힌 갈릴레오 갈릴레이가 감옥에서 풀려나면서 "그래도 지구는 돈다."고 말했다고 한다. 잠시도 쉬지 않고 돌고 있는 지구 위에 서 있는 우리는 지구가 돈다는 사실을 감지하지 못한다. 시간이 쏜살같이 가고 있다는 사실을 말이다. 돌고 있는 축구공 위에 서 있는 식이지만 우둔하기가 짝이 없다. 터무니없이 태양이 가고 있다고 착각하고 있을 뿐이다. 고대 그리스의 철학자 제논은 "인간의 이성은 우주의 이성과 일치하고 이 이성에 따라 산다."고 가르쳤다고 한다.

2008년 1월 5일자 동아일보에서는 도쿄대를 졸업하고 뉴트리노(중성미자, 소립자의 일종)천문학을 창시해 노벨 물리학상을 수상한 천체물리학자 고시바 마사토시 도쿄대 교수에게 동아일보 특파원 서영아 기자가 인터뷰한 글이 있는데, 노력하고 준비하는 자에게 행운과 기회가 주어진다는 것을 짐작게 하는 글이 있다.

"초신성 뉴티리노의 첫 관측에 대해 '운이 좋았을 뿐'이라고 말한다고 들었습니다. 그러나 우연도 준비된 사람에게만 찾아오는 것 아닐까요."라는 서영아 특파원의 질문에 고시바 마사토시는 "좋은 지적입니다. 17만 년 걸려 지구에 도착한 것을 발견한 것은 행운입니다. 그러나 우리는 이걸 관측하기 위해 수십 년간 준비를 해 왔습니다. 뉴트리노는 세계 60억 명 모두에게 왔지만 우리만이 관측 준비를 해 왔던 겁니다. 인생도 마찬가지 아닐까요."라고 말했다고 한다.

미래는 과거와 현재가 마주치는 곳이라고 생각한다. 왜냐하면 네가 과거를 어떻게 했고 현재를 어떻게 하느냐에 따라 그만큼이 미래에 닿아 네 행복의 정도가 결정된다고 생각하기 때문이다.

인터넷 게임

"우리는 컴퓨터를 사용할 수 있느냐 자판을 두드릴 수 있느냐 없느냐는 기준으로만 사람을 차별합니다. 세계가 평평해진다는 게 의미 있으려면 지식에 접근하는데 차별이 없어야 합니다. 이제 구글은 전 세계 100개 언어로 검색이 가능합니다."라는 말을 구글의 최고 경영자 에릭 슈미트가 한 말이라고 한다. 『세계는 평평하다』(저자 토머스 프리드먼. 옮김 김상철, 이윤. 도서출판창해)라는 책에 적혀있다.

키보드를 두드려 글자 몇 자만 입력하면 정보를 얻을 수 있고, 지식을 쌓을 수 있어서 좋다. 그래서 나는 가끔 네게 하는 말이 "인터넷 게임에만 몰두하지 말고 인터넷을 검색해 지식을 쌓아라." 고 잔소리처럼 해댔었다.

그런데 호주의 머독대에서 10년 동안 재직했고 1998년과 2004년 '올해의 호주 대학교육자상' 2005년 '올해의 호주인상' 등을 수상한 타라 브라바즌 교수가 자리를 영국 브라이튼대로 옮겨 취임 기념 강의에서 학생들에게 인터넷 검색에서 얻은 '얕은 지식'에 의존하지 말고 책을 통해 지식을 얻고 비판적 사고도 키우도록 하라고 촉구했다는데 내가 네게 "인터넷 게임에만 몰두하지 말고 검색해 지식을 쌓아라."고 한 말이 어쭙잖은 생각이 들어 타라 브라바즌 교수가 했다는 말을 더 이어본다 그는"요즘 학생들은 진지하게 학문을 탐구하기보다 인터넷을 이용해 빠른 답만 얻으려고 해 학문의 전당인 대학이 '구글대학'이 돼 버렸다."라고 비판했다고 하고 또한 그는 "사용자가 내용을 만들어가는 위키피디아도 논쟁이 배제되고 합의된 정보만 제공하기 때문에 창의력을 잃은 평범한 세대를 양산하고 있다"라고 말했다고 한다.

네가 이제 고등학교에 입학한다. 차츰 심대한 지식을 쌓는 노정 5부 능선을 지나 6부, 7부 능선에 근접해 가고 있다. 네 꿈과 희망, 목표에 도달하기 위해서는 난해한 숙제를 해박하게 해야 한다.

3년만 있으면 네가 탐구하고 궁구해 최고의 학문을 해박하게 축적할 수 있도록 최고의 지성인이 되도록 대학이 기다리고 있는데 "책을 많이 읽는 사람이 세상을 지배한다."는 말이 떠오른다.

네가 중학교 시절에는 축구부, 농구부 등에 속해 활동을 했었다. 앞에서도 말한 바 있지만 건강하지 않으면 공부도 할 수 없다고 말한 바 있지만 건강하지 않으면 공부도 할 수 없다고 말한 적이 있다. 스포츠는 건강과 밀접한 관계가 있기 때문에 필수적으로 운동을 하지 않으면 안 된다는 전문가의 말도 있다.

뉴질랜드에서는 조, 중, 고 학생에게 운동을 하루에 한 시간씩 하게 한다는 말도 있다. 그런가 하면 미국에서는 스포츠 능력이 뛰어난 학생이 학업 성취도도 높다고 해서 학부모가 스포츠에 관심이 많다고 하는 말도 있다. 하지만 우리나라는 정서상 현실이 그렇지가 않다. 그래서 네게 촉박한 시간을 스포츠에 치중하는 건 부적합하다는 생각도 해본다.

때문에 때가 때인 만큼 시간을 적절히 안배해 몸 관리도 하고 학업에 정진하고 매진했으면 한다.

지금 너는 자전거의 페달을 밟고 있는 중이다. 그런데 앞바퀴는 현재이고 뒷바퀴는 과거라고 생각하는데 뒷바퀴는 현재의 궤적을 쥐 담는 창고라고 생각한다. 다시 말하면 과거를 가지고 미래에 다가가 그만큼을 매입하려 가는 노정이고, 네가 페달을 밟는 근본적 목적은 화수분을 얻는 데 있다.

"인내는 쓰고 열매는 달다."는 말이 있다. 과수원을 재배하는 농미도 당도 높은 양질의 열매를 얻기 위해 한겨울에는 전정하고 봄에는 거름을 주고, 꽃을 솎아내기도 하고, 병충해 예방에 전념하느라 땀을 흘려야만 하는 각고 끝에 얻는 게 과일이다.

네가 하는 학습도 때로는 지겨울 수도 있고, 난해한 문제가 앞에 놓이면 버거울 수도 있지만 좋은 결실을 얻기 위해서는 네가 가지고 있는 꿈, 지향점을 향해 뚜벅뚜벅 나아가는 게 노정의 순리다. 쉼 없이 궁구하는 자세로 심오한 앎을 책에서 습득하는 게 지름길이라고 생각한다.

윈스턴 처칠은 "책을 읽지 않으려면 그냥 냄새 맡고 만지고 쓰다듬기라도 해라."라고 말했다고 한다.

목소리
큰 놈이 이긴다?

주거 환경이 단독주택에서 공동주택으로 진행되기 시작한 지 오래됐고, 현재도 계속 진행 중이다. 우리도 공동주택에서 살고 있다. 그래서 이웃에게 주는 소음 피해를 자제해야 한다고 생각한다. 그런데도 어떨 때면 그런 것에는 안중에도 없이 나도 고함질러댈 때가 있고, 목소리가 큰 네가 고함 지를 때는 아파트가 진동을 일으키는 듯하다.

우리 말에 속된 말로 '목소리 큰 놈이 이긴다'는 말이 있다. 이 말을 반추해 짐작건대 옛날에는 목소리 큰 사람이 승자가 됐던 전례가 있었지 않았나 싶다.

그래서인지 고래고래 고함을 질러대며 싸우는 사람도 있다 큰길에서 앞차와 뒤차는 비상등이 깜박인 채 세워져 있고 차에서 내린 운전자들은 목청껏 소리 높여 서로가 잘했다고 주장을 내세운다. 멱살을 잡고 싸우기도 한다. 뒤따르는 차들이 정체현상을 빚기도 한다. 고함치고 싸우는 그들을 구경하기도 한다.

그러는 사이 곧 경찰차가 도착하고, 상황을 정리하고 조용해진다.

어떨 때면 뉴스 속에는 국회에서 성량(국회의원)들이 멱살을 잡기도 하고, 멱살 잡고 뒹굴기도 하고 큰소리로 고함칠 때가 있다. 선량들의 개인적으로나 당차원에서 유불리는 잘 모르겠다. 하지만 분명한 건 여론에서는 질책은 받는다. 그래서 나는 목소리 큰 사람이 승자가 된 적도 못 봤고 목소리 큰 사람이 승자가 되지는 않는다고 생각한다.

그런데 목소리가 큰 효과 때문에 승자와 패자가 있어 적어 본다. 민사고 재학생이 쓴 '꿈이 있다면 세상은 네 편이다'(저자 신희정, 예담 출판사)의 저자가 패자가 됐던 내용이다. 저자가 검도 도대회에 출전했을 때 일인데 그대로 인용해 옮겨 적으면 "나와 겨루게 된 아이는 전년도 우승자였다. 서로 얼굴을 마주 보고 인사를 한 수 재빨리 죽도록 머리를 쳐야겠다고 생각하고 있는데 상대방이 놀랄 만큼 큰 소리로 기합을 넣는 것이었다. 내가 그 기합소리에 놀라 잠시 멍해 있는 순간 상대방이 날 세게 다가와 내 머리를 쳤다. 그걸로 끝이었다. 나는 맞기만 하고 그냥 내려와야 했다."

나는 목소리는 아니었지만 자동차 경적 때문에 놀란 적이 있었다. 초보운전 때였나 그래서 '초보운전'이라는 표어를 큼직하게 적어 승용차 뒷유리에 달고 다녔다.

교차로에서 좌회전하려고 신호대기 중이었다. 그런데 초보운전에 처음 가는 생소한 길이라서 그랬기도 했지만 신호를 제대로 알아채지 못한 게 문제였었다. 즉 교차로에 멈춰선 나는 뒤늦게 안 것이지만 내가 서 있었던 신호체계는 직진 신호 때 좌회전을 하게 되어 있었다. 그것을 확인 못 한 내가 멈칫대는 사이 그때 뒤차의 운전자는 참지 못한 듯 울려댄 경적이 어찌나 컸던지 순간 나는 깜짝 놀라면서 엉겁결에 액셀러레이터를 밟았고 차는 빠른 속도로 앞으로 질주했다. 앞에 차가 없었기에 천만다행이었다.

그래서 나는 그때 경험한 일 때문에 혹여 내 앞에 멈춰 선 차가 머뭇거린다고 해서 함부로 클랙슨을 누르는 행동은 자제한다. 하지만 딱히 필요하다 싶을 때는 경적 대신 라이트를 활용할 때는 종종 있다.

눈높이

내가 너희는 훈육하면서 마치 네가 어른이라도 된 것처럼 실제 나이보다 높여서 대하는 경향이 있었다. 그러한 원인은 나 개인의 성향 탓도 있겠지만 우리나라의 '빨리빨리 문화'와도 무관하지는 않으리라고 생각이 들기도 한다. 그래서 '빨리빨리 문화' 조급증에서 발현한 태생적 하나의 산물이 아닐까 생각하고 자책한다.

나는 네가 고작 댓 살, 예닐곱일 때 뭣을 잘못하면 '몇 살인데 그것도 못 해.'라는 식이었다. 네게 눈높이를 맞추지 못한 한 단면도의 증거이다.

노둔한 내가 미물과 비교가 된다. 내가 시골에서 자라면서 봄철에 매번 봐온 광경이다. 예를 들면 암탉이 알을 품은 지 알 속의 온도가 37.7도에서 3주기를 깨고 나온다. 그때 어미 암탉은 알 속에 갇혀있다가 세상 밖에 처음 나온 병아리들을 데리고 마당이나 텃밭, 뒷동산 등을 헤집고 쏘다녔다.

그때 암탉은 갓 부화한 병아리의 눈높이를 맞춰 행동을 한다는 걸 나는 발견할 수 있었다. 병아리가 서서히 성장하게 됨에 따라 거기에 기준 삼아 눈높이를 맞춰가며 점진적으로 행동한다는 것이다. 즉 어미 암탉이 병아리가 갓 부화했을 때는 행여 다칠세라 품 안에 품고 다니듯 하면서 먹이를 잡아 어린 병아리가 먹기 쉽게 쪼아대곤 한다. 그러다 어느 정도 크면 도둑고양이, 족제비, 솔개 등의 천적으로부터 보호를 위해서 데리고 다닐 뿐이지 먹이를 잡아주지는 않는다.

내가 어릴 적에 어미 보고 배운 값진 현장학습이었건만 업그레이드해 네게 접목하지 못한 게 못내 아쉽다. 미국에서는 이런 일이 있었다고 한다. 한 미술관에는 어느 날 키가 큰 남자 초등학교 교사가 허리를 구부린 채 전시된 작품들을 관람하고 있었다고 한다.

그 교사는 다음 날 어린 학생들을 데리고 그 미술관에 오기로 되어 있었다고 한다. 그래서 어린 학생들의 눈높이에서 작품들을 보고 어린 학생들은 어떻게 이해할 것인가를 미리 읽고 있었다고 한다.

어린 학생들의 눈높이를 맞추기 위해 전날 미리 미술관에 왔던 미국의 초등학교 교사의 행동은 어찌 보면 암탉이 병아리에게 맞추는 눈높이와 대동소이한 것 같고 눈높이의 표상이고 눈높이의 표징이다!

부정선거

네가 중학교에 입학한 뒤 얼마 되지 않았을 때이었다. 학교에서 돌아온 너는 냉큼 "부정선거였다."고 말하면서 "오늘 학생회장을 선출하는 선거가 있었는데 한 학생은 상당수의 학생에게 2,000원씩을 주었고, 역시 학생회장 후보로 나선 또 다른 학생은 1,000원씩을 주었다."고 말했다. 그러며 또한 너는 "1,000원씩을 나눠주는 후보에게서 1,000원을 받았다."고 말했다.

뜬금없는 네 말을 들은 나는 어른들이 치르는 선거철이 되면 부정행위를 하다 적발되기도 하고, 구속되는 사람도 발생하는데 중학교에서도 부정선거가 있었나 보다고 말한 적이 있다.

즈음하여 언론보도를 보면 서울에 있는 한 여자대학교 학생회 선거에서 현 학생회가 선거인 명부를 조작한 사건이 있었다고 한다. 그런데 이 사건을 놓고 공명선거실천시민운동협의회 상임 고문이면서 이 학교 총장이기도 한 손봉호 총장이 "현 학생회의 대표성을 인정하는 것은 도덕적 법적으로 허용될 수 없고 교육적으로 옳지 않습니다."라고 말하면서 "민주주의 근간이며 지성의 상징인 대학의 총학생회에서 이런 일이 생기다니 충격"이라고 말했다고 한다. 한편 이 학교 한 관계자는 "학생회가 부정선거에 부패 비리까지 구악 정치인을 닮았다."고 말했다고 한다.

대학교에서도 부정선거가 있었고, 네가 다니는 중학교에서도 부정선거가 있었고, 심지어는 초등학교에서도 학생회장을 선출하는데 부정선거가 만연한다고 한다.

자신이 소속한 대학에서 부정선거가 발생하자 한 관계자가 "부정선거에 부패 비리까지 구악 정치인을 닮았다."고 했듯이 학생들이 저지르는 부정선거는 기성 정치인 선거에서 모방하고 답습한 귀감이 되는 반면교사라고 생각한다.

이솝 우화에 '어린 게와 어미 게'라는 이야기에서 어미 게가 어린 게에게 "똑바로 걷지 않고 그렇게 구부정하게 걷냐!"고 질책성 말을 하자 "엄마가 앞을 향해 똑바로 걷는 것을 보면 나도 따라서 똑바로 걸을 수 있어요."라고 하는 어린 게의 말이 심금을 울린다.

한편 나라의 권력을 잡은 집권층 세력이 쥐락펴락할 수 있는 천의무봉인 권세를 놓칠세라 재집권 또는 권력 연장을 위한 수단으로 '국민의 눈과 귀'인 언론을 장악해 언론을 통제하고 오만방자한 갖은 수단과 방법의 술수가 총동원되는 건 십분 이해할 만한 느낌도 든다.

겨울날의 자연놀이

50여 년 전, 한겨울이었다. 아침 일찍 일어난 나는 기지개를 켜고, 문창살을 대나무로 엇대어 만든 창살에 창호지가 발라진 여닫이문을 바깥쪽으로 밀고 밖에 나갔다.

마당에는 소리도 없이 밤새 내린 도둑눈이 나의 무릎까지 찰 정도로 많이 내렸다. 하지만 눈이 언제 내렸냐는 듯 눈이 그쳤을뿐더러 눈구름도 온데간데없이 구름 한 점 없는 맑은 날씨였다.

200미터가 채 안 되는 눈 쌓인 앞산 봉우리에는 해가 솟아오를 준비를 하는 듯 햇살 품은 기운이 번지고 있었다. 너무나 많이 내린 눈이라서 빗자루로는 눈을 쓸 수가 없었다. 때문에 삽을 가지고 토방 밑에서 마당을 지나 우물이 있는 데까지 50여 미터를 양쪽으로 파헤쳐 놨더니 마치 고속도로를 뚫어 놓은 것 같았다. 미국이 최근 남극에 뚫어 놓았다는 고속도로와 오십보백보일 거라는 생각도 든다.

겨울방학 기간이기 때문에 밤새 내린 눈은 나의 놀잇거리로 제격이었다. 비탈진 데서 눈썰매를 탈 수도 있었고, 눈 사진을 찍을 수도 있었다. 눈싸움도 할 수 있었고 눈사람을 만들 수도 있었다. 이러한 놀이터는 반추해 보면 마치 지금의 아파트 한편에 자리한 놀이터 같기도 하다. 아니 그보다 수십, 수백 배 넓고 마음껏 뛰놀 수 있는 자연이 선물한 천혜 최상의 놀이터였다는 생각이 든다.

그날 나는 눈 위에 큰대(大)자로 엎드려 눈 사진을 찍었다. 하지만 한낮에도 수은주가 영하에 머물러 있었기 때문에 눈 사진은 좋은 작품이 될 리 만무했다. 눈, 코, 입은 고사하고 얼굴 윤곽마저도 또렷하지 않았다. 영하의 날씨에는 눈이 녹지 않기 때문에 눈이 흐트러져 형태가 제대로 드러나지 않는 까닭이었다. 눈 사진뿐만 아니라 눈싸움도 마찬가지다. 영상의 날씨에 눈이 조금씩 녹고 있을 때 가능하지 영하의 날씨에는 잘 뭉쳐지질 않는다. 혹여 어렵게 눈을 뭉쳐 던졌다 해도 멀리 날아가질 않고 곧 산산이 흩어지고 만다.

그래서 나는 더 정확히 표현하면 판화라고 해야 옳을 것 같은 눈 사진을 자화상처럼 찍었지만 마음에 들지 않았다. 눈싸움도 했지만 뭉친 눈을 분해하는 놀이가 되고 말았다. 눈사람도 만들었지만 역시 잘 뭉쳐지지 않아 볼품이 없는 졸작이었다.

그날 오후 2시, 금성 라디오(지금의 LG)를 통해 뉴스에서 일기예보를 들었다. 오늘은 하루 종일 영하의 날씨지만 내일 날씨는 약간 누그러져 수은주가 영상으로 올라갈 것으로 예상한다는 내용이었다.

일기예보를 들은 나는 하룻밤을 자고 나서 눈 사진도 다시 찍고, 또래들과 눈싸움도 신나게 하고, 눈사람을 나보다도 훨씬 더 크게 만들어 머리에는 따뜻한 털모자를 씌우고, 눈, 코, 귀는 검정숯으로 만들고, 배꼽도 숯을 가지고 오이 배꼽이 되도록 만들고 수염은 말려 놓은 옥수수수염을 가지고, 입은 말려 놓은 홍고추를 가지고 컬러풀하게 만들어야겠다고 계획했다. 내가 초등학교 시절, 눈이 왔던 날을 회상하며 적었다.

노발대발

사람은 살아가면서 누구와 비교를 하기도 하고 비교를 당하기도 한다. 나도 너희를 키우면서 누구와 비교를 할 때가 있었고 네 어머니도 그랬었다. 한번은 네 어머니가 "네 친구 누구는 중간고사 시험에서 평균점수 97점을 받았다."는 말을 들었다고 말했다. 그때 너는 아무런 말이 없었고, 네 어머니가 말을 이어 "그 아이는 공부를 열심히 한다는 말을 들었다. TV도 안 볼뿐더러 컴퓨터도 안 한다고 하더라."라고 할 때 너는 기다렸다는 듯이 네 방으로 들어간 너는 꽝 소리가 나도록 문을 닫았다. 네 사촌과 비교를 할 때도 기분 좋게 받아 주지는 않았다.

누구와 비교할 때 민감하게 반응한 너를 보며 교육학, 청소년상담의 전문가 말이 생각이 났다. 그들은 한결같이 누구와 비교를 해서는 절대 안 된다고 하기 때문이다.

어느 날 나는 네 삼촌과 사소한 문제가 발단이 되어 옥신각신 논쟁이 있었다. 상이한 견해차로 사건은 확대되었다. 그때 나는 네 삼촌에게 주변에 행동이며 말하는 것이며 형편 없는 사람이 있었는데 그 사람을 지징하며 "마치 그 사람하고 똑같다."고 말했다. 그래서 문제점이 다분한 나의 말은 도화선이 됐고 네 삼촌은 안절부절못하고 노발대발했었다.

그로부터 네 삼촌과의 관계가 어그러져 골이 패이기 시작했다.

이렇게 태동한 골은 여간한 골이 아니었다. 찬바람이 쌩쌩 대는 엄청난 골이 되고 말았다. 부끄러운 일이지만 '베를린 장벽', 담을 쌓고 지내고 있으니 그렇다.

러시아에는 여자 테니스 선수 마리야 샤라포바와 마리야 키릴렌코가 있다. 이들 두 선수는 한때 복식 파트너로 한 조가 되어 선수 생활을 했었다.

그런데 마리야 샤라포바와 마리야 키릴렌코는 닮은 점이 많다고 일제히 언론은 전한다. 예를 들면 러시아 사람이라는 것이 그렇고, 19세의 나이가 같다는 것이 그렇고, 미녀에 금발의 머리가 같다는 것이 그렇고 170cm가 넘는 키가 그렇고, '유리다'라는 아버지의 이름이 같다는 것이 그렇고, 팬들에게 많은 인기를 누리고 있는 것도 그렇다고 한다.

한두 개를 닮은 것도 아니고 자그마치 예닐곱 가지를 닮았으니 닮은꼴치고는 괴이하고 흥미롭기도 하다.

하지만 마리야 샤라포바는 경기 중에 괴성(고양이 소리)을 질러 관중은 괴성에 매료된다고 하는데 마리야 키릴렌코는 그렇지 않은 모양이다.

마리야 키릴렌코 선수가 2006년에 한국에 왔었다. 9월 25일 서울 올림픽 코트에서 개막된 여자 프로 테니스(WTA)투어 '한솔코리아오픈'에 출전하기 위해서였다.

한국에 온 마리야 키릴렌코 선수는 기자회견 중에 국제무대서 자기보다 더 나은 성적을 거두는 마리야 샤라포바와 관련하여 잦은 질문을 받자, 그는 비교를 받는 게 내심 비위에 거슬렸던지 "나는 나일 뿐"이라고 말했다고 한다. 마리야 키릴렌코가 기자들에게서 비교를 받는 건 어찌 보면 유명인으로서 통상적이지 않나 싶다. 그런데도 마리야 키릴렌코는 별것 아닌 것 같은 걸 못마땅해 "나는 나일 뿐"이라고 한 반응은 내게 와닿는 느낌은 심금을 울려 네 삼촌이 떠올랐고 나 자신을 자책하게 했다.

네 삼촌을 형편없는 사람과 비교를 해댔으니 말이다. 상황판단으로 봐도 내가 먼저 네 삼촌에게 사과했어야 옳았다고 판단이 드는데도 어느 날 네 삼촌 내외분이 집에 와서 네 삼촌에게서 "미안하게 됐다"는 말을 들었으니 부끄럽기 짝이 없다.

속담에 "형만 한 아우 없다."는 말이 있는데 속담을 무색하게 만든 셈이고 "아우만 한 형 없다."는 식이 되고 말았다. 네 삼촌에게 무한대로 고맙게 생각한다.

오기와 고집

'오기'라는 말을 국어사전에서 찾아봤더니 "남에게 지기 싫어하는 마음", "잘난 체하며 오만스러운 기운"이라고 되어 있다.

'오기'라는 말은 부정적 요소도 있지만 성공할 수 있는 요체가 되는 요소인 듯하다. 프로권투의 인기가 최고조에 달했던 70년대에 있었던 권투 경기가 생각이 난다.

아들 넷 딸 셋, 7남매 중에 둘째 아들로 태어난 홍수환 권투선수는 고등학교 2학년 때 우리나라에서는 최초로 챔피언이 되어 서울 시청 앞에서 카퍼레이드하는 김기수 선수를 보고 프로 권투선수가 되기로 결심했다고 한다.

1977년 11월 27일 WBA 주니어 페더급 세계 타이틀전이 파나마에서 열렸다. 당시 홍수환은 '지옥에서 온 악마'라는 별명이 붙은 엑토르 카라스키야에게 파나마우 경기장에서 4번이나 다운을 당하고도 일없었다는 듯 일어나 상대를 거세게 몰아붙여 KO승을 거뒀다.

당시 경기를 TV로 보고 있던 국민은 홍수환 선수가 패색의 빛이 역력하다가 역전이 돼 그것도 통쾌한 KO승을 거두자 나라 안이 온통 환호 속에 진동을 일으키는 듯했다. 당시 경기를 중계했던 캐스터는 "고국에 계신 시청자 여러분 기뻐해 주십시오."라고 하는 환호성이 터져 나오기도 했다. 승리한 권투선수 홍수환은 "건방져서 꼭 이기려고 했습니다. 챔피언 다시 한번 먹었구요. 대한민국 만

세입니다."라고 말했었다.

4전 5기의 신화를 이룬 홍수환 선수에게는 '4전 5기'라는 명예로운 닉네임이 붙어있고 '4전 5기'는 기네스북에도 등재되어 있다고 한다.

그는 그때를 "맞고 쓰러져도 준비한 게 아까워서 다시 일어났다. 노력한 사람은 절대 포기 못 한다."고 회고했다고 한다.

한편 그는 1974년 첫 챔피언이 됐을 때 그의 어머니와 통화에서 "엄마 나 챔피언 먹었어."라고 했던 말과 "그래 대한민국 만세다."라고 대답한 그의 어머니의 말은 유명세를 타기도 했다.

말이 어그러졌는데 1977년 4전 5기를 이룬 경기 때로 말을 이으면 그 경기를 시청한 나는 적절한 표현 같지는 않지만 이렇게 말했었다. "홍수환 선수가 실력도 있었지만 투지와 오기 때문에 이길 수 있었다."

운전면허 시험에 무려 137전 138기를 이룬 사람이 있어 화제가 된 적이 있다. 언론에 따르면 제주도에 사는 사람이 장장 7년 동안 138번만에 학과시험에 합격했다고 한다.

그가 처음 운전면허 2종 학과시험에 응시한 때는 1990년 5월, 첫 번째 도전에 실패한 그는 끝까지 포기하지 않고 거푸 도전해 기쁨을 성취한 날은 2006년 6월 7일, 그래서 그동안 학과시험을 치르는데 수입인지 값만도 무려 55만 2,000원이나 됐다고 한다. 도전 정신과 오기의 극치를 보는 듯하다.

네가 가지고 있는 오기와 고집을 점진적으로 업그레이드해야 할 필요가 있다고 생각한다. 네게 오기와 고집을 업그레이드하는 데는 걸림돌을 제거해야 한다. 네게 걸림돌이라고 하면 승부욕의 결여다. 너의 어머니를 통해서 간접적으로 들은 말이지만 네가 초등학교 때, 중학교 때, 학원 선생님 모두가 한결같이 네게 "욕심이 부족하다."고 한다는 말을 들었다.

언젠가 프로 바둑기사 윤준상에 대해 말한 적이 있는데, 윤준상은 한국에서 가장 권위가 있다고 할 수 있는 국수전 타이틀을 2007년 19세 나이에 거머쥐었다. 그래서 국수라는 칭호를 얻게 됐다. 그는 승부욕 때문에 국수가 됐다고 해도 과언이 아닌 것 같다.

2007년 4월부터 동아일보는 '재능이 지능이다.'는 제목을 달고 재능 때문에 이름을 떨친 사람을 거푸 연재했다. 반열에 오른 윤준상 국수도 연재됐다.

동아일보를 보면, 윤준상 국수는 초등학교 1학년 때 일이다. 그가 바둑학원에 다니기 시작한 지 3일째 되던 날 학원에 안 다니겠다고 떼썼다고 한다. 당시 윤준상은 자기보다 훨씬 실력이 강한 상대를 만나 바둑을 진 게, 승부욕이 강한 윤준상을 학원에 안 가겠다고 만든 이유였다고 한다.

당시 그의 어머니는 "더 배우면 이길 수 있다."는 말로 끈질기게 설득한 나머지 겨우 계속 다니도록 할 수 있었다고 한다. 그가 얼마만큼 승부욕이 강한가를 가늠케 하는 그의 어머니의 말에서 여실히 도드라지다. "어렸을 때 매일 300원 달라고 졸라 팽이를 사더라구요, 자기보다 몇 살 위인 애들한테 지니까, 이길 때까지 사서

도전한 거예요. 하루는 잘 때 방에 들어갔더니 팽이에 줄을 감는 잠꼬대까지 하더라고요."

네게는 지금 절실히 요구되는 건 일찍이 여러 선생님이 관찰하여 지적한 승부욕이다. 네게 내재된 미진한 승부욕이 고양되도록 인내와 노력이 수반돼야 한다.

권투선수 홍수환, 138번만에 운전면허 학과시험에 합격한 사람, 프로기사 윤준상 등처럼 네게도 오기에 집념 어린 승부욕만 부여하면 더할 나위 없이 금상첨화일 듯하다.

흥부전에 주연급으로 등장하는 5장 7부의 심술보가 달린 무지막지한 놀부가 있다. 놀부는 마지막 남은 한 통의 박까지 마저 타다 패가망신한 걸로 봤을 때 무릇 대단한 오기를 지닌 유일무이한 사람이라는 생각이 든다. 그의 오기는 비전 없는 헛욕심이 주류를 이루다 보니 유용성 있게 발전하지 못하고 바닥을 길 수밖에 없다고 생각한다.

"오기로 망한다."라는 말이 있는데 놀부의 오기는 '못 먹어도 고'의 도를 넘어오기의 극치인 듯하다. 덧붙여 말하면 고집이 우연만하게 내재된 네게 오기가 춤출 땐, 어떻게 해 볼 재간이 마땅치 않은 나로서는 난감하기가 정점이다. 그래서 성공의 요소로 절대 필수적일 수 있는 오기, 완급을 조절하는 능력을 한껏 고양시킬 필요가 있다고 생각한다.

꿈과 비상

최근 나는 『갈매기의 꿈』(저자 리처드 바크)이라는 동화책을 또 읽었다.

거의 매 장을 넘길 때마다 갈매기가 날고 있는 그림이 있다. 주인공 갈매기의 이름이 조나단 리빙스턴이었다.

동화책에는 으레 그림이 곁따르는 건 불문율이라고 할 수 있지만 『갈매기의 꿈』에 나오는 그림은 여느 동화 그림과는 사뭇 달랐다. 일부의 주위 배경을 제외하곤 오직 갈매기뿐이라고 해야 할 것 같다.

조나단은 바다 수면 위를 날 때도 있었고, 높이 오른 조나단은 독수리가 곤두박질치듯 하며 먹이를 낚아채듯 직선으로 하강하기도 했었다.

꿈을 가진 갈매기가 늘어나 몇 마리의 갈매기가 날기도 했다.

『갈매기의 꿈』을 읽는 동안 글보다는 그림에 흥미가 있었다. 까닭은 매 장을 넘길 때마다 등장하는 갈매기의 모습이 다르긴 하지만 심하다 할 정도로 갈매기들만 반복돼서였다.

『갈매기의 꿈』에 등장하는 조나단은 내가 어릴 적 시골에서 자랄 때 독수리, 솔개, 매 등이 하늘을 선회하는 것과 오십백인 까닭이기도 하고 또한 수십 리 떨어진 미군기지에서 발진한 것으로 추정하고 전투기가 비행 훈련을 했던 것으로 추측하는데 굉음을 내

뿜고 나는 전투기와도 너무나도 흡사해 흥밋거리는 배가됐다.

부연하면 독수리 한 마리가 나타나 어림잡아 많게는 수십 분 동안 하늘을 날면서 선회를 했었다. 그러다가 쏜살같이 대각선으로 하강하는 독수리가 두 아름은 족히 되고도 남는 소나무 꼭대기에 사뿐히 내려앉기도 했었다.

소나무 꼭대기에 앉은 독수리는 목을 세우고, 머리를 180도 돌리며 뭔가를 또렷또렷 살피는 것 같았다. 한참을 그러다 다시 비상한 독수리는 아스라하게 높이 날 때도 있었다. 얼마나 높이 날았는지 펼친 날개 양쪽의 길이가 2미터는 족히 됐을 텐데 하나의 까만 점으로 보일 때도 있었다. 그랬다가도 어느새 고도를 낮춰 원을 그리듯 날다가도 묘기를 부리는 건지 하강하다가 다시 치솟기도 했다.

때로는 두 마리가 짝을 지어 날아다닐 때도 있었다. 하늘을 날던 독수리가 갑자기 헬기처럼 정지 상태에 있을 때도 있었다. 그러다가 곧 곤두박질치듯 지상 가까이 내려온 독수리는 지상에 있던 뭔가를 두발로 움켜쥐고 사뿐히 비상할 때도 있었다. 분명 강육약식 먹이사슬이 진행되는 광경이었을 것이다.

『갈매기의 꿈』의 조나단 모습이 어떻게 보면 공군 전투기와 비유가 되는데 내가 어릴 적 고향에는 종종 전투기가 출현한 때가 있었다.

예고도 없이 느닷없이 뒷산을 넘은 한 대의 전투기가 동네를 지나 100여 미터의 앞산 능선을 낮게 날아갈 때는 산등성을 스치고 날아가는 것 같아 조마조마하기도 했었다.

전투기가 산등성을 넘어 보이지 않을 참에 비로소 고막이 찢어지는 것 같아 두 손으로 귀를 막기 일쑤였다.

굉장한 굉음이 채 사라지기도 전에 곧 뒤따라가는 전투기도 있었다. 그럴 때면 한국전쟁이 발생한 때가 얼마 안 됐는데 또다시 전쟁이 발발하여 폭격이라도 하는가 싶었다. 그래서 내향적이고 의기소침한 내겐 두려웠고 혼란스러운 공포의 대상이 되기도 했다. 한참 동안 조용하다 싶으면 또다시 나란히 나타난 전투기 두 대가 공중으로 치솟으면서 양쪽으로 포물선을 그리며 갈라설 때도 있었다. 동체를 틀어 360도 회전하는 전투기도 있었고 한쪽 날개를 아래로 하고 유턴하는 전투기도 있었다. 좌우 날개를 흔들어대는 전투기도 있었고 때로는 몇 대의 전투기가 무리를 지어 편대를 이루고 날아갈 때도 있었다.

앞의 독수리, 전투기, 조나단 모두는 꿈이 있다. 독수리는 꿈을 가지고 하늘을 날았을 것이고 전투기를 비행했던 조종사는 유능한 조종사가 되기 위해 꿈을 안고 있었을 것이고 한편 리처드 마크 같은 사람이 되겠다고 하는 꿈이 있었을 것이다. 조나단은 고깃배나 기웃거리는 여느 갈매기와는 달리 꿈과 희망을 가지고 하늘을 날았기 때문에 많은 걸 체득할 수 있었다.

공군에 입대해 조종사가 됐던 리처드 바크는 화가가 스케치하듯 전투기를 비행하면서 자신이 경험했던 일들을 또는 비행을 하면서 경험해 보고 싶었던 것들을 한 마리의 갈매기로 설정해 놓고 작품으로 승화되게 한 것 같다.

나는 일 년에 몇 차례 고향에 간다. 예전에는 느끼지 못한 점을

『갈매기의 꿈』을 읽고 안타까운 것을 발견할 수 있었다.

무릇 수질오염, 토양오염, 농약 살포 등 환경적 변화로 인한 먹이 사슬의 파괴에서 기인한 듯한데 독수리, 솔개, 매 등이 하늘을 나는 모습을 근래에 본 적이 없다. 못내 아쉬운 게 이만저만이 아니다.

꿈은 이루어진다

미국에는 해군 제독, 사령관 니미츠가 있다. 그의 이름을 따 진수한 니미츠함대가 부산항에 입항한 적도 있다.

텍사스주 프리델리스버그에서 태어난 그가 1905년 해군 사관학교를 졸업하고 임관한 지 얼마 안 될 무렵이었다고 하는 별 네 개 계급장에 관한 일화는 꿈을 갖게 하는 데 두 번째라고 하면 서러울 듯하다.

어느 날 미국의 유명한 해군 사령관이 니미츠가 근무하는 함대를 방문했다. 그날따라 세탁한 군복을 갈아입고 나온 그는 계급장이 없다는 사실을 뒤늦게 알았다. 마침 그날은 그에게 중요한 행사가 예약되어 있었다고 한다. 군복을 입어야 하는 행사였고, 장군이 계급장 없는 군복을 입는다는 건 강등해 계급장을 떼야 하는 상황도 아닌 이상 도무지 상상할 수 없는 일이었다.

그래서 해군 사령관은 안내방송을 하고 전문을 치도록 지시했다고 한다. “혹시 대장 계급장을 갖고 있는 사람은 곧바로 신고 바란다.”

하지만 기대할 상황은 아니었다. 까닭은 많은 함대들이 있었지만 그 안에 별 네 개를 단 군인은 단 한 명도 없었기 때문이었다고 한다. 그러나 상황이 상황인지라 다급한 나머지 혹시나 하고 전 함대에 알린 결과는 뜻밖에 반짝이는 대장 계급장이 하나 있었다. 갖고 있던 사람은 니미츠 소위였다.

이제 갓 임관한 소위가 눈부실 정도의 반짝이는 대장 계급장을 갖고 있다는 게 신기하고 의아해한 해군 사령관은 니미츠 소위에게 "어떻게 소위가 대장 계급장을 갖고 있었나?"고 물었다고 한다. 이에 니미츠 소위는 "제가 소위로 임관할 때 여자 친구에게서 선물로 받은 것입니다."라고 대답했다고 한다.

장차 대장이 되라는 뜻깊은 선물이었다는 뜻을 안 사령관이 "정말 대단한 여자 친구를 두었군. 열심히 노력해서 기필코 대장이 되길 바라네."라고 말했다고 한다.

훗날 그 여자 친구와 결혼한 니미츠는 대장 계급장을 갖고 다니면서 혹여 먼지라도 묻을 새라 닦고 들여다보며 대장이 되겠다는 꿈을 한시도 잊은 적이 없었다고 한다.

니미츠가 갖고 다녔다는 대장 계급장은 지향점이고 가훈이고 만년불패 문서라고 생각한다.

우리 집에는 가훈이 없다. 우리가 대제학공파이니 조상 한 분이 대제학을 지냈다는 얘기고 그래서 모르면 모르되 가훈이 없다는 건 만부당할 듯하다. 그러나 당시 가훈이 뭐였는 가는 막연하기만 하다.

대제학이라고 하면 지금의 교육부 장관과 비등하다고 하면 후할지 몰라도 한국에서 가장 우뚝한 서울대 대학 총장과는 버금한다고 하니 교육인의 선조의 가훈이 더더욱 궁금하다.

한때 내가 가훈이라고 만들어 게시한 적이 있으나 맘에 들지도 않았고 흐지부지된 적이 있다.

언젠가 중국이 폐기 처분한 화평굴기를 가훈으로 했으면 한다고 한 적이 있는데 네가 목표로 하고 있는 대학교 포스텍의 슬로건 "자원은 유한, 창의력은 무한"을 가훈으로 했으면 하는 생각을 가져봤다.

한 조사에 의하면 상류층의 대부분의 가훈이 문서화돼 있다고 한다. 대대로 물려받은 문서나 전해 내려오는 멘토일 텐데 지금도 네 컴퓨터 모니터 상단에 붙어 있는 "컴퓨터를 할수록 포항공대는 점점 멀어진다."는 표어는 상류층의 가훈과 진배없고 눈앞에 다가올 현실을 직관한 혜안이라고 생각한다.

"컴퓨터를 할수록 포항공대는 점점 멀어진다."는 멘토는 지워지지 않은 유성매직으로 필기한 네 자필이다. 바로 그런 필기 능력이 동력이 돼 컴퓨터를 하면 할수록 포항공대는 점점 멀어진다는 말에 힘이 붙게 하는 단초가 될 수 있다.

사람들은 연초가 되면 많은 사람들이 계획을 세운다고 한다. 기록으로 문서화해 계획을 사람도 있다고 하고 말로만 계획을 세우는 사람도 있다고 한다.

몇 해 전 미국의 일간지 유에스투데이가 미국인들을 대상으로 새해에 계획했던 성취도에 대해 조사결과를 보도했다는 내용을 국내 언론이 일제히 보도한 적이 있다.

새해가 돼서 계획한 내용을 문서화한 사람은 46%가 목표를 달성했고 문서화하지 않은 4%는 계획한 목표를 달성하지 못했다는 내용이다.

미국의 또 다른 조사에 의하면 최상류층은 목표로 하고 있는 것들을 자세하게 문서화되어 있다는 발표도 있었다.

나는 며칠 전 네 허락 없이 무단으로 가방 속을 뒤져봤다. 필기한 노트를 보는데 목적이 있었다. 까닭은 중학교 때 필기라고 한 노트가 연습장인지, 필기한 노트인지, 싸인인지, 일필휘지인지 분간할 수 없는 괴발개발 한 필기 때문이었다.

노트를 펴본 나는 불현듯 파안대소했다. 일취월장한 필기력 때문이었다. 다만 필기해야 할 분량이 그것만은 아닐 것이라는 생각에 마뜩하진 않았다.

사관학교를 졸업한다는 건 한결같이 장군이 된다는 꿈일 테지만 모르면 모르되 미국의 해군 사령관이 된 니미츠는 소위로 임관하고 대장 계급장을 선물받고 나서 천군을 얻은 듯하다.

네가 상장을 받고, 성적을 잘 맞을 때 등에 '으이', '얼씨구', '좋다'라고 추임새를 붙이는 게 나다. 아니 네 어머니는 아예 추임새에 이골이 났다. 이만하면 니미츠가 대장 계급장을 선물받아 원군을 얻은 것과 뒤지질 않을 듯하다. 원대한 꿈을 가져라. 대제학을 지낸 조상의 후예인 네게는 분명 유전자가 내재되어 있을 것이다. 내재된 유전자가 발현되도록 노력했으면 한다.

찍기 했다

네가 고등학생이 되어 처음 치른 모의고사 성적표를 받아 보았다.
수리, 과학이 1등급이고 사회탐구는 8등급, 영어는 4등급이고 언어는 5등급이었다.

성적표를 놓고 나와 너의 견해차가 확연하다. 이과를 지망하고자 하는 너는 수리, 과학에 중점을 두면 된다는 논리이고 그래서 수리, 과학을 제외한 영역은 네 공부가 아니라는 식이다!
이런 네 생각에 대해 나는 편식하는 식습관과 비교했다. 고기반찬이 없으면 식사를 안 하다시피 하는 아니 고기반찬만을 위주로 하는 네 식습관은 5대 영양소를 골고루 섭취할 수 없게 돼 건강에 문제가 될 수 있다. 공부도 마찬가지로 편향되지 않은 학습이 '5대 영양소'와 같아 동력의 불쏘시개가 될 수 있다고 말했다.

요컨대 문제는 수리, 과학 외 과목도 1, 2등급을 받을 수가 있는 것도 도외시한 태도에서 빚어진 결과라는 것이 성적표가 고스란히 증명하고 있다!
요즘 시험 문제가 다항선택법에서 서술형으로 확대돼 넓어지는 추세이고 상당 부분을 차지하고 있는 것으로 알고 있다.
다항 선택법, 문제의 답은 하나의 답으로 압축되지만 서술형 문제의 답은 일률적이지는 않다. 어떻게 가장 가깝게 접근하느냐가 관건이다.

이번 네가 받은 외국어 성적이 두각은 아니었는데, 언젠가 나는 네게 “외국어를 잘하는 것도 좋지만 우리나라, 국어부터 잘해야 한다.”고 말한 적이 있는데 논리력을 향상시킬 필요가 있다. 그래야 난해한 문제에 맞딱뜨려 딱히 정답이 떠오르지 않는다고 해도 궤변이라도 논리 정연하게 늘어놔야 한다.

수학, 과학을 제외한 학습은 네가 해야 할 공부가 아니라는 식의 궤변은 고대 중국 조나라의 공손용이 주장한 백마비마론과 맥락을 같이한다고 하면 궤변이라고 할지 모른다는 생각이 들긴 하지만 상당 부분 합치한다고 본다.

공손용은 흰 말을 놓고, 말은 말이고 백말은 흰색인 것이지 말이 아니라고 하는 백마비마론을 주장한 사람이다. 같은 논리인 견백동이가 있다. ‘단단한 흰 돌을 눈으로 봤을 때는 희다는 것은 알 수 있지만 단단하다는 것은 비로소 만져봐야 알 수 있으므로 단단한 돌과 흰 돌은 다르다는 것’이다.

네 학교에는 수영장이 있다. 그래서 “체육시간에 수영을 한다.”고 네가 말했을 때 “행운이다! 수영장이 있다는 것이 수영은 배워둬야 되는 것인데 그것이 행운이 아니냐”고 말하며 “최선을 다해 배워야 한다.”고 말했다.

“더러운 물 먹었다”고 말하는 네게 나는 “정도의 차이는 있을 수 있으나 물을 먹지 않고 수영을 배운 사람은 한 명도 없을 것이다.”라고 말한 적이 있다.

수영이 됐건 사회탐구가 됐건 그때그때 최선을 다했으면 한다. 속담에 "아무리 강한 사슬도 그중 가장 약한 고리에 의해서 강도가 결정된다."는 말이 있듯 최선을 다하는 게 약한 고리를 강하게 만드는 것이다. "땀은 거짓말을 않는 법"이다. 요즘 학계에는 통섭(학문융합)이 l 화두가 돼 일부대에는 교수님이 하는 강의의 폭이 확대되는 모양이다.

예컨대 의대교수가 사회대 교수로 활동하기도 하고 음대나 미대 교수들이 공대로 옮기는 등의 폭넓은 학문 융합에 박차를 가하고 있다고 한다.

외국어 실력이 웬만한 네게 4등급을 미심스러워 "어떻게 된 것이냐?"고 했더니 "점심 먹고 오후 첫 교시에 영어 시험을 치렀는데 어찌나 졸음이 밀물처럼 몰려오던지 한참을 자다가 '찍기' 했다."는 네 말은 정말 코미디도 아니다. 한편 재밌는 것은 네가 찍기했던 대부분이 채점결과 맞았다고 했는데 우이득중 치고는 희한한 우합이라는 생각이 든다.

수익률을 높이는 것은 행복하려는 목적이다

날로 문명이 발전하듯 교육의 변화도 점진하고 있다고 한다. 영국에서는 교육의 생산성을 산출한다고 한다.

학생들에게 투입되는 금액의 예상치를 학생들의 성적에 대비시켜 산출해 내는 것이라고 한다. 생산성이란 경제 용어로 원재료 등의 투입량과 생산해 내는 생산량의 비율을 말하는 것인데 수익성의 기초가 되는 것이다.

'밑지고 판다는 말은 거짓말이다.'는 말도 있듯 자영업도 기업도 이윤을 추구하는 데 목적이 있다. 영국의 정부가 교육의 생산성을 산출하는 것도 이윤을 따지는 것이다.

영국 정부가 교육에까지 생산성을 들이대는 것은 야박하다 싶을 정도로 지나친 산술적이라는 생각은 들긴 하지만 교육을 받는 것도 궁극적으로는 행복해지려 하는 데 목적이 있다. 수익률을 보다 더 높이는 데 목적이 있다는 것이다.

우리나라는 고교 졸업생 중 80%가 대학을 진학한다고 한다. 대학을 반드시 졸업해야 필연적으로 수익률이 높아지는 것만은 아니겠지만 80%가 대학을 간다는 건 수익률을 높이기 위한 희망이고 목적이다.

수익성에 따른 경쟁의 장이 넓어졌다는 증거이기도 하다. 대학 졸업자 중 구직률이 낮아지는 것도 증거이기는 마찬가지이다.

대졸 백수 257만 명이라 하고 '고용 빙하기'라고 한다.

'상대성이론'으로 명성을 남긴 알베르트 아인슈타인은 "우주에서 가장 강한 힘"은 '복리의 법칙'이라고 말했다고 한다.

'복리의 법칙'이 아무리 강한 법칙이라고 해도 나야 은행에 복리로 늘리기 위한 예금하기도 녹록지 않지만, 예금할 여유가 있어 예금한다손 쳐도 고작 이윤이 연 5%가 채 될까 말까 하다. 그래서 나는 여유가 되든 안 되든 닥치는 대로 네 두뇌에 예금한다(희망). 그러는 건 너도 잘 안다.

복리를 훨씬 뛰어넘어 복리의 더더블은 될 듯해서인데 네가 점진적으로 일관된 노력을 한다면야 더더블의 수백 배의 이윤을 추구할 듯하다.

10년을 늦게 태어났다면

경제학에는 '시점 간 선택'이라는 용어가 있다고 한다. '기다리는 시간에서 행동으로 선택하는 시점 간의 문제'를 말한다고 한다는데 부부싸움이 잦은 부부가 불만족에서 기인해 기다렸다가 결혼했다면 이상형을 만날 수 있었을까. 부동산이나 주식을 매도한 뒤 부동산 가격이 오르고 주식이 상한가를 친다면 조금만 더 늦췄으면 좋았을 걸 하고 후회할 수 있다.

목표하는 지향점이 없이 무기력하게 유소년기를 강물처럼 흘려보낸 나는 20~30대가 돼서야 비로소 10여 년만 늦게 태어났으면 하고 생각한 적이 있었는데 '시점 간 선택'에 대비해 본다.

내가 태어났을 때는 한국전쟁이 한창 진행 중이었고 종전이 된 뒤에는 궁핍한 시대에 유소년기를 보냈다. 태어난 시점을 시대적으로 따진다면 10여 년만이라도 늦게 태어난 게 물질적 또는 문명적 혜택을 더 받지 않았을까 하는 생각은 합당할 듯하다.

2008년 7월 30일, 서울시 교육감 선거가 최초로 치러졌다.

1번 공정택 후보와 6번 주경복 후보가 경합을 벌여 40.09%를 득표한 공정택 후보가 1.78% 차이로 가까스로 당선됐다.

그런데 나 개인적으로는 사교육이 버거워 평준화를 내세운 주경복 후보를 지지하긴 했지만 네 기질이나 잠재된 능력을 감안하면 네게는 공정택 후보가 당선된 게 차치 물론 잘된 일이라고 생각해 봤다.

평준화를 내새웠기 때문에 6번 주경복 후보를 지지한다고 한 것과는 다소 부정합되는데 네 특징상 수월반의 필요성을 인정한 나였기에 공정택 후보가 당선됨으로서 수월성 교육이 탄력을 받을 수가 있고, 학습능력이 웬만한 너는 수혜자가 될 수 있다는 까닭에서다.

'시대를 잘 타고 나야 한다.'는 말이 있는데 네 성향이나 능력과 잠재력이 지금의 교육정책과는 매우 일맥상통한다고 생각한다.

바람을 등지고 달리는 격이고, 순풍에 돛단배라고 할 수 있어 노력만 가중하면 시너지 효과가 극대화될 듯하다.

용기가 있고 희망과 꿈이 있는 너는 지향점이 불투명하고 의기소침하게 유소년기를 무망하게 걸어왔던 나와는 정반대라고 할 수 있을 듯하다.

미국의 특허청장이었던 찰스 듀얼이 1899년 대통령에게 "발명되어질 수 있는 모든 것은 다 발병됐다."라는 말을 한 뒤 특허청 폐지를 건의하고 물러났다고 한 지 한 세기하고 9년이 지난 21세기인 지금, 네가 매일 사용하는 마우스가 5년 내 사라질 것이라고 예측하는 사람도 있고, 문명이 정점에 달한 듯하다.

혹여 네가 "성인이 됐을 때 10여 년을 늦게 태어났다면 좋았을 텐데"라고 내가 그랬던 것처럼 부질없는 문명을 탓할지 모른다는 생각이 든다.

때문에 과거를 후회 없게 해 과거에 대한 '시점 간 선택' 개념을 무용하게 했으면 한다.

욕망과 욕심

형 놀부와 동생 흥부가 등장하는 흥부전이 있다. 놀부는 심성이 고약하지마 흥부는 심성이 곱다. 놀부 식구가 단출하지만 흥부는 수십 명이나 된다. 놀부는 욕심이 천하제일이지만 흥부는 그와 반대다. 이상은 놀부와 흥부의 대칭면의 몇 가지이다.

어쩌다 흥부전을 접할 때면 흥부의 올곧고 착한 심성이 갸륵하고 규범이 되곤 하지만 놀부의 심술궂은 심성에 해학을 자아내고 관심이 많다.

한때, 즉 한국전쟁을 겪은 후 50년대, 60, 70년대 폭발적인 인구증가에 국가시책이 가족 계획이었을 때는 먹여 살릴 대책 없이 수십 명의 자식을 둔 흥부를 무책임한 사람이라고 회자되기도 했다.

하지만 최근 출산율이 겨우 1명을 웃돌아 국가 안위가 걸린 문제로 대두돼 출산장려책을 쓰는 지금은 다소 무뎌졌지만 말이다.

한쪽이 기울면 반대쪽으로 쏠리는 게 기정사실이듯 무책임하다는 촌평을 듣는 흥부는 저평가되고, 물욕의 욕망을 송두리째 빼면 허수아비가 될 법한 놀부가 긍정적 평가를 받고 있다는 말이다.

욕망이 난망이라는 말이 있듯 뭇 사람들이 끝없는 욕망 속에서 살아간다.

그래서인지 속담에 "바다는 메울 수 있어도 사람의 욕심은 못 메운다."는 말도 있다. 속담이 말해주듯 한도 끝도 없는 욕망 때문에 필경 나락에 앉아 헉헉대는 사람들이 있지만 욕망은 성공할 수 있는 원동력이라고 많은 사람들이 말을 한다.

때문에 승부욕이 결여된 네게 욕망이 절대적으로 시급하게 충족돼야 한다고 갈망한다. 자생적으로 '파로틴'이라도 작동해 촉매제가 됐으면 한다.

종종 잔소리처럼 하는 말인데 네 뭇 선생님들이 한결같이 이구동성으로 네가 "욕심이 없다."고 자양분이 될 말을 하신다고 한다.

골프선수 박세리, 축구선수 박지성, 바둑의 귀재 이창호, 한국 최초 우주인이 된 이소연, 성공한 과학자 등 정상에 오른 사람들이 만약 욕망과 승부욕이 결여됐다면야 그러했겠는가는 의문이다.

긍정과 부정적 성질이 동전의 양면적이듯 공통분모인 욕망, 놀부의 욕망을 퍼뜩, 무욕에다 승부욕마저 결여된 네게 욕망을 주입해 중화되게 해야 할 필요성을 느낀다. 그렇지 않고선 네 목표와 목적이 난망해지고 도생력이 문제가 돼서다.

정점인 문명의 발전만큼이나 따라 하는 듯 고공행진을 하는 원유가에 반항이라도 하는 양 도생하듯 변화하는 발전양상이 우후죽순처럼 봇물 터져 한없이 흐를 듯하다. 예컨대 건물에 딸린 풍력시설이나 태양열 시설을 이용해 건물 자체적으로 전력을 자급자족한다는 것이다.

카우치포테이토족(소파에 드러누워 TV 시청을 즐기는 사람을 일컫는 신조어)인 네겐 심드렁할지 모르지만 TV를 보기 위해서 컴퓨터를 하기 위해서는 '운동 후 시청' 방식이 현실화될 것이라고 미국의 CNN이 전망된다고 방송했다고 한다.

페달 등을 회전시켜 '인력발전' 해 충전지에 저장한 뒤 TV도 보고 컴퓨터 등을 한다는 것이다.

카우치포테이토족인 네가 혜안을 발견하고 자각해 인력발전 한 전력으로 TV도 보고 컴퓨터도 했으면 한다.

인력발전기를 개발해 '전국학생과학발명품경진대회'에 출전한다는 욕망이 충족되면 더욱 좋고 아니면 차선책으로 수입해서라도 최근 웰빙이라는 말이 폭주하는데 운동이 최고 '보약'이라고도 한다.

인력발전 하면 운동은 공짜인 셈이고 덤으로 욕망을 전력과 함께 생산했으면 한다. 원대한 꿈이 실현되게 말이다.

파킨슨 법칙

노스코트 파킨슨 작가는 수입이 늘면 지출도 늘어나는 것을 발견했다고 한다. "소비는 수입을 따라간다."는 것이다.

이러한 법칙을 파킨슨 이름을 딴 '파킨슨 법칙'이라고 한다. 돈을 벌면 벌수록 지출이 늘게 돼 과용이 문제가 될수 있다는 경고의 메시지이기도 할 텐데 나를 봐라. 수입이 많지 않은 나는 쥐고 짜고 생활하는 게 이제 습관이 돼 버렸다. 그래서 뭐니 뭐니 해도 수입이 많아야 되고 비례해 지출도 많아야 한다는게 절실하고 지론이다.

주 5일제 근무가 일반화된 지금 내게는 '그림의 떡'이고 나는 주 7일을 일을 한다.

달포 전 네 큰아버지가 내게 "그렇게 돈 벌어 어디에 쓸 거냐?"고 한 말이 한사코 여운이 짙게 깔린다.

벌써 20여 년은 족히 될 법한데 네 큰어머니가 우리 집에 왔을 때 세탁한 옷가지 중에 해진 내 팬티를 보고 저토록 어떻게 입을 수 있을까 하는 생각을 했다는 것이다.

그로부터 20여 년이 됐지만 그때나 지금이나 네 어머니나 나나 자린고비 인생은 마찬가지고 한마디로 압축한 표현, "그렇게 돈 벌어 어데다 쓸 거냐?"고 하는 표출인 듯하다.

물자가 풍요해진 세상, 해진 옷을 꿰매 입는 시대는 지난 지가 오래됐다. 네게 수십 년 전에는 많은 서민들이 그랬다면 생소할 것이고 믿기지 않을 것이다.

그런데 시대적 상황이라기보다는 몸에 밴 근검절약 때문일 텐데 이승만 대통령 부인인 프란체스카 도너리(호주) 여사는 검소한 생활의 극치이고 표징일 듯하다.

예컨대 호주에서 시집온 여사는 4·19로 말미암아 대한민국의 '건국의 아버지'라고 하는 이승만 대통령을 따라 한 망명 생활에 종지부를 찍고 귀국해 이화장에 머물면서 손자들의 해진 양말을 끼우게 했다는 일화는 유명하다.

그래서 나 같은 나부지랭이야 자린고비(어리석음)쯤이야 하는 생각에 위안되기에 충분하다.

어려운 경제가 지속되면 부자들 역시 나름대로 어려움이 없진 않을 테지만 빈부의 양극화가 심화된다는 건 불문율로 굳어지고 있다. 이런 불문율은 시중에 떠돈 가십에서도 여실하다는 것을 짐작할 수 있다. 부연하면 우리나라에 처음 도래한 외환 위기가 끝날 무렵 시중에는 "부자인 채로 죽는 것은 정말 부끄러운 일"이라고 말한 카네기의 말을 무색하게 하는 일부의 잘못된 졸부들의 피폐한 메아리일듯한 "외환위기가 이대로 지속돼라."는 가십이 있었다. 가십일지언정 외환위기 못지않게 서민들의 어려운 경제가 지속되는 지금 서민들의 귓전에 와닿는다면 기분 나쁘고 짜증나는 일이다.

97년 외환위기 이후, 서민들의 살림이 궁핍해지고 시장경제가 냉각되자, 당국이 상류층 소비를 독려한 적이 있따. 시장경제 활성화를 위한 궁여지책 중의 극약 처방격이었는데 그야말로 파킨슨 법칙을 유용한 듯하다.

한편 '파레토 법칙'이 떠오른다.

빌프레도 파레토는 20% 사람이 80% 땅을 소유하고 있다는 것을 발견했다고 한다. 파레토 법칙은 많은 곳에서 발견된다고 하는데 우수 고객 20%가 매출의 80%를 차지한다고도 하고 네가 하는 일의 80%의 가치 20%에 의해 이뤄지는 것이라고도 한단다.

사회의 80%를 20%가 지배한다는 법칙일 것이다. 빌프레도 파레토가 발견한 토지 소유 분포에서도 여실하다.

무릇 네가 직면한 학습성적 1%니 5% 이내니 하고 안달하는 것도 궁극적으로 생각하면 파레토 법칙 20%에 목적일 수 있다. 어쨌든 네가 내재된 잠재력을 쇠 다루듯 연마해 수입을 늘리고 수입에 상응하는 건전한 지출을 생활화하는 것이 서민경제와 소통하고 공존하면서 살아갈 때 삶의 질이 충만하고 함포고복일 것이라고 다소 계층적 불합리한 생각을 해 봤다. 하지만 사회가 다층적 지배적 구조가 분명한데 에둘러 말할 필요성도 없는 듯하다.

문뜩 떠올라 덧붙이는데, 약간이라도 흠집이 나 있는 야채나 과일 등에 거들떠보려고 하는 손톱만큼의 기색도 없는 네게 "대형마트 등에서 상품성 잃은 알뜰 상품을 구매하기 때문"이라고 말하면서 "네가 어린이 돼 양질의 최고급 상품으로 함포고복하기를 원한다면 최선을 다해 학습하는 게 길"이라고 말했었다.

뫼비우스의 띠는 밖에서 안을 볼 수 없지만 안에서 밖은 볼 수 있다

절 속 같은 시골 네 할머지 댁에 가 있을 때면 봄, 여름, 가을, 겨울 계절을 불문하고 동이 트기 무섭게 새들이 지저귀기 시작한다.

새벽잠에서 깨게 하는 새들의 소리는 불청객이나 아름다운 리듬의 멜로디임에는 틀림이 없다.

여러 종의 새들의 소리는 새들의 향연 같기도 하다. “일찍 일어나는 새가 벌레 잡는다.”라는 말이 있는데 벌레 잡으려 일찍 일어난 새도 있을 것이고, 아침 일찍 새들의 소리는 수컷이 암컷에게 구애하는 유혹의 소리라고 말하기도 한다.

하지만 새들이 노래하고 짓는 소리는 여기 있다는 선전 포고인 동시에 영역을 수호하는 차원이라고도 한다.

동이 트기가 무섭게 전개되는 새들의 ‘아귀다툼’의 혼성음은 날새기가 겁날 정도로 빠르게 전개되는 글로벌 시대의 한 단면을 보는 듯하다.

급속하게 전개되는 세계 속에서 지구와 사람은 공통점이 많다. 예컨대 1년 365일과 우리의 체온 36.5가 일치하고 바다가 70%이고 체내의 수분이 70%이다. 5대양 6대주이고 우리의 몸은 5장 6보로 되어 있다.

또한 바다의 나트륨 함량 4%가 체내 혈중 나트륨 4%와 같고 생물을 생동하게 하는 물줄기가 지구에 있다면 체내에는 핏줄기가 있다. 그래서 급변하게 글로벌 시대에 지구와 영락없이 빼닮은 사람은 급변하는 정황에서 순응하고 동인되어 동화할 필요가 있다고 생각한다.

세계는 지금 '오일쇼크'가 진행 중이라는 말도 있다. 스태그플레이션 현상이 또렷해지고 서민경제 시름은 절박해지고 있다. 이럴 때일수록 자기 장치가 요긴한데 '어제와 너', '오늘과 너'를 되돌아보고 면밀한 비교가 있었으면 한다. 건곤일척 정신무장으로 말이다. 지속가능하게 전진할 수 있는 발전적 진행형인가를 확인하라는 말이다.

세계의 경제가 질곡의 터널에서 헤맬 때 방어망 구축은 절대적이고 분초의 시간도 허투루 사용해서는 안 되며, 허튼 소비는 악영향을 미친다고 생각한다.

이럴 때일수록 단 1에르그라도 메가톤급 에너지가 되게 부채질할 필요성을 느끼는데 그건 전량, 네 몫이라고 생각한다. 비컨대 '나비효과'라는 게 있다.

어마어마한 태풍도 보잘것없이 작은 나비 날갯짓에서 시작될 수 있다고 한다.

'총성 없는 경제 전쟁'이 전개되는 판국에 '시간이 돈'이고 '시간이 생명'이라는 중요성을 인식하고 에너지의 축적은 뫼비우스의 띠가 되도록 하는 것이고 뫼비우스의 띠는 누구도 감히 넘볼 수 없게 방패가 되는 성이고 해자일 듯하다.

뫼비우스의 띠는 누구도 흉내 낼 수 없는 반투명으로 밖에서는 안을 볼 수 없지만 밖을 환히 내다볼 수 있는 위치이기도 하다.

시대는 뫼비우스의 띠 안에 머무를 주인공을 선발하는데! 네가 캐스팅 돼 주인공으로서 포효하도록 하는 원대한 꿈과 통찰력이 절실하다.

인류
최고의 발명품

속담에 "사돈집과 화장실은 멀어야 한다."는 말이 있다. 화장실 말을 하고자 하는데 속담과는 배치되게 해 지금은 가족이 공유하는 마루 옆에 딸린 게 화장실이다.

하지만 조금만 따져보면 멀리 있는 게 화장실인 듯하다. (변)일본 뒤엔 예외 없이 물과 함께 멀리 떠내려 보내기 때문이다.

게다가 장미꽃, 라일락꽃 등이 만개한 꽃밭 생각이 들기도 하다. 방향제가 대신한다.

멀리 있어야 한다는 화장실과 네가 하는 컴퓨터가 마치 '일란성 쌍둥이'같다는 생각도 든다. 화장실에 대한 건축설계 패턴이 절대 불편일 듯해서고 컴퓨터도 마찬가지로 뗄 수 없는 관계이기 때문이다.

요컨대 불필요한 요소는 속히 치우는 데 있다. 섭생에 따른 인간의 본능인 섭취한 음식도 필요한 영양소를 체내에 흡수토록 한 뒤에는 체내에서 다시 재활용할 수 없는 쓰레기다. 의사 선생님들에 의하면 마려운 대소변을 참는 건 바람직하지 않고 특히 마려운 소변을 오래 참는 건 방광에 문제가 있을 수 있다고도 한다. 제때 대변을 배출 못 하면 변비가 돼 문제가 될 수 있다고 한다.

"잘 먹고 잘 자야 건강하다."라는 말이 있는데 먹는 것 못지않게 배출하는 것도 중요하다는 "잘 먹고 잘 싸야 건강하다."는 말도 있다.

인류가 발명한 발명품 중에 빛(전구)이래 '최고의 발명품' 인터넷은 네게만 요긴한 게 아니고 문명의 발전을 선도하고 있다.

최고의 발명품이지만 활용하는 방법에 따라선 비약적일지는 모르나 최악의 발명품일지도 모른다는 생각이 든다.

인터넷(컴퓨터) 발명 목적이 게임을 위한 것은 아니었다. 재빠른 상술에 어그러졌다고 해야 할 것이다.

네게는 명명백백히 최악의 발명품이라 무게를 둔다.

고등학교 1년인 네가 중간고사, 기말고사 시험 기간인데도 컴퓨터를 켜놓고 모니터를 주시하며 공부하는 척하면서 게임 하는 정신은 그야말로 위에서 대부분 영양소를 제공하고 대장, 소장을 통과하는 "쓰레기나 진배없으니 변기에 배출해 아낌없이 흘려보내야 하는데 마렵지 않다는 게 문제인 듯하다.

네겐 지금 변비가 지속되는 것이고 그에 따른 여파는 먼 미래에 확연히 도드라진다.

과거를 후회하는 사람은 어리석은 사람이다

몰입의 중요성을 은유하면 잠은 어떻게 잤냐에 컨디션 리듬의 차이에서도 어렵지 않게 이해가 충분할 것 같다.

예컨대 코골이인 사람이 8~9시간을 자고 나서도 몸이 가볍지도 않을뿐더러 아침 식사를 하기가 무섭게 졸리고 피로감이 몰려온다고 한다. 말만 8~9시간을 잤지, 잔 건지 만 건지 문제라는 것이다.

그래서 의사 선생님들에게 의하면 한두 시간을 자더라도 숙면하는 게 중요하다고 강조한다. 숙면을 못 하면 건강에 문제가 될 수 있다는 것이다. 코골이가 아니어도 가로등, 방범등 건물등에서 반사되는 조명은 숙면에 방해되는 요소다. 그래서 숙면을 위해 자구책을 강구하기도 한다. 우리도 저녁이 되면 커튼을 치고 버디칼을 치는 건 너도 잘 안다.

차분하지 못해 몰입하는 데 문제가 다분한 네가 수술책은 없는 건지 고민해 봐야 한다. 은유하면 수면장애가 조금 있는 네 삼촌이 수술을 받은 것처럼 말이다.

네 삼촌은 숙면을 못 하는 데서 야기되는 건강의 문제점을 해소한 것이다.

오늘도 나는 몰입을 못하는 네게 "남들이 어떻게 공부하는가를 느낄 수도 있을 것이므로 도서관에 가서 공부했으면 한다."고 말하며 "우물 안 개구리가 되지 말고 반경을 넓혀라. 학원도 현재의 곳에 안주하지 말고 보다 희망이 보이는, 학생들이 많이 모이는 곳으로 옮겼으면 한다."고 말했다.

네가 컴퓨터 게임할 때 열심히 집중력이고 몰입이다. 몰입의 은은한 그 모습을 네가 다 알 리는 없을 것이므로 네가 컴퓨터 하는 모습을 캠코더에 담아 네가 되돌려 볼 수 있도록 하고 싶다. 촬영은 우연만하게 실력이 향상된 네 어머니가 대신하면 충분하고 미니다큐멘터리가 될 수도 있을 것 같다.

그랬을 때 네가 자아를 발견할지도 모른다는 생각에서다. 아니 자아는 몰라도 집중력, 몰입에 대한 영상교육 효과는 분명 있을 법도 하다. 작품성이 우수하다면 당국의 교육교재로 권할 생각도 든다.

아무쪼록 네가 자아를 발견해 정작의 일이 뭣인가를 곰곰이 고민해야 한다.

지혜와 교훈을 주는 게 속담인데 속담에 "가장 어리석은 것은 과거를 후회하는 사람"이라는 말이 있다.

현재는 찰나이고 미래는 지금부터 시작인데 현재를 제트기라고 하면 얼토당토아니하다고 할지 모르지만 어찌 됐건 현재는 제트기라고 하자. 그래서 제트기가 지나간 자리에 냉각된 수증기가 알갱이가 되어 한없이 올곧은 궤적! 퍼포먼스 예술처럼 만들 듯 자꾸 멀어져 가는 너의 궤적을 올곧고 환상적인 무지개마냥 작품으로 승화시켰으면 한다.

'과거가 아름답지 않고 미래가 아름답지는 않는 법'이다.

미국의 케네디 대통령이 취임사에서 "과거와 현재가 싸우면 희생되는 것은 미래"라고 말했다는데 과거가 아름답다면야 현재와 싸울 일이 뭐 있겠나 싶다!

지각

네가 중학교 때 가장 문제가 됐던 게 지각이었다. 등교 시간을 놓쳐 문제가 되는 게 태반이었고 일찍 간다고 해봤자 아슬아슬하게 지각을 면하는 정도가 고작이었다. 그것도 5분 거리에서 그랬었다.

그뿐더러 학원도 마찬가지였다.

그러나 고등학생은 네가 지금은 차별성을 두는 건지 학교와 학원을 대하는 차이가 천양지차로 판이하다.

등교 시간은 여유작작하게 집을 나서지만 학원만큼은 종전처럼 지각을 해도 무방하다는 듯 20~30분 지각하는 건 보통 일로 습관화된 듯하다.

그래서 나는 이런 말을 했었다. "97년 외환위기가 닥치고 채 2년도 안 됐을 때 가게를 반으로 줄였다."고 말하며 "우리에게 영향을 주는 대형매장이 우후죽순처럼 생겨나 그렇지 않아도 문제가 되고 있는 판국에 '산 넘어 산'이라고 스태그플레이션이 기미를 보이고 있다고 한다."고 말했었다.

"외환위기 이후 저축이라는 건 모르고 하루 벌어 그날 먹고 쓰기에도 급급하다."고 말하기도 했다.

돈 많은 사람들 중에 월 수백만 원 많게는 네 자리 숫자 금액을

학원비용으로 하는 것에 비교하면 타조 알에 뱁새 알도 안 되는 격인 불변비용으로 소비하는 자체가 네게 미안한 생각이 들기도 하고 무지렁이인 나를 그지없이 책망한다.

하지만 한편으로는 공교육으로 충분해야 할 교육이 사교육 때문에 빚어지는 불합리한 병리 현상이기에 위안하기에 충분하기도 하다.

며칠 전 뉴스 속에는 서민경제가 외환위기 이전보다 심화되고 있다는 보도도 있었다. 서민 경제가 심화되고 스태그플레이션 기미가 보이는 불황 속에 불변비용을 국가가 보증하는 한국은행보다 네게 저축하는 게 더 안심되기도 하다. 네 두뇌를 신용해서고 한국은행보다 신용하는 까닭에서다.

저축하는 날이 매월 20일로 돼 있다. 학원비 지불하는 날 20일을 넘기지, 지각하지 않도록 노심초사 네 어머니나 나는 땀 흘리고 있다.

나태한 태도와의 싸움:
노력이 중요한 이유

프랑스 화가 세잔은 초상화를 그릴 때 때로는 100명의 모델을 교체할 때도 있었다고 한다. 모델이 놓여있는 사과처럼 부동의 자세를 원했던 그는 움직이는 모델에게 "사과가 움직이느냐!"라고 질책하곤 했다는데 엎드려 공부하는 네 자세가 언뜻 떠오른다. 네가 공부하는 자세를 조금만 나열하면 엎드린 자세로 발을 까닥까닥하는 모습은 마치 네가 체육 시간에 배운 수영을 연습하는 걸까 하고 생각도 해봤다. 책을 옆에 두고 누워있을 때가 비일비재한데 네가 공부하는 태도다.

게다가 일정치는 않지만 몇 분이 멀다 하고 이럴 때면 나는 네게 "공부를 하려거든 책상 앞에 앉아 바른 자세로 공부하고 아니면 잠을 자야 한다."고 잔소리처럼 말할 때가 있다. 집중력이 중요한데 이거저거도 아닌 시간 낭비라는 생각에서였다.

네가 스스로 효율적인 공부법을 계발해도 모자랄 판인데, 답답하기가 지구를 한 바퀴 돌아도 풀리지 않을 정도다.

"최대의 적은 내부의 적"이라는 말이 있는데 변화에 조금도 기색 없이 요지부동인 네 내부(마음)의 적이 문제인 듯하다.

나는 솔직히 네가 '고등학교 1학년생이 맞는가, 나이 17세가 맞는가?'라고 의심할 때가 있다 늦되는 데서 기인한다고 봐야 한다고 안위로 해봤다.

베이징 올림픽이 열리고 있는데 MBC 방송은 선수 중에 지금까지 선수로서 빛을 못 보다가 이제 메달을 딴 선수에게 '만추가경'이라고 했다. 즉 '늦게 피는 꽃이 아름답다.'고 MBC 방송을 시청한 나는 네가 대기만성형이라고 생각을 또 했다.

불합리하고 이렇게 되어가는 게 비건설적이나 "애늙인이'화 되는 게 작금의 교육 현실이다. 네가 학원에서 하는 '선행학습'도 내면을 파고들면 분명 애늙은이화와 맥락을 같이 한다고 볼 수 있다.

하루빨리 네 나태한 태도를 바꿔야 한다. "세 살 버릇 여든 간다."는 말이 있듯 걱정이 이만저만이 아니다.

학교 성적이 상위권이냐 하위권이냐가 중요하지 않다고 생각한다. 요컨대 얼마만큼 열심히 노력했느냐 중요하다는 것이다. 학교에서 열심인 학생은 사회에서도 열심인 것이 자명하다고 생각한다.

베이징 올림픽이 열리고 있는데 메달을 딴 선수에게 스포트라이트가 집중되고 있다. 하지만 최선을 다한, 메달은 못 딴 선수들에게 격려가 잇따르고 있다.

역도 선수 이배영은 바벨을 들다 다리에 쥐가 나 쓰러졌다. 하지만 그는 바늘침을 맞아가면서 끝까지 경기를 포기하지 않았다고 한다. 아픈 다리를 이끌고 경기를 다시 시작한 그는 바벨을 들다 다시 쓰러졌다.

이배영 선수가 경기한 모습에 국내 시청자들은 "감동적이다. 격려 메시지를 보내자."라는 등의 열화 같은 가을 들판을 태우는 듯했다.

또한 이배영 선수의 안타까운 소식이 전해진 중국 포털사이트에도 "모든 관중이 그를 위해 박수를 쳤다. 그대는 영웅이다.". "감동적이다. 그는 끝까지 최선을 다했다. 그의 모습에 뭉클했다."는 등의 글들이 이어지고 있다고 한다.

마음의 힘,
그 속에 숨은 무한한 가능성

불기 2552년 부처님 오신 날을 즈음해 조계종 종정, 법전 스님이 2008년 4월 28일 법어를 발표했다. 스님의 법어 중에 "부처를 이루는 길도 자기 마음에서 일어난다.", "모든 진리가 마음에서 시작되었으니 마음 밖에서 진리를 찾을 필요가 없다." 마음의 중요성을 강조하고 정진을 당부했다.

네가 마음의 변화 없이 발전을 바라는 건 연목구어는 차라리 나은 편이고 귀배괄모라고 해야 마땅할 듯하다. 거북이 등에서 털 깎는 일 말이다.

증산도교 도조 증산상제는 "일심(一心)이면 천하를 돌린다."라고 말했다고 하고 "마음 고치기가 죽기보다도 어렵다."는 말을 했다고 한다. 사람들은 보편적으로 먼 미래를 생각하는 것보다는 눈앞에 전개되는 상황에 익숙하고 이성보다는 감성에 더 민감하게 반응하는 습성이 있다고 한다.

문득 침팬지가 생각이 나는데 침팬지의 유전자 97%가 인간과 같다고 한다.

무릇 인간과 다른 3%의 유전자가 인간의 유전자 미치지 못하기 때문에 인간에게 지배당함을 면치 못하는 것인지를 생각해 봤다. 동아일보 금동근 기자가 심리철학의 대가로 평가받는다는 미국 브라운대 김재권 석좌교수를 만나 "뇌를 가진 동물과 노를 가진 인간의 차이점이 무엇인가"라는 질문에 그는 "뇌의 능력에 차이가 있는 것일 뿐"이라고 말했다고 한다.

머리 좋은 인간이 미물을 지배하는 것처럼 머리 좋은 너는 지배자가 될 수 있다.

공자는 "군자는 말은 서툴더라도 행동은 민첩하고자 한다."고 말했다고 한다. 그렇듯 너의 마음의 변화에 전광석화 같은 민첩한 행동을 보여줘야 한다. 제어력이 버겁다면 강력한 팀 클러치를 생각하면 효과가 증대될지 모르겠다. 시간은 멈추지 않는다는 건 너도 잘 안다.

갈릴레오 갈릴레이가 일찍이 지동설을 주장하다가 붙잡혔다. 그는 출옥하면서 "그래도 지구는 돈다."라고 한 말을 너도 잘 안다. 지구는 한시도 쉬지 않고 쏜살같이 돌고 있다.

화살의 속도를 정확히 알지는 못하나 네 발 달린 동물 중에 가장 빠르다는 치타와 비등하다는 말이 있다. 치타의 속도는 시속 110km라고 한다. 서해안 고속도로 최고 제한 속도와 맞먹는다.

너는 지금 시나브로 는개를 맞아 젖어가고 있는데 감지능력 부재로 말미암아 그 사실을 심히 알지 못하고 거슴츠레 모니터만 바라본 채 소나기가 올 건가 안 올 건가 하고, 더욱이 요즘 광우병으로 문제가 되고 있는 미국산 쇠고기 때문에 한우값이 "똥"값이 돼가는 한우 한 마리 내기라는 도박을 하고 있다!

그런 도박은 국가가 허가한 도박도 아니다. 차라리 허가 난 도박이라는 생각이 드는 복권을 사는 게 나을 듯싶다.

2008년, 뉴스가 원유가가 배럴당 150달러에 달할 거라고 한 지가 불과 엊그제인데 연내 배럴당 200달러가 될 것이라고 말하고 있다. 머지않아 400달러가 될 수도 있다고 경고하기도 한다.

국가는 차량 2부제 운행도 준비 중이라고 하는 말도 있다.

세 줄기 비가 내린다는 '소나기 삼 형제'라는 말이 있는데 불현듯 내가 어릴 적 고향 집 '삿갓집'이 떠오르기도 한다. 지붕이 삿갓과 꼭 닮아 비가 올 때면 집 안에 있는 기분이 삿갓 속에 들어앉은 느낌이었다.

소나기 삼 형제 오기 전 우산을 미리 준비해야 한다. 그래야만 소나기가 내리고 또 내리고 또 내려 거푸 새 줄기 내리는 소나기도 거뜬하게 피할 수 있다. '우산은 겨울에 준비하라.'는 말도 있는데 한시가 다급하다.

소나기가 올 건가 안 올 건가를 놓고 태평하게 키보드를 움직이며 '소 내기' 할 때가 아니다. 패럴렐 액션을 생각해 봐야 한다. 지금 이 시각에 세계는 어떻게 발전하고 어떻게 진행되고 어떻게 변화하는가를 네가 하고 있는 일이 합리적인가 엇대어 보라는 것이다. 이제 나는 네게 "세상에서 가장 어리석은 것이 과거를 후회하는 것"이라는 말이 있다고 말하며 "해가 서쪽에 지지 않도록 그대로 묶어 둘 수 있다면 나태해도 괜찮다."고 말했다.

때가 때인지라 내가 솔로몬이라도 돼 지금 다급한 상황이라고 분별하기 쉽도록 칼라풀하게 페로몬이라도 땀 흘리듯 분비하고 싶다.

세계 제일의 아름다운 하와이 촌을 건설한 헨리 제이 카이젤은 리더스 다이제스트에 기고한 칼럼에 “나의 성공은 시간 신용을 잘 했기 때문이다.”라고 회고했다는 말을 덧붙인다.

시간은 금이다:
삶과 꿈, 그리고 선택의 순간

미국에는 여섯 살, 세 살의 두 아들과 18개월 된 딸을 둔 시한부 인생 랜디 포시라고 하는 카네기 멜런대 컴퓨터 공학과 교수가 있다고 한다. 암에 걸려 삶을 얼마 남겨놓지 않은 그는 '당신의 꿈을 실제로 이루기'라는 제목의 마지막 강연에서 "이 마지막 강의는 여기 모인 사람들만을 위한 것은 아니었다. 내 아들에게 남기는 것이었다."라고 말했다고 한다.

그러면서 그는 "최선을 다하면 꿈을 좇지 않아도 그 꿈이 나를 찾아온다."고 했다고 한다.

한편 시간이 절박한 그는 어느 날 식료품을 파는 슈퍼마켓 셀프 계산대에서 직접 계산하다가 계산기 오류로 16달러 55센트짜리 두 장을 발급받았다고 한다. 16달러 55센트를 환불받는 데 필요한 시간은 15분 정도. 그래서 랜디 포시 교수는 천금 같은 15분 시간을 16달러 55센트와 맞바꾸는 데 허비할 수 없다고 생각해 환불받지 않고 그냥 슈퍼마켓 문을 빠져나왔다고 한다.

시간의 중요성을 자각하는 데 있어서 제아무리 과소평가한다고 해도 우연만 할 것 같다.

거북이의 굼뜨림과 꾸준한 노력의 이야기

조선 시대에는 향교나 서당에서 아동에게 천자문을 배우게 한 다음 '동몽선습'이라는 책이나 '계몽 편'이라는 책을 배우게 했다고 한다. 그중에서도 '계몽 편'의 '물 편'에 "뛰는 짐승 중에 기린이 있고, 나는 새 중에 봉황이 있고, 벌레와 물고기 중에는 신령한 거북이 있고 나는 용이 있는데 이는 신령스럽고도 기이한 물건이다. 그러므로 혹 성스러운 임금의 세상에 나타나기도 한다."는 말이 있다. 신령스러운 동물 중에 거북이는 조선 시대가 아니어도 대통령이 사용하는 국새에 등장하기도 한다. 또한 궁궐이나 한옥을 건축할 때 상량문에도 어김없이 거북이가 등장한다.

요 며칠 전 있었던 일이다. 네 형이 직장 동료에게서 등딱지 크기가 10센티가량 되는 수생 거북이 한 마리를 가져온 적이 있다. 그런데 여기서 말을 바꿔 네 말부터 하면 네 이름자에는 거북 구자가 있다. 평소에 하는 네 행동이 어찌나 굼뜬지 네게 이런 말을 한 적이 있다. 이를테면 "네 굼뜬 행동 때문에 네 이름자 중에 거북 구자를 다른 글자로 바꿔야 할 성싶다."고 말이다. 그러고 네가 초등학교에 다닐 적에 한번은 역시 네 굼뜬 행동 때문에 토끼 형태를 갖춘 문자 수석하고, 거북이 인형하고, 언덕과 산 형태를 갖춘 수석을 가지고 이솝 우화에 '토끼와 거북이' 이야기를 연출하고 놀이를 했었다. 이를 통해 토끼는 동작은 빠르나 게으름을 피우다가 급기야는 지고 말지만 거북이는 동작이 느려 엉금엉금 기었어도 꾸준히 노력했기 때문에 승리할 수 있었다는 것을 깨닫도록 하기 위함이었다.

네 형이 가지고 왔던 거북이로 말을 이으면 그 수생 거북이는 행동이 굼뜬 게 아니었다. 내가 평소 거북이 행동이 굼뜨다고만 알고 있었기 때문에 너를 거북이하고 비유하곤 했는데 그것은 오해가 다분하다. 그럴 것이 내가 아침 일찍 일어나 막 전등을 켰을 때 그 때 거북이는 꼬리 네발, 머리를 등딱지 속에 쏙 집어넣고 어항 바닥에 엎드린 채로 있다가도 곧 머리를 내밀고 행동을 재개하는 것을 볼 수 있었다. 그런가 하면 수생 거북이는 마냥 죽치고 있지는 않는다. 이를테면 뭘 하려는 듯 헤엄치고, 머리를 내밀고, 또는 두 발을 바닥에 대고 서 있을 때도 있다. 해를 향해 쳐다보고 일광욕을 할 때도 있다. 때로는 머리를 길게 있는 대로 쑥 내밀고 골똘히 연구하는 것 같기도 하다. 아무튼 나는 거북이를 다시 생각하게 하는 계기가 됐다.

굼뜨다고만 생각했던 거북이가 꼭 그렇지만은 않다는 것을 알게 된 나는 “네 행동이 굼뜨기 때문에 이름자 가운데 거북 구자를 바꿔야 할 성싶다.”고 말한 것은 잘못을 자인한다. 다보스 세계 경제 포럼의 클라우스 슈왑은 “종래 큰 것이 작은 것을 잡아 먹던 세상은 이제 빠른 것이 느린 것을 잡아먹는 세상이 되었다.”라고 강육약식 ‘정글의 법칙’을 새롭게 속도로 정의했다는데 하지만 나는 무룻 빠른 것은 이솝 우화에 거북이(꾸준한 노력)가 틀림없다고 여기며, 빠른 것의 시발점이고, 빠른 것의 원동력이 되는 원천이라고 네게 말한다.

화평굴기, 화평발전, 명문 가문의 길: 중국의 이념과 한국의 현실

얘들아, 2007년 1월 19일자 동아일보에는 "'화평굴기'를 다시 생각하며"라는 제목 아래 중국 런민대 국제 관계학원 스인훙 교수의 글이 있었다. "중국 지도부가 2003년 이후 대외 정책으로 천명해 온 화명굴기(和平倔起, 평화롭게 우뚝 일어섬)는 중국 학계는 물론 국제적으로도 광범위한 관심을 불러일으켰다."고 시작했다.

그의 글을 보면 화평굴기를 놓고 중국 내에서 논쟁 중이고 화평은 군사 현대화의 약화와 유사시 대항 의지가 약하다는 것과 굴기는 민중의 과도한 민족주의를 불러 일으킬수 있다는 논란 때문에 화평발전(和平發展)(평화로운 발전)으로 바꿨다고 한다. 한 국가는 논란이 일어 다른 말로 대체하고 폐기한 화평굴기라는 말을 가지고 우리 한번 곰곰이 생각했으면 한다. 화평은 편안함을 뜻하고 굴기는 '산처럼 우뚝 솟아난다.'는 것이다. 언젠가 나는 네게 말하기를 "아는 것이 변변하지 못한 나는 명문 가문이 되도록 하지를 못했다."고 말하고 "하지만 너는 열심히 배워 좋은 가문이 되도록 해야 한다."고 말한 적이 있다. 때마침 화평굴기에 관한 스인훙 교수의 글을 읽고 네게 거듭 당부의 말을 하게 된 셈이다. 명문 가문이 되도록 하기 위해서는 우리 같은 처지는 가만히 있을 게 아니다. 닥치는 대로 무엇이든지 열심히 노력하여 최선을 다하는 길밖에 다른 별도리는 아무것도 없다고 생각한다. 『세계는 평평하다』(저자 토머스 프리드먼, 출판 창해, 옮긴이 김상철 이윤섭)라는 책에는 이러한 글이 적혀 있다.

> "평온함에 속지 마라
> 평온한 때야말로 진로를
> 변경해야 하는 순간이다.
> 태풍이 불어닥칠 때 진로를
> 변경하려면 이미 늦다."

더 늦기 전에 최선을 다할 때 어느 날 네게 화평굴기는 느닷없이 들이닥칠 것이다. 그랬을 때 네가 좋은 자리에 있을 수 있다. 그랬을 때 명문 가문일 수 있다. 그랬을 때 네게 남들은 '개천에서 용 났다.'고 말할 수 있다. 한국에서는 화평굴기라는 말이 논란거리가 되어 폐기하고 화평발전으로 대체됐지만 한 개인이나 가정은 아니 우리 같은 내보일 것 없는 서민에게는 화평굴기를 신조로 하여 좌우명으로 삼아도 괜찮은 일로 딱 들어맞는 듯하다.

아니 너는 필히 그렇게 했으면 하는 생각이 자못 간절하다. 열심히 공부한 다음에 출세하고 득세하면 그것이 개인의 영광이고 가문에 영광이다. 그랬을 때 명문 가문의 점입가경이다. 2007년 7월 18일 노무현 대통령은 평창 동계올림픽 유치 활동 관계자 160여 명이 참석한 청와대 오찬에서 "저는 개인적으로 대단히 성공한 사람이다. 흔히들 '개천에서 용 났다'고 하는 사람들도 있다."라고 했다는데 귀감이 되는 말이라고 생각한다.

치욕과 실패로부터 배우는 것들

며칠 전 네가 한 사보에 실린 가로세로 퍼즐 낱말 풀이를 하다가 '섶에 누어 쓸개를 맛본다.'는 사자성어는 무엇이냐고 물었다. 그때 와신상담이라고 말한 나는 그 유래에 대해 말했었다. 다시 한번 말해보자.

'섶에 누워 쓸개를 맛본다.'는 뜻인 와신상담은 "목적을 달성하기 위해 온갖 어려움을 참고 견딤"을 비유하는 말이다. 중국 춘추시대 월나라와 오나라의 전쟁에서 손가락에 부상을 당한 오나라의 왕 합려가 상처가 악화되어 죽었다. 그는 죽기 전 유언하기를 태자인 부차에게 기필코 월나라 왕 구천을 공격하여 원수를 갚을 것을 당부했다. 부왕이 사망하자 왕이 된 오나라의 부차는 불철주야 군사를 훈련시키고 기회만을 호시탐탐 노렸다. 그런데 이런 사실을 알아차린 월나라 왕 구천은 신하 범려라는 사람의 만류에도 불구하고 선제공격을 감행하여 전쟁을 일으켰다. 하지만 복수를 다짐하고, 기회만 호시탐탐 노리고 있던 오나라와의 전쟁은 승산이 없는 예견된 일이었다. 그렇듯 월나라는 전쟁에서 패배하고 왕 구천은 붙잡히게 됐다. 붙잡힌 구천은 치욕스러우나 항복을 하고 오나라 왕 부차의 신하가 되겠다고 말했다. 이 말을 들은 오나라 왕 부차는 "후환을 남기지 않으려면 지금 당장 구천을 없애야 한다."라고 말한 신하 오자서라는 사람의 말을 듣지 않고 구천이 고국까지 돌아갈 수 있도록 용납했다. 구천은 오나라의 속령이 된 고국으로 귀국했다. 귀국한 그는 늘 쓸개를 곁에 두고 혀로 핥아 쓴맛을 맛보며, 적의 신하가 되겠다고 했던 자신의 말과 행동, 치욕적인 과거를 상기시키곤 했다. 그런 그는 농사를 지으면서 은밀히 군사를 훈련시키어 십수 년이 지난 뒤 오나라를 쳐들어가 오나라 왕 부차를 굴복시키고 전쟁에서 승리했다.

월나라 왕 구천이 쓴맛의 쓸개를 핥으며 치욕의 일들을 상기시키고 꿈을 이룬 데서 유래됐다는 와신상담을 비컨대 네가 서울우유 창작모형 만들기 대회에 참가한 일들을 돌이켜볼 필요가 있다. 이를테면 네가 초등학교 저학년 때 일이다. 서울우유 창작 모형 만들기 대회에 처녀 출품하여 입상을 하지 못했다. 하지만 이듬해 재도전하여 출품한 작품이 입상하여 대상의 영광을 안았다. 첫 출품했을 때는 사전 준비가 미비한 상태에서 작품을 만들어 출품을 했었다. 때문에 조형미, 심미성, 작품성 할 것 없이 여러모로 모두가 미흡할 수밖에 없었다. 아무튼 이유가 어떻든 간에 작품을 함께 만든 너와 우리 가족은 쓴맛으로 만족해야 했다. 쓴맛을 맛본 너와 우리 가족은 입상을 해야 되겠다고 설욕을 다짐했었다. 설욕을 다짐한 우리는 높이, 가로, 세로 규격이 각 2미터×1.5미터×1.5미터가 되는 입상도 하지 못한 작품을 이듬해 작품 공모가 있을 때까지 그대로 놔두고 그것을 오며 가며 보고 구상을 했었다. 그것도 좁디좁은 공간에서다. 작품 공모 발표를 보고 나서 우리는 여러모로 치밀하게 구상했던 것을 토대로 하여 작품을 만들어 출품을 했었다. 그 결과 우리 가족은 대상이라는 큰 영광을 안아 기쁨을 함께 나누었다. 이런 것을 와신상담이라고 비유할 수 있다. 특히 중학교에 다니는 늦둥이 네게는 와신상담이 절실히 요긴하다.

삐딱한 피사의 사탑

내가 너희들에게 “누구를 위해서 공부를 하는가?”라고 묻는다면 어떻게 대답을 할 것인가에 대해 자문자답해본 적이 있다. 하지만 네가 어떻게 말할 것인가에 대해서는 가늠하기가 난제였다. 때문에 내가 자답으로 결론 짓기를 너희들은 묵묵부답일 것이라는 것뿐이었다. 내가 왜 이런 말을 하는 가는 너희들은 마치 누구를 위해 공부를 하는 양, 아니 나나 네 어머니를 위해 공부를 하는 것처럼 위세를 부릴 때가 있으니 그렇다. 예를 들자면 네 어머니나 아니면 내가 어떠한 말을 했을 때 네가 말을 하기를 “학원에 가지 않을 거다.”라고 버티듯 가끔 발생하기 때문이다. 그렇게 삐딱한 말을 들을 때면 비컨대 이탈리아 피사의 사탑을 생각할 때가 있었다.

삐딱한 피사의 사탑은 애초에 오류가 있었던 설계 때문에 삐딱할 수밖에 없었다고 한다. 넘어질 듯 말 듯한 피사의 사탑은 건축한 지 800년이 지났지만 건재하다. 넘어질 듯 말 듯하여 곱지 못한 듯하고 정의롭지 못한 듯! 하지만 되레 그런 자태 때문인지 세계적인 명물로 쉴 새 없이 많은 관광객을 맞이하고 있다고 한다.

하지만 얼마 전에는 피사의 사탑을 찾는 관광을 한동안 잠정적으로 중단한 적도 있다. 조금씩 기울던 피사의 사탑을 그대로 방치할 경우 오래 버티지 못하고 넘어질 것이라는 진단 때문에 보수공사를 하기 위해서였다. 보수공사를 마친 피사의 사탑은 기울어 가던 현상도 정지상태고, 다시 많은 관광객을 맞이하고 있다고 한다.

이쯤에서 생각할 겨를을 가져보자. 만약 설계의 오류가 없었다면 피사의 사탑 높이가 지금의 곱을 됐을 것이다. 건축 중에 지반이 기울어 설계상의 고도를 절반으로 낮췄다고 하기 때문이다. 만약 설계에서 오류가 없었다면 모르긴 하지만 조금씩 기우는 우는 범하지 않았을 것이라고 생각할 수가 있다. 만약 보수공사를 안 했다면 조금씩 기울던 피사의 사탑은 제 수명을 다하지 못하고 쉬이 넘어지고 만다고 해야 옳다.

삐딱한 피사의 사탑이 삐딱하기 때문에 문제가 따르듯 사람도 삐딱한 행동이 지속됐을 때 문제가 따른다고 본다. 요컨대 피사의 사탑이 건축물일망정 삐딱하다 보니 더 높이 오르지 못했다는 것을 무릇 짚어 볼 일이다. 하나로 뭉쳐져 하나의 물체에 불과한 것이 설혹 넘어질 듯 말 듯하여 제아무리 신기하다고 경이 한들 그 삐딱한 자태는 따라 할 필요가 없다는 것이다.

하지만 삐딱한 피사의 사탑에서 관련한 것 중에 따라 해야 할 필요성을 느끼는 것도 있다. 이를테면 나선형으로 된 294개의 계단을 일일이 밟아 가며 빙빙 돌아 꼭대기에 올라가서 실험할 것은 있다. 갈릴레이가 했던 것처럼 새털과 쇠구슬을 떨어뜨려 낙하하는 것을 관찰할 일이다. 더더욱 너는 공학자가 되겠다고 꿈과 비전을 가지고 공언하니 그렇다.

새털, 쇠구슬을 가지고 실험한 갈릴레이처럼 그런 비전이 있는 것이 아니라면 삐딱한 것을 흉내 냈을 때 네게는 아무런 도움이 되질 않는다. 전문가에 따르면 사춘기 때의 청소년들은 삐딱하게 행동하는 성향이 있다고는 말은 한다.

하지만 나는 너의 삐딱한 행동을 삐딱하다고 생각하지 않고 삐쳤다고 말을 하고 싶다. 잠시 심드렁해 일시적으로 삐쳤을 뿐이라고 말이다.

그리고 '누구를 위해 공부를 하는가?'는 네가 말하기를 "나를 위하여 공부를 하는 것이다."라고 분명히 말해야 한다.

피동적 따라 하기와 능동적 따라 하기

사람은 남을 따라 하는 본성적 습성이 있는 것 같다. 그것은 피동적일 수도 있고, 능동적일 수도 있고, 감염에 의한 것일 수도 있다고 말이다.

피동적 따라 하기는 무의식적인 행동을 말하고, 능동적 따라 하기는 의식적인 행동을 말하고, 감염에 의한 따라 하기는 바이러스에 의해서 따라 하는 재채기와 같은 부류를 말할 수 있다고 생각한다.

피동적이건 능동적이건 그것은 모두 감염에 의한 것이라고 말할 순 있다. 여하튼 따라 하는 행동에 따라 사람이 살아가는 데 성공과도 밀접한 연관성이 있다고 생각한다. 일례로 어떤 것에 업그레이드해 성공하는 사례도 비일비재하다. 이것은 태고로부터 이어받는 본성인 듯하다. 태초부터 인류는 따라 하기를 반복을 거듭했을 것이라고 생각도 해본다.

덧붙어 피동적 따라 하기를 더 말하면 소극적인 자세를 가졌지만 마치 적극적인 자세를 가진 양 따라 하는 행동을 말한다. 단적인 예로 해바라기를 들 수 있다. 이를테면 해바라기는 해를 따라 움직이는 본성적 특징이 있다. 그 본성적 특이 성질을 지닌 해바라기는 아침나절에는 동쪽을 향하고 있다가도 저녁나절에는 마치 물리적 힘에 의한 듯 서쪽을 바라보고 있다. 그렇게 하여 일조량을 충족시키고, 해바라기는 알알이 여물게 하여 식물로써 완전무결하게 본연의 임무 수행을 100% 완수한다.

때문에 모든 것이 해바라기만 같다면 피동적 따라 하기를 해도 충분하다고 할 수 있으므로 더할 나위 없다. 하지만 모든 것이 그렇지 않다.

세계적인 곤충학자 프랑스의 장-앙리 파브르는 어느 날 날벌레들의 생태를 관찰하고 있었다고 한다. 그러던 그는 그때 아주 중요한 사실을 발견했다고 한다. 그것은 앞에서 빙빙 나는 날벌레를 따라 다른 날벌레가 7일 동안 빙빙 돌면서 날기만 하다가 결국에는 굶어 죽어간다는 것이다.

앞에서 날고 있는 날벌레를 따라 아무런 까닭이나 영문도 모른 채 맹목적으로 날다가 굶어 죽어가는 날벌레의 행동을 피동적 따라 하기라고 나는 말하고 싶다. 비유컨대 날벌레의 행동과 "남이 장에 간다고 하니 거름 지고 따라나서는 사람"과 전혀 다를 것이 없다고 생각한다.

능동적 따라 하기를 말해보면 의식적인 사고를 가지고 하는 행동으로 꿈이 있고, 희망이 있고, 비전이 있고, 프로젝트가 있다고 생각한다. 때문에 적극적인 자세를 가지고 능동적 따라 하기를 해야 할 필요가 있다.

요컨대 부자가 된 사람, 성공한 사람, 출세한 사람, 그런 사람들의 행동을 따라 해야 할 필요가 있다는 것이다. 그런데도 그런 사람들의 행동을 따라 하다가 중도에 포기하여 용두사미가 되기도 하고, 아니면 사고는 하지만 아예 따라 하려고 하는 시늉조차도 않는 사람도 있을 것이다.

좋은 습관을 가진 사람과 함께 했을 때 좋은 행동을 따라 할 수가 있다. 반면 단적인 예로 도박을 하는 사람들과 함께 했을 때 마치 해바라기가 해를 따라 움직이는 것처럼 시나브로 감염되어 전이되고 만다! 사행심만 가득하게 된다는 것이다.

아무튼 나는 피동적이든 능동적이든 바이러스에 의한 것이든 일괄하여 감염에 의한 따라 하기라고 정의하고 싶다.

그러고 네덜란드 화가 반 고흐가 그린 '해바라기'는 명화로 남아 네가 배우는 교과서에 삽입되기도 하고 뭇사람들에게서 많은 사랑을 받고 있다. 해바라기 꽃은 탐스러워 넉넉하기도 하고 아름답다. 알알이 여문 해바라기 씨는 풍요롭기까지 하다.

그렇다고 해서 해바라기의 특이 성질인 피동적 따라 하기, 그런 행동은 삶에 있어서 분명 장애 요인이다.

이솝 우화에 '목마른 비둘기'라는 이야기가 있다. 갈증으로 물을 갈망하는 비둘기가 광고판에 그려진 물이 담긴 컵을 발견하고 무작정 달려들다 부딪친 격이라고 할까, 북유럽 지방에 산다는 나그네쥐가 생각난다. 레밍이라고 한다는 나그네쥐는 습성이 마치 날벌레와 유사하여 아무 생각 없이 앞에 가는 무리를 뒤따라가다 필경 물속에서 집단적으로 죽음에 이르게 된다고 한다.

나그네쥐들을 유목민에 비유하면 유목민들이 목축업을 하다 물과 초목이 고갈되면 물과 초목이 풍부한 지역으로 이동하듯이 포유동물 중에서 어느 누구보다 번식력이 왕성한 동물답게 수천 수만 마리 레밍의 무리는 있던 곳에서 먹잇감이 고갈되면 새로운 개척지를 찾아 나선다고 한다. 때로는 산을 또는 들판을 허겁지겁 질주하다 호수에 맞닥뜨려도 질주는 멈추지 않고 앞에 가는 무리가 물속에 뛰어들면 뒤따르던 수많은 나그네쥐들도 물속에 뛰어들어 집단적으로 죽음을 맞게 된다고 한다.

무릇 날벌레나 나그네쥐 또는 남이 장에 간다고 하니 나도 장에 간다고 맹목적으로 나서는 사람이나 별반 차이가 없다.

칭찬의 중요성

미국의 16대 대통령 에이브러햄 링컨을 '노예 해방의 아버지'라고 불린다. 링컨은 자라면서 흑인 노예가 동물처럼 다루어지는 것을 보고 반대의견을 가졌고, 대통령에 당선되자 '노예 해방'을 선언했다.

가난한 농부의 아들로 태어나 정규교육을 제대로 받지 못하고 혼자서 독학으로 공부했다는 그는 1863년 게티즈 버그 국립묘지에서 "국민의, 국민에 의한, 국민을 위한 정부는 지상에서 영원히 사라지지 않을 것이다."라는 유명한 말을 남겼다.

대통령이 되어 노예를 해방시키고, 4년간 끈 남북전쟁을 승리로 이끌고, 명연설로 국민을 끌게 했던 링컨은 미국 국민에게서 칭송을 받는다. 그런 그는 이런 말도 했다고 한다. "모든 사람은 칭찬을 좋아한다."

링컨이 "모든 사람은 칭찬을 좋아한다."고 했듯이 칭찬받는 것은 기분 좋은 일이다. 하지만 뭇사람들이 칭찬하는 일에는 인색한 면이 있는 것 같다. 특히 우리나라 사람들은 더욱 그렇다는 말도 있다. 나도 네게 인색하게 했던 것이 '칭찬'이었다고 말하고 싶다.

내가 네게 칭찬을 자주 못한 것도 무릇 내가 칭찬을 듣지 못하고 자란 것이 주된 요인인 듯하다. 어쨌든 네게 미안하게 생각한다.

『정상에서 만납시다』(저자 지그 지글러, 옮긴이 김양호, 출판 안암문화사)에는 칭찬의 중요성을 인식케 하는 이런 이야기가 있다. 다섯 살 된 소녀가 있었다. 그 소녀는 교회에서, 학교에서 또는 어떤 단체에서 노래를 불렀다. 그 소녀는 노래를 부를 때마다 많은 박수갈채를 받았고, 노래를 잘한다는 칭찬을 들었다.

때문에 그 소녀의 부모는 딸의 재능을 알아채고 음악 공부를 시키기로 결심했으며, 소녀는 어느 선생님에게서 음악 공부를 배우게 됐다고 한다.

그 소녀는 오랫동안 선생님에게서 음악을 배우게 됐고 나중에는 그 선생님과 사랑을 하게 되었다고 한다. 나이 차이가 많이 나는 음악 선생님과 결혼한 그녀는 천부적인 음악 소질을 가졌지만 그 소질이 발전하기는커녕 되레 퇴보하고 말았다. 그녀가 그렇게 되기까지는 이유가 있었다고 한다.

이를테면 나이가 많고, 완전무결했다는 남편이면서 음악 선생님은 칭찬보다는 비평을 자주 했다. 그러기를 결혼 전에도 그랬고 결혼 후에도 그랬었다고 한다.

그런데 어느 날 남편이 사망하였다고 한다.

그 후 그녀는 유망한 어느 세일즈맨과 재혼을 했다고 한다. 그녀는 재혼한 남편에게서 전에 듣지 못한 칭찬을 자주 듣게 되었다고 한다. 이를테면 "여보 노래를 한번 더 불러 봐요." "당신은 아름다운 음성을 가지고 있는 여자예요." "노래하는 모습이 너무 아름다워요."라는 등의 칭찬을 듣게 되자, 그녀에게는 크나큰 변화가 일기 시작했다. 한층 목소리가 맑아지고, 잃었던 자신감도 되살아나 성악가로 성공할 수 있었다고 한다.

네가 학교에서 우수한 성적을 거둬 상장을 받을 때가 있었다. 상장을 받는 것도 칭찬을 듣는 것이다. 더욱 발전하기를 바라는 의미에서 용기를 곁붙이는 것이고, 노력하여 정상에 오르도록 칭찬하고 격려하는 것이다.

칭찬은 단체가 됐건 어디가 됐건 필요하기는 마찬가지다. 또래 관계에서도 중요하다고 생각한다. 그럴 것이 비평가도 아니면서 비평가라도 된 양 누구를 비방이나 비판만을 했을 때 그 사람과의 협력 관계가 우호적일 수 없다고 보기 때문이다.

때문에 집에서도 그렇고, 학교, 학원에서도 칭찬할 만한 점이 있는지를 찾아보고, 칭찬하는 일에 인색하지 않도록 노력했으면 한다. 한편 칭찬을 하는 것은 남을 위한 배려도 되지만 자신에게도 이로울 수 있다는 생각을 가져본다. 남을 비방하고 비판할 때는 긍정적 측면보다는 부정적인 요소가 짙다. 때문에 밝은 마음보다는 어두운 측면이 십상이다. 때문에 모르긴 하지만 칭찬을 한다는 것은 엔도르핀을 생성하게 하여 건강에도 한몫한다고 보기 때문이다.

일본에는 『올가의 지진아 교사가 되다』의 저자이면서 고등학교 교사인 미야모토 마사하루가 있다. 그가 중학교 1학년 때의 성적이 수우미양가 중에서 전 과목 모두 가를 받았다고 하여 '올(all)가의 선생'이라고 부른다고 한다. 그는 어렸을 때 체격이 왜소한데다, 내성적 성격이었다는데 초등학교 3학년 때부터 집단 괴롭힘에 시달렸다고 한다. 또래 학생들에게서 집단 괴롭힘을 당해 제대로 공부를 못 한 그는 중학교를 졸업할 당시 애오라지 구구단 2단밖에 외우지 못할 정도의 지진아였다고 한다. 그런 그는 중학교를 마친 후 목수 견습생과 아르바이트를 하다가 20세가 됐을 때 건설회사에 취직했다고 한다.

그가 고등학교 교사가 되는데 동기부여를 한 것은 한 편의 영화가 결정적이었다고 한다. 건설회사에 다닐 때였다는데 그의 나이 23세, 상대성 이론이 담긴 다큐멘터리를 본 것이 계기가 되어 그때부터 공부를 시작하여 3년이 됐을 때 대학에 합격할 수가 있었고, 물리학 공부를 맘껏 했다고 한다. 그런 뒤 모교의 수학 교사가 된 그는 한결같이 칭찬의 중요성을 말한다고 한다. 그는 학부모를 대상으로 하는 강연에서 "자녀가 10문제 중 9문제를 틀리고 1문제를 맞아도 칭찬해주는 게 중요하다. 그것이 자기 긍정과 자신감으로 이어진다."

수면이 몸에 미치는 영향

일생 동안 3분의 1을 잔다는 잠, 우리의 생체 리듬과 관련이 있어 건강과는 함수관계라고 한다.

잠이 부족하게 되면 피로할 뿐만 아니라 눈이 충혈될 수도 있고 면역력이 약해져 감기에 걸리는 원인이 되기도 한다고 한다. 건강과도 밀첩하게 관계가 된다는 잠을 너는 인터넷 매체다 뭐다 해서 발달된 각종 매체 때문에 소홀히 하는 경향이 있다.

전문가에 따르면 청소년들의 성향이 늦게 자는 경향이 있다고는 하나 자정이 넘도록 오락 프로를 보기도 하고 또는 컴퓨터 앞에 앉아 있다가 그때서야 공부한답시고 책을 펴기도 한다.

'저고리가 길면 바지가 짧은' 법이라 했듯이 은유해보면 늦게 잠자리에 드는 너는 아침 일찍 일어나는 것을 힘들어할 수밖에 없다. 이러다 보니 "일어나라" "세수하라" "밥 먹어라" "학교 가라"라는 등의 말을 네 어머니가 많게는 수십 번을 해댈 때는 전쟁 아닌 전쟁인 듯하다.

바로 너와 같은 경우를 두고 '호모 나이트 쿠스' 즉 올빼미족이라는 신조어까지 등장한 것 같다. 앞서도 말한 적이 있지만 헨리워드 비처는 "하루의 첫 시간은 하루를 가늠하는 방향타"라고 했다고 한다.

물론 내일의 계획을 오늘 세운다면 금상첨화지만 만약 그렇게 하지 못하는 경우 아침 일찍 일어나 그날의 로드맵을 세워야 된다. 관내 교육청에서 실시한 모형 항공기 오래 날리기 대회에서 경험한 바가 있다.

몸이 아파 컨디션 난조였기는 하지만 당시 몽롱하고, 게슴츠레했던 모습 때문에 실패했던 그런 경험을 상기시킬 필요가 있다. "실패는 성공의 어머니다."는 에디슨의 말이 문뜩 떠오른다. 세계는 지금 글로벌 기업이 실패한 상품을 가지고 왜 실패했는가 원인을 찾아 분석하고, 거기에 업그레이드하여 성공하는 사례가 많다고 한다. 에디슨이 실패에서 성공을 찾았듯이 말이다.

전 영국 총리 해럴드 윌슨은 "지도자의 가장 큰 재산은 밤에 잠을 푹 잘 수 있는 능력"이라는 말을 했다고 한다. 국가를 통치하는 그도 잠을 푹 자지 않고서는 게슴츠레하기 때문에 제대로 된 국정 수행 능력에 문제가 따른다는 말인 듯 하다. 『백만불짜리 습관』(저자 브라이언 트라이시, 옮긴이 서사봉, 출판 용오름) 본문 중에 이런 말이 있다. "최상의 수행능력을 발휘하기 위해서는 7~8시간을 자야 한다. 만약 6~7시간을 자면 평소처럼 열심히 일해도 '부족한 수면' 영향을 받는다. 오늘날 미국의 60%는 하루를 몽롱한 상태서 보낸다. 수면 시간을 5~6시간에서 7~8시간으로 늘린 사람은 자아를 발견하고 몹시 놀란다."

어느 날 한 TV 방송에서 숙면에 대해 방송한 적이 있다. 잠 때문에 문제가 따르는 네게 많은 도움이 될 것 같아 방송한 내용을 적어 본다.

잠을 자는 것은 활동 중에 소모됐던 에너지를 충전되게 하여 약해진 부분을 회복하게 하고, 신진대사를 활발하게 하는 역할을 한다고 했다.

숙면하는 데 취해야 할 자세는 엎드려 자는 자세는 가슴을 짓누르게 해 체형에 변화도 가져올 수도 있고, 목이 옆으로 틀어져 있어 목관절에도 좋지 않다고 했다. 만약 옆으로 누워 잘 경우 심장이 왼쪽 가슴에 있기 때문에 오른쪽 벽을 향해서 자는 것이 심장에 부담을 주지 않아 좋다고 말했다. 반대로 말하는 사람도 있다. 반듯하게 누워 자는 자세가 가장 이상적이라고 말했다. "잘 먹고 잘 자야 건강하다."는 말도 했다.

숙면을 하는 데 도움이 됐으면 한다. 숙면을 함으로써 상쾌한 기분으로 아침 일찍 일어날 수가 있다. 네가 아침 일찍 일어나는 것은 네 미래에 막대한 영향을 미친다. 아침 "일찍 일어나는 새가 벌레를 잡는다."는 말도 있는데 은유적 증명이라도 한 듯 성공한 CEO를 조사를 해보니 아침 일찍 일어나는 사람이 많았다는 언론 보도도 있었다.

20:80

20:80 즉 파레토 법칙이라는 게 있다. 이탈리아의 경제학자 빌프레도 파레토는 1895년 전 인구의 20%가 80%의 국토를 소유하고 있다는 것을 발견했다.

파레토는 이러한 현상이 다른 나라에도 존재하고 있다는 사실을 알고 20:80 법칙을 내놓았다. 그 후 그의 이름을 따 파레토 법칙이라고 한다.

그가 파레토 법칙을 내놓은 지 100년이 훨씬 지난 지금 곳곳에서 파레토 법칙이 존재한다는 것을 이해할 수 있다. 예를 들면 백화점의 80%의 매출은 20%의 우수 고객이 올려 주고 있고 나머지 80%의 고객은 고작 20%의 매출을 올려 주고 있다고 한다. 주식시장에서도 파레토 법칙은 여과 없이 적용되고 있다. 일명 '큰손'들이 치고 빠지고 주식시장을 뒤흔들기도 한다. 또 다른 예는 대기업에서도 찾을 수가 있다. 이를테면 대기업은 우수 두뇌를 확보하느라 혈안이 되어있다. 우수 두뇌 20%가 나머지 직원 80%보다 몇 배 낫다고 보기 때문이다. 다시 말하면 우수 직원 20%가 회사도 발전시키고, 전 직원을 먹여 살린다는 것이다.

이솝 우화에 '개미와 베짱이'라는 이야기에서 이솝은 개미의 근면함과 성실함을 설파하고 있다. 베짱이 하면 나태함을, 개미 하면 근면함의 대명사를 말이다.

그런데 개미 집단에서 전체의 20%만이 근면하다는 것이 밝혀졌다. 일본의 어느 생태학자는 일하는 개미들을 관찰했다. 그 결과 80%의 개미는 집 근처에서 시간만 보내면서 빈둥거리는 것을 발견했다.

20%만 열심히 일한다는 사실을 발견한 그는 열심히 일하는 개미들을 한데 모아 집단을 이루게 했다. 그랬더니 놀랍게도 20%의 개미들은 종전과 다름없이 열심히 일하고 있었지만 80%의 개미들은 예기치 않게 일하지 않고 어영부영한다는 사실을 발견했다고 한다.

하찮은 미물이 됐건, 유일하게 직립하고 만물의 영장이라고 하는 사람이 됐건 어느 집단에서나 근면함과 나태의 부류로 분리가 되나 보다. 무릇 근면함의 부류에 속하느냐, 나태함의 부류에 속하느냐는 아주 미미한 생각의 차이에서 형성되는 것 같다. 많은 대부분의 심리학자들은 사람들이 시간을 흘려 보내는 동안, 생각하고 입 밖으로 내뱉어지는 말에 따라 느낌이 955개가 결정된다는 말을 한다고 한다. 브라이언 트레이시는 자신의 저서 『백만불짜리 습관』에서 "사람은 대부분의 시간 동안 생각하는 바로 그 사람이 된다."고 말하고 있다. 어찌 보면 자연의 섭리인 듯하기도 한, 파레토의 법칙 즉 20%, 80%에서 "나는 기필코 20%의 부류에 속해야 되겠다."는 의지를 가졌으면 한다. 네가 학교에서의 상위 5%니 10%

라는 말을 하는데 파레토의 법칙 20%만 떠올린다면 상위 5%쯤이야 여지없이 뛰어넘을 수 있다고 생각한다. 일찍이 파레토는 20% 국민이 전 국토의 80% 토지를 소유하고 있다는 것을 발견했다지만 이 사회는 무릇 상위 10%가 지배하고 있다고 생각한다.

계획을 실천으로 옮기는 법

목표를 정했으면 어떻게 할 것인가에 대해 치밀한 계획을 세운 다음에 그것을 행동으로 실천했을 때 목적과 목표했던 지점에 도달할 수 있다는 것을 이번 방학 동안에 어렴풋하게나마 증명할 수가 있었는지를 네게 묻고 싶다.

겨울 방학 전 어느 날 학원에서 돌아온 너는 "방학 기간에 6주 특강을 학원에서 실시한다."고 말했다. 네가 말한 특강 시간표를 적으면 새벽 6시 30분에 시작하여 8시 30분까지, 오전 9시에 시작하여 정오까지, 오후 1시에 시작하여 오후 4시까지 하루 세 차례로 되어 있었다. 네가 말하기를 "세 차례 특강을 모두 받고 싶다." 고 말하더니 바로 이어 "세 차례 다 받겠다."고 했다.

네 말을 들은 나는 무릇 평소에도 아침마다 "일어나라" "빨리 학교 가라"라는 등의 말을 하는 네 어머니와 네가 전쟁 아닌 전쟁을 치르는 너였기에 새벽 일찍 실시하는 특강을 받을 수가 있을까! 하고 솔직히 말하면 회의적인 생각을 갖기도 했다. 이렇게 생각한 나는 특강을 받겠다는 네게 "몇 시에 잠을 잘 것인가. 몇 시에 일어날 것인가라는 등의 하루 시간표를 만들어야 된다."는 말을 했었다.

마침내 여러 날이 지나 네가 특강을 받는 첫날이었다. 시계는 5시 50분을 막 지나고 있다. 그때 네 어머니는 "어서 일어나 학원에 가야 된다."라고 거푸 수없이 말을 했고, 그러그러하기를 한 시간 가까이를 그랬었다. 그러고는 아예 포기를 했었다. 이른 새벽이면 이렇게 여러 날 동안 반복되곤 했었다.

이러다 보니 너는 하루 세 차례의 특강을 받기는커녕 한 차례의 특강도 제대로 받지를 못했다.

때문에 이번 네 행동에 대해 말해보자. 너는 특강을 받겠다는 목표는 세웠었다. 하지만 몇 시에 잠을 자고, 몇 시에 일어나고 어떻게 할 것인가에 대한 구체적인 아무런 계획이 없었기 때문에 거기에 맞춰서 행동을 하지 못했다.

때문에 네가 "하루 세 차례의 특강을 다 받겠다."던 말은 공염불이 되고 말았다. 목표는 있었으나 계획과 실천이 뒤따르지 않았기 때문에 요컨대 아무것도 얻을 수 없다는 사실을 느낀다면 그나마 천만다행이라고는 말하고 싶다.

위의 글은, 평소에 네 태도를 봤을 때 새벽시간대에 있는 특강을 받기 위해 네가 새벽 일찍 일어나는 것은 도저히 불가능하다고 결과론적었지만 섣부른 생각을 했었다. 때문에 나는 그렇게 진행될 것이라고 예상한 것을 특강 시작하기 전, 십여 일 전쯤 적었던 것이다. 그런데 나의 너무나도 성급한 예단이 우매할뿐더러 어쭙잖은 행동이 되고 말았다.

그도 그럴 것이 너는 목표대로 하루 세 차례의 특강을 모두 다

받은 것이나 다름 없기 때문이다. 6주 동안에 걸쳐 한 차례도 거르지도 않았을 뿐만 아니라 지각 한번 않고 쉽지 않은 새벽 특강을 받았다. 새벽 특강을 받은 뒤에 30분 후 곧바로 이어지는 오전 특강도 성실하게 거뜬히 해냈다.

하루 중에 세 번째 특강은 평소에 다니는 단과반 학원 수강 시간과 겹치는 관계로 받지는 못했다. 하지만 하루 세 차례의 특강을 모두 받았다고 해야 되고, 네 목표를 100% 성취했다고 말해야 옳다.

나는 네게 이런 말을 했었다. "요즘 들어 이쁜 짓을 한다." 아무튼 나는 그동안 굼뜨고 어리다고만 생각했었던 너였는데 이번 특강을 계기로 무엇이든 해낼 수 있겠다는 것을 신념하게 됐다. 네가 평소에 입버릇처럼 해댔던 "내가 알아서 할테니 걱정 마라."는 말이 흰소리만은 아니라는 것을 처음 알게 됐다.

이번에 네가 목표했던 것을 100% 성취하는 것을 보면서 네가 한때 한의사가 되겠다고 목표로 하여 꿈을 가진 일, 이어 물리학자가 되어 노벨 물리학상을 받아야겠다고 목표로 성정하여 꿈을 가지고 진행중인 그러한 것들이 가능할 것이라고 생각한다.

이 세상에는 네가 되겠다고 했던 한의사도 많으며 네가 받겠다고 하는 노벨 물리학상도 매년 단체나 개인에게 수상을 안겨주고 있다.

한의사가 된 사람이든 노벨 물리학상을 수상한 사람이든 우연하게 그렇게 된 것이 아니란다. 그런 사람들 모두에게는 꿈이 있었고, 희망이 있었고, 비전이 있었을 것이다. 그 사람들은 꿈을 이루기 위해 계획을 세웠을 것이고, 그것을 행동으로 실천했던 사람들일 것이다.

앞에 말했지만 너는 “한의사가 되겠다.”고 했고 “노벨 물리학상을 받겠다.”고 말했다. 그렇게 되기 위해서는 이번 겨울방학 특강에서도 경험 했던 것처럼 목표를 설정하고 로드맵을 구성해 그것을 실천하도록 해야 가능하다. 특강을 받았던 그런 정신자세, 그런 의지만 가지면 틀림없이 가능하다고 생각한다.

일본인으로서는 최초의 우주비행사가 된 무코이 치아키라는 사람을 말해본다. 그는 어렸을 때 의사가 되겠다고 가진 꿈이 이뤄져 의사가 된 다음에는 우주비행사가 되겠다고 하는 새로운 꿈을 가졌다고 한다. 그런 그는 우주비행사가 되겠다고 목표로 한 다음 꾸준히 노력하여 8년 만에 우주비행사가 된 여성이다.

일본의 최초의 우주비행사 무코이 치아키는 “어떤 꿈이든 계속해서 가지고 있을 것, 그리고 그 꿈을 실현하는 데는 시간이 걸린다는 것을 각오하고 한 걸음씩 걸어가는 것이 중요합니다.”라고 말했다고 한다.

집,
우리의 안식처

너희들이 직장에서 또는 학교를 마치고 향하는 곳이 집이다. 집은 너희들이 컴퓨터 게임 또는 검색도 할 수 있는 곳이고, 예습과 복습을 공부를 할 수 있는 곳이고, 네 어머니가 정성껏 만든 음식을 양생을 위해 섭취하는 곳이고, 내일을 위해 휴식을 취할 수 있는 안식처이기도 하다.

집은 벽이나 창문으로 막혀 있고 좁디 좁은 공간이라고 말해야 옳다.

집밖에 공기가 차량에서 쏟아져 나오는 매연, 이산화탄소 등 환경적인 요인에서 갖은 중금속 물질이 대기 중에 포함되어 있다고는 하지만 집안의 공기는 그보다 못하다는 말도 있다. 그래서 집안을 청결하게 해야 할 필요가 있다. 창문을 열고 환기시킬 필요도 있다.

네가 며칠 전 컴퓨터로 검색하고 그것을 프린터로 뽑기 위해 카피를 하던 중 아예 작동이 되지 않은 적이 있다. 그때 나는 네가 학원에 간 뒤에 책상 위에 놓인 자질구레한 오만 잡동사니를 라면박스 반 정도 크기의 두 곳에 분류를 하여 담았다.

그후 몇 시간 뒤, 네가 학원에서 돌아 왔을 때 프린터기를 열어보고, 그런 다음에는 바닥면을 뜯어봤었다. 그때 그 안에서는 외부에서 들어간 것으로 추정되는 크기가 1cm가량의 불트가 나왔다. 책상 위에 얼마나 많은 것을 늘어놓았다는 것의 증표인 셈이다. 나는 언젠가 신문에서 전자제품의 고장 요인이 상당 부분 먼지 때문에 발생한다는 것이라고 하는 것을 본 적이 있다. 때문에 먼지만 잘 털어내도 수명이 상당기간 길어진다는 것이다.

집은 공동체의 첫 시발점이 되는 곳이기도 하고, 구성원의 최소한의 집단이 생활하는 공간이라고 해야 옳다. 때문에 집 안에서도 예는 물론이며 협력해야 할 것은 서로 도와 협력하는 것이 마땅하다. 네 어머니 말을 하면 밥 짓고 설거지하고, 세탁하고, 널어진 것들을 정리하고, 청소하고 이 외도 부지기수다. 일부나마 내가 돕는다고는 하지만 별 도움이 되지 못한다.

가족은 집안일들을 협력하여 해결해야 할 필요가 있다. 때문에 네가 네 방 정리정돈 청소하는 것은 네게 부여된 최소한의 책무라고 말해야 한다. 너희들이 만약 네 방이나 마루를 정리하고 청소한다면 네 어머니 건강이 한결 나아질 것으로 본다.

협력은 학교에서도 마찬가지다. 학교는 가정보다는 비교가 안 되게 큰 공동체의 구성원이다. 거기에 따르는 규칙도 있다. 각자에게 부여된 임무를 협력하여 충실히 해냄으로써 깨끗한 복도, 깨끗한 교실, 깨끗한 학교가 될 수 있다. 때문에 쾌적한 환경 속에서 내일을 향해 금자탑을 쌓고 있는 것이다.

협력을 할 줄 아는 사람이 성공한다는 말도 있다. 이 세상은 혼자서는 살아갈 수 없는 노릇이다. "독불장군은 없다"는 말도 있다. 때문에 집 안에서부터 협력하려고 하는 노력하는 자세가 요긴하다. 그래야만 성공으로 가는 길로 습관을 길들이는 것이라고 말할 수도 있다. “3주를 계속하면 습관이 되고 3년을 계속하면 전문가가 된다.”는 말도 있다. 좋은 습관을 생활화하는 것은 성공으로 가는 길이다. 협력을 하는 것도 좋은 습관이다.

독일에서는 2005년 11월 22일 독일 역사상 최초로 여성 총리가 취임을 했었다. 대학에서 물리학을 전공했다는 그가 바로 앙겔라 메르켈이다.

독일의 앙겔라 메르켈 총리가 취임 초에는 국민에게서 80% 이상의 지지를 얻었으나 시간이 가면 갈수록 추락하는 지지율 때문에 고심해 왔다고 한다. 그런 그는 2006년 11월 27일, 드레스덴에서 열린, 그가 속해있는 기민당 전당 대회에서 당내 여러 분파의 단합을 강조했다고 한다. 물리학을 전공했다는 단합의 변은 “물리학도로서 나는 날개가 있으면 날 수 있다고 말한다. 정치가로서 나는 각각의 날개가 협력해야만 날 수 있다고 덧붙이고 싶다.”라고 말을 했다고 한다.

앙겔라 메르켈 총리는 이러한 연설을 한 뒤 곧 실시한 기민당 당수를 뽑는 선거에 단독으로 출마하여 대의원 949명이 투표한 결과에서 871명이 지지해, 지지율 91.7%를 얻어 재선되었다.

앙겔라 마르켈 총리가 단합의 말을 토한 뒤 91.7% 얻어 압도적으로 재선된 것을 보면서 비익조를 생각하게 한다. 비익조는 암컷과 수컷이 모두 눈과 낼개가 각각 하난씩이어서 짝을 지어 날지 않으면 날지 못한다고 한다.

비익조가 함께 날아야 날 수 있다는 것처럼 가정도 협력해야만 웃음이 움트고 행복이 샘솟듯 하여 발전한다고 본다.

앙겔라 메르켈은 독일이라는 선진국가의 통치자다. 또한 기민당의 수장이다. 그는 기민당 대의원의 91.7% 협력을 얻었다. 때문에 그는 당내의 높은 지지율 속에 국가를 통치하는 데 도움이 될 뿐만 아니라, 한층 당을 발전시킬 수 있는 기폭제가 되었다. 그게 바로 그가 말한 "각각의 날개가 협력해야만 날 수 있다."는 협력의 산물이다.

"물리학도로서 나는 날개가 있으면 날 수 있다고 말한다. 정치가로서 나는 각각의 날개가 협력해야만 날 수 있다고 덧붙이고 싶다."는 메르켈의 말이 너무도 아름답고, 우리의 집에 유용성이 있는 말 같아 "아버지로서 나는 날개가 있으면 날 수가 있다고 말한다. 어머니로서 나는 각각의 날개가 협력해야만 날 수 있다."고 변형시킨다.

성공을
이끄는 말

한 권의 책 때문에 영향을 받아 인생이 바뀐 예도 많다지만 그거 못지 않게, "말 한마디로 천냥 빚도 갚는다."는 말, 말 한마디에 영향을 받아 인생이 바뀌어 전혀 다른 삶을 사는 경우도 많다고 한다.

『정상에서 만납시다』(저자 지그 지글라)에 나오는데 적어보면, 미국의 어느 사업가는 길거리에서 연필을 팔고 있는 거지를 발견했다고 한다. 그 사업가는 거지가 가지고 있는 컵 속에 1달러를 넣고 1달러에 상당하는 만큼의 연필을 꺼냈다고 한다. 그런 다음에 그 사업가는 "사실 당신은 나와 같은 사업가입니다. 당신은 상품을 정당한 가격에 팔고 있기 때문입니다."라는 말을 하고 홀연히 사라졌다고 한다.

그런 일이 있은 지 수개월이 됐을 때, 연필을 팔았던 바로 그 거지였던 사람이 말쑥하게 옷차림을 하고 "사실 당신은 나와 같은 사업가입니다."라고 말한 사업가를 수소문하여 찾아갔다고 한다.

거지였던 그가 말하기를 "당신은 아마 나를 기억하지 못할 것입니다. 그리고 나는 당신의 이름을 모릅니다. 그러나 나는 당신의 은혜를 잊을 수가 없습니다. 당신은 나에게 자존심을 가지도록 만든 나의 은인입니다. 나는 연필을 팔던 거지였는데 당신이 나를 보고 당신은 사업가라는 말을 했기 때문에 나는 새 사람이 되었습니다."

무릇 여기서 가장 중요한 것은 "당신은 사업가"라는 말을 들을 수 있었다는 것이다. 1달러를 거지의 컵 속에 넣고 그만큼의 연필을 가져갔던 그 사업가는 애초에 그런 행동을 했던 것은 아니었다고 한다. 이를테면 그 사업가는 연필을 팔고 있던 거지에게 1달러를 주고 그냥 가다가 되돌아와서 1달러에 상당하는 만큼의 연필을 가지고 가려고 했었고, 그는 그때서야 그 거지에게 "당신은 정당한 가격으로 연필을 팔고 있기 때문에 나와 같은 사업가다."라고 말한 데서도 여실하다. 때문에 하마터면 연필을 팔고 있던 거지는 천금과도 비교가 안 될 그런 말을 듣지 못할 수가 있었다는 것이다.

가령 연필을 팔았던 거지였던 사람이 "당신은 사업가입니다."라는 말을 듣지 못하고 누구에게서 줄곧 1달러 아니면 동전 몇 닢씩의 알량한 돈을 계속해서 받고 있었다고 가정했을 때 아마 모르긴 하지만 그 사람의 직업이 분명 거지 그대로였을 것이라고 나는 말하고 싶다.

뭇사람들에게 꿈과 희망, 비전을 선사하고 있는 지그 지글라의 『정상에서 만납시다』에서 '제4장 위대한 사람이 될 수 있다' 편을 보면 지그 지글라가 주방기구를 만드는 회사에서 세일즈맨이었을 때 일이라고 한다.

미국의 노드캐롤라이나에서 열렸던 판매 세미나가 끝났을 때 강사로 있던 메렐이라는 사람이 "지글라 씨 나는 당신을 2년 동안 관찰해 보았습니다. 한마디로 말해서 당신은 시간 낭비만 하는 사람이었습니다."라고 말하자, 지그 지글라는 무슨 의미인지를 물었다. 그러자 "당신은 많은 능력을 가지고 있습니다." "지글라 씨 당신이 진정으로 열심히 일한다면 그리고 당신을 믿는다면 당신 자신은 정상에 오를 수 있다고 확신합니다."라고 강사 메렐이 한 말에서 영향을 미쳤다는 지그 지글라는 "솔직히 말해서 나는 그 말 때문에 힘을 가지게 되었다."라고 술회하고 있다.

한 사람 더 말해보자. 미국 16대 대통령이 된 에이브러햄 링컨은 한 통의 편지를 받고 영향을 받아 인생이 달라질 수 있었다고 한다.

링컨의 초상화를 보면 덥수룩한 턱수염이 인상적이다. 링컨은 상원의원 선거에 여섯 번을 출마했으나 모두 낙선했고, 부통령에 출마한 적도 있으나 역시 그때도 낙선했다고 한다. 이렇게 선거에서 낙선만 일삼듯 했던, 링컨에게는 어느 날 시골 어느 소녀에게서 한 통의 편지가 배달되었다고 한다.

편지 내용인 즉 "턱수염을 기르면 어울릴 것"이라는 내용이었다고 한다. 링컨은 무릇 소녀의 말을 받아들여 턱수염을 기르기 시작했다고 한다.

턱수염을 기른 링컨은 턱수염으로 말미암아 툭 튀어나온 광대뼈, 길쭉한 주걱턱, 모가나 각진 얼굴 등을 가릴 수가 있었다고 한다. 그래서 괴팍하고, 고약스러운 얼굴에서 순한 얼굴로 탈바꿈하게 된 링컨에게 유권자는 아낌없이 표를 찍기 시작했다고 한다. 때문에 시골 소녀의 말을 들은 에이브러햄 링컨은 대통령에 당선될 수 있었다고 한다.